Agatha Christie

Mrs MAC GINTY EST MORTE

Traduction de Michel Le Houbie

Librairie des Champs-Élysées

Ce roman a paru sous le titre original :

Mrs MAC GINTY'S DEAD

CHAPITRE PREMIER

Hercule Poirot sortit du restaurant de la *Vieille Grand-mère* et se retrouva dans Soho. Il releva le col de son pardessus par prudence plus que par nécessité, car la nuit n'était pas froide. « Mais, disait-il volontiers, à mon âge on ne prend pas de risques ! »

Il était très satisfait. Les escargots de la *Vieille Grand-mère* s'étaient révélés de tout premier ordre Une trouvaille, ce petit restaurant qui ne payait pas de mine. Poirot se passa la langue sur les lèvres et promena délicatement son mouchoir sur ses exubérantes moustaches.

Il avait fort bien dîné. Et maintenant ?

Un taxi passa, qui ralentit, tentateur. Poirot hésita une seconde, mais ne lui fit pas signe. Pourquoi prendre une voiture ? Il arriverait toujours assez tôt chez lui pour se coucher.

— L'ennui, murmura-t-il, c'est qu'on ne peut faire que trois repas par jour.

Jamais, en effet, il ne put s'habituer au thé de cinq heures. « Si on le prend, expliquait-il, on ne dispose plus des sucs gastriques indispensables quand approche le dîner, lequel, ne l'oublions pas, est le repas capital de la journée. »

Il ne tenait pas non plus à la tasse de café qui coupe

la matinée. Non. Pour lui n'existaient que le petit déjeuner, chocolat et croissants, le repas de midi, qui ne devait jamais être reporté au-delà d'une heure de l'après-midi, et le dîner, qui était la grande affaire de la journée.

Hercule Poirot prit toujours très au sérieux les choses de la table. En son vieil âge, manger devint, en plus du plaisir physique, une distraction intellectuelle. Il consacrait une partie de ses loisirs à la recherche de nouveaux « relais de gueule ». C'est ainsi qu'il découvrit le restaurant de la *Vieille Grand-mère* et le classa parmi les temples gastronomiques dignes de sa fréquentation.

Malheureusement, il fallait occuper la soirée !

Hercule Poirot poussa un soupir.

« Dommage, songea-t-il, que mon vieil Hastings ne soit pas avec moi ! »

Avec complaisance, il pensa à Hastings.

« Le premier ami que j'ai eu dans ce pays... et celui qui m'est resté le plus cher ! Il me faisait piquer des colères terribles, c'est entendu, mais est-ce que ça compte ? Sûrement pas. Je ne me souviens que du reste. Mes dons le stupéfiaient. Il m'admirait, bouche bée, sans rien comprendre et je m'amusais à le lancer sur de fausses pistes, sans jamais rien dire qui ne fût rigoureusement vrai, pour le seul plaisir de jouir de son ahurissement quand il finissait par découvrir une vérité que je connaissais, moi, depuis le début. Ce vieil ami !... J'aime étonner. C'est une faiblesse, je le sais, mais je l'ai toujours eue. Hastings ne s'est jamais rendu compte qu'elle était nécessaire, qu'un homme qui possède autant de talent que j'en ai doit avoir pour lui-même une certaine admiration, qui n'est possible que si elle est partagée par un tiers. Je ne peux tout de même pas rester assis dans mon fauteuil du matin au soir à me répéter que je suis un type épatant ! Il faut que j'aie quelqu'un à côté de moi pour me le confirmer. Un *yes-man*, comme on dit à Hollywood. »

Poirot s'engagea dans Shaftesbury Avenue. Allait-il traverser la chaussée pour passer la soirée dans un cinéma de Leicester Square ? Il secoua la tête. Les films le décevaient trop souvent. Des intrigues trop lâches, des histoires qui se développaient contrairement à toute logique, et aussi une photographie qui, louée par d'aucuns, lui paraissait inacceptable puisqu'elle interprétait la réalité au lieu de la reproduire.

Là comme ailleurs, sous prétexte d'art, on ignorait ce qu'il aimait par-dessus tout : l'ordre et la méthode. De plus, à l'écran, la violence et la brutalité étaient à la mode. En sa qualité d'ancien officier de police, Poirot avait horreur de l'une et de l'autre. Il les avait vues de près en sa jeunesse. Il les trouvait bêtes et monotones.

La vérité, se dit-il en prenant le chemin de son domicile, c'est que je ne suis plus à la page. De plus, comme les autres hommes, et bien que je leur sois supérieur, je suis un esclave. Mon métier m'a marqué, moi aussi. Quand les gens ne travaillent plus, ils ne savent comment utiliser leurs loisirs. Le financier en retraite se met au golf, le petit commerçant retiré cultive des fleurs, moi, je mange. Seulement, j'y reviens, on ne peut se mettre à table que trois fois par jour et il faut meubler les intervalles ! »

Il jeta un coup d'œil sur l'affichette d'un marchand de journaux. « *L'affaire Mac Ginty. Le verdict.* »

La chose ne l'intéressait pas. Il se souvenait vaguement d'avoir lu un filet concernant le procès en question. Il s'agissait d'un meurtre banal. Une vieille femme assassinée pour quelques livres. Un crime sordide, comme on en voyait maintenant. Signe des temps.

Poirot pénétra dans la vaste cour du grand immeuble dans lequel il avait son appartement. Il s'arrêta un court instant pour la contempler. Il aimait cet énorme building aux lignes symétriques. L'ascenseur le déposa au troisième étage. Il avait plaisir à revenir chez lui : des pièces confortables, luxueuses, où tout étincelait et où l'on aurait vainement cherché une ligne courbe.

Il était encore dans l'antichambre quand George, son valet, vint à sa rencontre.

— Bonsoir, monsieur. Il y a un... monsieur qui vous attend.

Le domestique aidait Poirot à quitter son pardessus. Le détective n'avait pas été sans remarquer la légère hésitation qui avait précédé le mot « monsieur ». George ne se trompait jamais sur la classe sociale d'un visiteur.

— Comment s'appelle-t-il ?

— C'est un certain Mr Spence, monsieur.

— Spence ?

Le nom ne disait rien à Poirot. Il s'y attendait. Il s'attarda devant un miroir pour rectifier l'ordonnance de ses moustaches, puis passa au salon. A son entrée, l'homme s'arracha au large fauteuil carré dans lequel il était assis.

— Bonjour, monsieur Poirot !... Vous me remettez ? Il y a bien longtemps... Je suis le commissaire Spence.

— Mais bien sûr !... Le commissaire Spence !

Poirot serra chaleureusement la main de son visiteur. Le commissaire Spence, de la police de Kilchester. Une affaire intéressante... Mais qui n'était pas d'hier.

— Vous boirez bien quelque chose ? Un peu de crème de cacao ? Une Bénédictine peut-être ?

Poirot en était là quand George entra, porteur d'un plateau, sur lequel il y avait une bouteille de bière et un verre.

— Ou un peu de bière, monsieur, si vous préférez ?

Une fois encore, Poirot rendit mentalement hommage

aux vertus de son valet. Il ignorait qu'il y eût de la bière chez lui et il lui semblait d'ailleurs incompréhensible qu'on absorbât un tel breuvage, alors qu'il existait des liqueurs douces et sucrées, spécialement conçues pour des palais civilisés.

Le visage de Spence, cependant, s'éclairait.

— Pour moi, ce sera de la bière, si vous voulez bien !

Poirot sourit, laissa son visiteur emplir son verre de bière mousseuse et se versa un doigt de Bénédictine.

— Je suis ravi de vous voir, dit-il, ensuite. Ravi ! Vous venez de... ?

— De Kilchester. Je prendrai ma retraite dans six mois. J'y avais droit il y a un an et demi, mais on m'a demandé de rester encore un peu et j'ai accepté.

— Vous avez bien fait, déclara Poirot d'un ton convaincu. Vous avez très bien fait.

— Je n'en suis pas tellement sûr.

— Je répète que vous avez bien fait. Vous ne savez pas ce que c'est que de n'avoir rien à faire !

— Oh ! je n'aurais pas le temps de m'ennuyer quand je serai retiré. Nous nous sommes installés l'an dernier dans une petite ville, il y a un bout de jardin qui est à l'abandon et je n'ai pas encore pu m'occuper de lui sérieusement.

— Vous ferez du jardinage ? J'ai essayé. J'avais décidé de vivre à la campagne et de faire pousser des légumes. J'ai échoué lamentablement. Je n'étais pas doué.

— Il faudra venir me voir. J'ai la passion des roses, et dès l'année prochaine...

Il s'interrompit et reprit :

— Mais je ne suis pas venu pour vous parler de mes roses.

— Vous êtes venu voir un vieil ami, et je vous en suis très reconnaisssant.

— Ce n'est pas seulement ça, monsieur Poirot ! Il

y a autre chose. Je suis venu vous demander un service.

— Un prêt ? Volontiers.

Spence se récria :

— Grands dieux non ! Il ne s'agit pas d'argent.

Poirot s'excusa d'un geste gracieux de la main.

— Je vous demande pardon.

— A vrai dire, reprit Spence, c'est bien de l'audace de ma part d'être venu vous voir et vous m'enverriez promener avec un coup de pied dans le derrière que je n'en serais pas surpris.

Poirot sourit.

— Il n'y aura pas de coup de pied dans le derrière. De quoi s'agit-il ?

— De l'affaire Mac Ginty. Vous êtes au courant ?

Poirot secoua la tête.

— A peine. Je sais que Mrs Mac Ginty était une vieille femme et qu'on l'a assassinée. Comment est-elle morte ?

— Mon Dieu ! s'écria Spence, je n'avais jamais pensé à ça !

— Plaît-il ? demanda Poirot, surpris.

— C'est cette question que vous venez de me poser, expliqua Spence. Elle m'a rappelé un jeu auquel je jouais quand j'étais un gosse. Nous nous alignions sur un rang et l'un de nous disait : « Mrs Mac Ginty est morte. » « Comment est-elle morte ? » Le premier de la ligne répondait : « Un genou en terre, comme ça. » On passait au second. « Mrs Mac Ginty est morte. » « Comment est-elle morte ? » Il répondait : « Le bras tendu comme ça. » Chacun se figeait dans la pose qu'il avait choisie et, à la fin, il y en avait un qui répondait : « *Comme ça* », en envoyant une grande bourrade à son voisin... et nous tombions tous par terre, comme des quilles !

Riant, il ajouta :

— Vous pouvez dire que vous m'avez rappelé de vieux souvenirs !

Poirot, écoutait, poliment. Il y avait décidément des minutes où les Anglais lui paraissaient incompréhensibles. Enfant, il l'avait été, lui aussi. Il avait joué à cache-cache, comme tout le monde, mais il ne lui serait pas venu à l'idée de le raconter à un tiers. Quand il eut l'impression que Spence avait suffisamment savouré ses lointaines réminiscences, il reprit sa question.

— Comment est-elle morte ?

Le commissaire redevint sérieux.

— Elle a été frappée derrière la tête avec un objet lourd et coupant. Sa chambre a été fouillée et on lui a volé ses économies, trente livres sterling environ. Elle vivait seule, dans sa petite maison, avec un pensionnaire, un certain James Bentley. Il n'y a pas eu d'effraction. Bentley était sans emploi, il n'avait plus le sou et devait deux mois à sa logeuse. L'argent volé a été retrouvé, caché sous une grosse pierre, derrière la maison. Sur la manche du veston de Bentley, il y avait des taches de sang et un cheveu. Le sang était celui de la victime et le cheveu pouvait venir d'elle. D'après ses premières déclarations, Bentley n'avait pas approché le cadavre. Par conséquent...

— Par qui le corps a-t-il été découvert ?

— Par le boulanger qui apportait le pain à Mrs Mac Ginty. C'était le jour où elle devait le payer. James Bentley est venu lui ouvrir. Il avait, paraît-il, frappé à la porte de la chambre à coucher de la vieille femme sans obtenir de réponse. Le boulanger lui a dit qu'elle était peut-être malade, et ils sont allés ensemble prévenir une voisine qui est montée chez Mrs Mac Ginty. Celle-ci n'était pas dans sa chambre, le lit n'était pas défait, mais tout était sens dessus dessous et on avait soulevé une lame du parquet. Ils sont alors allés dans le petit salon du rez-de-chaussée. Elle était là, morte, gisant sur le plancher. La voisine a failli se trouver mal. Ils ont, naturellement, alerté la police.

— Et Bently a été arrêté et poursuivi ?

— Il a été jugé hier. L'affaire n'était pas compliquée et, ce matin, la délibération des jurés n'a pas duré plus de vingt minutes. Il a été condamné à mort.

Poirot hocha la tête.

— Et le verdict rendu, vous avez pris le train pour Londres à seule fin de venir me voir. Pourquoi ?

Les yeux fixés sur son verre vide, le commissaire Spencer dit lentement :

— Parce que je ne crois pas Bentley coupable.

CHAPITRE II

Il y eut un long silence.

— Et c'est moi que... ?

Poirot n'acheva pas sa phrase.

Le commissaire leva les yeux. Assez inexpressif, son visage était celui d'un honnête homme, sûr des principes qui, tout au long de sa vie, lui avaient permis de distinguer le bien du mal et peu enclin à les remettre en question.

— Il y a bien longtemps que je suis dans la police, dit-il, et ce n'est pas l'expérience qui me manque. Je peux juger un homme aussi bien que n'importe qui. J'ai eu à débrouiller pas mal d'affaires criminelles, certaines fort simples, d'autres qui l'étaient moins. Il y en a une, monsieur Poirot, que vous connaissez...

Poirot acquiesça du chef.

— Celle-là, reprit Spence, était difficile et, sans vous, nous n'y aurions peut-être jamais vu clair. Quoi qu'il en soit, cette fois-là, le coupable a payé... et il n'acquittait pas la dette d'un autre. Il en a été de même pour d'autres dont j'ai eu à m'occuper. Il y avait eu Whistler. Il a été pendu et il le méritait. Il y a eu les assassins du vieux Guterman. Il y a eu Verall, l'empoisonneur. D'autres ont réussi à s'en tirer. Mrs Courtland, parce que son mari était une fripouille et que le jury lui en a tenu compte. Tranter, parce que les preuves étaient discutables. Ça arrive !... Quelquefois, les jurés font du sentiment, d'autres fois, ils se laissent influencer par des avocats qui tirent parti d'un petit rien ; d'autres fois, encore, c'est l'accusation qui fait une fausse manœuvre... Aux assises, tout arrive, et j'ai tout vu. Mais je n'ai jamais vu, en Angleterre du moins, un homme pendu pour un crime qu'il n'a pas commis... et c'est une chose *que je ne voudrais pas voir* !

— Et il vous semble, que vous allez la voir, dit Poirot. Mais pourquoi... ?

Spence coupa la parole au détective.

— Je sais ce que vous allez me dire et je vais répondre à vos questions sans que vous ayez à les poser. C'est moi qui ai été chargé de l'enquête. Je l'ai menée avec soin, j'ai réuni les preuves qui, toutes, semblaient désigner un même coupable, et, mon dossier complet, j'ai transmis l'affaire à mes chefs. Elle ne me concernait plus, la décision à prendre dépendait du magistrat instructeur. Les faits étant ce qu'ils étaient, il n'avait pas le choix ; il ne pouvait que poursuivre. James Bentley fut donc arrêté, jugé et déclaré coupable. Avec les choses, telles qu'elles se présentaient, il ne pouvait en aller autrement et les jurés ont dû condamner en toute tranquillité d'âme. Je suis sûr qu'ils étaient tous parfaitement convaincus de la culpabilité de l'accusé.

— Mais vous, vous ne l'êtes pas ?

— Non.

— Pourquoi ?

Spence soupira, et de sa large main, se frotta le menton.

— Je n'en sais rien. Dire exactement pourquoi, j'en suis incapable. Pour les jurés, il avait l'air d'un assassin. Pour moi, non... Et, dans ce domaine, j'en sais quand même plus long qu'eux...

— En fait d'assassins, vous êtes évidemment un expert !

— D'abord, il n'y avait chez lui aucune arrogance. Il ne crânait pas. Absolument pas. Généralement, les meurtriers plastronnent. Ils sont très contents d'eux, ils se figurent qu'ils mettront tout le monde dans leur poche, ils se croient très malins et, même au banc des accusés, quand ils ne peuvent plus se faire d'illusions sur ce qui les attend, ils continuent à se donner la comédie. Ils ont la vedette, souvent pour la première fois de leur vie, et ça leur procure une certaine satisfaction. Ils crânent, quoi ! Vous voyez ce que je veux dire ?

— Fort bien. Et ce James Bentley, lui, ne... crânait pas ?

— Non. Il était... comme un type à qui la peur enlève tous ses moyens. Certains ont pu voir là une preuve supplémentaire de sa culpabilité. Pas moi !

— Et à quoi ressemble-t-il, ce James Bentley ?

— Trente-trois ans, taille moyenne, teint jaune, portant lunettes...

Poirot fit un geste de la main.

— Ce qui m'intéresse, ce n'est pas son signalement, mais sa personnalité.

— Je vois...

Le commissaire Spence réfléchit un instant, puis reprit :

Le personnage est assez peu sympathique. Il est très nerveux, il ne vous regarde jamais en face, mais par en dessous — il n'y a rien de tel pour indisposer un jury — il est quelquefois assez plat et quelquefois hargneux, avec des mouvements de colère qui n'arrangent rien. Pour moi, c'est un timide. J'ai eu un cousin qui était un peu comme lui. Quand ça ne va pas comme ils veulent, ces types-là vous sortent des mensonges si stupides qu'on s'aperçoit tout de suite qu'ils ne vous disent pas la vérité.

— Votre James Bentley, il faut l'avouer, n'a rien de bien attrayant !

— Je suis de votre avis. On ne peut pas le trouver sympathique. Mais je ne veux pas le voir pendu !

— Et vous pensez qu'on le pendra ?

— Je ne vois pas comment il échapperait à la corde. Son avocat peut demander la révision du procès, en invoquant un vice de forme quelconque, mais je doute qu'il l'obtienne.

— Il avait un bon défenseur ?

— Le jeune Graybrook, désigné d'office. Il s'est montré très consciencieux et même assez habile.

— Bref, l'homme a eu un procès honnête et il a été condamné par des jurés se prononçant « en leur âme et conscience ».

— Incontestablement. C'était un bon jury moyen. Sept hommes et cinq femmes. De braves gens, sans aucun doute. Le juge était le vieux Stanisdale. Le plus probe des magistrats.

— Si l'on s'en tient à la loi, James Bentley ne peut donc pas se plaindre ?

— S'il est pendu pour un crime qu'il n'a pas commis, il a une fameuse raison de se plaindre !

— L'observation ne manque pas de justesse.

— Sa condamnation, j'en suis responsable. C'est *moi* qui ai mené l'enquête et réuni les preuves sur lesquelles il a été jugé et condamné. C'est ça qui ne me plaît pas, monsieur Poirot. Ce verdict-là, je ne peux pas l'admettre !

Longuement, Poirot considéra des yeux son interlocuteur.

— Et que vous proposez-vous de faire ? demanda-t-il.

Le commissaire Spence semblait fort embarrassé.

— J'imagine, monsieur Poirot, que vous avez deviné

ce qui m'amène. L'affaire Bentley est terminée. Je suis déjà sur une autre, une histoire d'escroquerie qui m'oblige à partir pour l'Ecosse cette nuit. Je ne suis pas un homme libre...

— Tandis que moi... ?

Spence rougit.

— C'est exactement ça !... Je dois vous paraître bien audacieux, mais c'est la seule solution que j'aie trouvée. Au moment de mon enquête, j'ai fait de mon mieux et j'ai envisagé toutes les hypothèses. Elles ne m'ont mené nulle part et je recommencerais, ce serait pareil. Avec vous, c'est différent. Vous voyez les choses, vous ne m'en voudrez pas de le dire, autrement que tout le monde et, dans la circonstance, c'est peut-être comme ça qu'il faut les voir. Si l'assassin n'est pas Bentley, il faut trouver le coupable, le vrai... Peut-être pourriez-vous, vous, découvrir quelque chose qui m'a échappé. Il n'y a évidemment aucune raison pour que vous vous occupiez de cette affaire-là et je me rends très bien compte que j'ai comme on dit, un rude culot de seulement vous le demander. Mais je ne vois pas d'autre solution... Naturellement, je comprendrais très bien que vous me répondiez non. Pourquoi iriez-vous... ?

— Pourquoi ? s'écria Poirot. Mais parce que j'ai des loisirs, beaucoup trop, et aussi parce que cette histoire m'intrigue énormément, comme un défi lancé à mes petites cellules grises. Et puis aussi, à cause de vous ! Je vous vois, dans six mois d'ici, soignant vos rosiers, ayant tout pour être heureux, et malheureux pourtant, parce que vous êtes tracassé par un vilain souvenir que vous ne pouvez pas chasser de votre esprit. Vous êtes mon ami et je veux vous épargner ça... Et puis, il y a autre chose...

Poirot se leva et posa fermement sa main à plat sur le dos de son fauteuil.

— Il y a le principe. Un homme qui n'a pas tué ne doit pas être pendu.

Après une courte pause, il ajouta :

— Mais tout de même, si c'était lui l'assassin ?

— Je vous serais reconnaissant de l'avoir prouvé !

— Eh bien ! c'est entendu, j'accepte ! Et je commence tout de suite, car, si je comprends bien, il n'y a pas de temps à perdre. Déjà, la piste est froide... Quel jour Mrs Mac Ginty a-t-elle été tuée ?

— Le 22 novembre dernier. Je vous communiquerai toutes mes notes.

— Bon. Pour aujourd'hui, voyons seulement les grandes lignes. Si ce n'est pas Bentley qui a tué, qui est-ce ?

Spence haussa les épaules.

— Personne, que je sache, n'avait intérêt à la supprimer.

— Cette réponse-là, nous ne l'acceptons pas. Il n'y a pas de meurtre sans mobile. Dans le cas qui nous occupe, quel pouvait-il être ? L'envie ? La vengeance ? La jalousie ? La crainte ? L'argent ? Prenons le dernier, c'est le plus simple. Qui a tiré un bénéfice quelconque de la mort de Mrs Mac Ginty ?

— Sa nièce. Mais la pauvre femme ne laissait que peu de chose : deux cents livres sterling, déposées à la Caisse d'Epargne.

— Deux cents livres, ce n'est pas beaucoup... mais ce peut être assez ! Voyons donc la nièce ! Je m'excuse, mon cher ami, de reprendre votre enquête, je m'imagine bien que je marche dans vos traces, mais il est indispensable que nous refassions ensemble le chemin que vous avez déjà parcouru.

Spence acquiesça d'un mouvement de tête.

— Naturellement, nous n'avons pas laissé la nièce de côté. Elle a trente-huit ans et elle est mariée à un peintre qui travaille dans la décoration. Un brave homme, qui donne toute satisfaction à son patron et qui est loin d'être un imbécile. Quant à elle, c'est une jeune femme assez gentille, qui parle baucoup et qui a l'air d'avoir bien aimé sa tante. Les deux cents livres ont été les bienvenues dans le ménage, mais elles ne lui étaient pas indispensables.

— La maison ?

— Elle n'appartenait pas à Mrs Mac Ginty, qui n'en était que locataire. La loi ne permettait pas au propriétaire de la mettre à la porte, mais je crois qu'il aurait pu évincer la nièce si elle avait voulu prendre la suite de sa tante. Mais elle a sa petite maison à elle, dont elle est fière, donc pas de problème.

Avec un soupir, Spence ajouta :

— Croyez-moi, j'ai bien examiné la situation du couple... et, vous le verrez par vous-même, ce n'est pas de ce côté-là qu'on peut trouver quelque chose !

— Bien, dit Poirot. Alors, parlons de Mrs Mac Ginty. Décrivez-la-moi... en ne vous en tenant pas uniquement à son signalement.

— Compris ! C'était une femme de soixante-quatre ans, veuve. Son mari, qui travaillait chez Hodges, à Kilchester, au rayon des tissus, a été enlevé par une pneumonie, il y a sept ans. Depuis, Mrs Mac Ginty faisait des ménages. Broadhinny, qui était, il n'y a pas bien longtemps encore, un petit village de paysans, a un peu changé de physionomie depuis qu'on y a construit des villas, certaines habitées par des retraités, d'autres par des gens qui partent le matin et reviennent le soir. L'endroit est bien desservi et, soit par l'autobus, soit par le train, on se rend facilement à Kilchester et à Cullenquay, une station d'été assez importante qui n'est pas à plus d'une dizaine de milles. Le quartier résidentiel est assez éloigné du village de Broadhinny proprement dit, qui lui, se trouve à quelques centaines de mètres de la grand-route de Drymouth à Kilchester.

Le village ne se compose que de quelques maisons, dont celle où vivait Mrs Mac Ginty.

— Elle avait pris un pensionnaire ?

— Oui. Avant la mort de son mari, elle sous-louait une pièce, l'été seulement. Après sa disparition, elle a pris un locataire d'un bout de l'année à l'autre. James Bentley était chez elle depuis quelques mois.

— Nous en revenons donc à James Bentley ?

— Il avait travaillé — c'était son dernier emploi — chez un agent immobilier de Kilchester. Auparavant, il vivait à Cullenquay avec sa mère qui était impotente, il s'occupait d'elle et ne sortait pas. Quand elle est morte, la petite pension qu'elle recevait a disparu avec elle, il a vendu la modeste maison qu'elle possédait et il a cherché du travail. Très bien élevé, mais ne sachant pas faire grand-chose et, comme je vous l'ai dit, son physique ne parlait pas en sa faveur. Il a tout de même réussi à entrer chez Breather and Scuttle, une affaire qui serait plutôt de second ordre et, quand il a fallu comprimer le personnel, c'est à lui qu'on a demandé de sortir. Il est resté en chômage et le peu d'argent qu'il avait s'est mis à fondre. Il payait Mrs Mac Ginty tous les mois. Pour trois livres par semaine, elle le logeait et lui donnait son petit déjeuner et son dîner. Quand elle a été assassinée, il lui devait deux mois et n'avait pour ainsi dire plus le sou. Il ne trouvait pas de travail et elle lui réclamait ce qu'il lui devait.

— Et il savait qu'elle avait trente livres chez elle ? Au fait, cet argent, pourquoi le gardait-elle, puisqu'elle avait un compte à la Caisse d'Epargne ?

— Parce qu'elle n'avait pas confiance dans le gouvernement. Elle disait qu'il détenait deux cents livres qui lui appartenaient et que c'était déjà trop. Elle voulait avoir son argent à portée de sa main. Elle ne s'en cachait pas et elle l'avait dit à différentes personnes

Ces trente livres étaient cachées sous une lame de parquet, dans sa chambre à coucher, là où on aurait tout naturellement été les chercher. James Bentley, d'ailleurs, a reconnu qu'il connaissait la cachette.

— C'est très gentil à lui de l'avoir dit ! La nièce et son mari ne l'ignoraient pas, eux non plus ?

— Non.

— Parfait !... J'en reviens à ma première question : comment Mrs Mac Ginty est-elle morte ?

— Elle a été tuée dans la nuit du 22 novembre, entre sept heures et dix heures du soir, d'après le rapport du médecin légiste. Elle avait dîné d'un hareng saur, avec un peu de pain et de margarine, probablement vers six heures et demie, comme à l'habitude. Si l'on admet cette heure-là pour son repas, elle aurait, d'après sa digestion, été assassinée vers huit heures et demie, neuf heures. James Bentley a déclaré que, ce soir-là, il était allé se promener de sept heures un quart à neuf heures. Il sortait presque chaque jour après la tombée de la nuit. D'après ce qu'il raconte, il serait rentré vers neuf heures — il avait sa clé — et serait tout de suite monté à sa chambre. Il aurait fait sa toilette — Mrs Mac Ginty avait fait installer des lavabos dans les chambres à coucher, au temps où elle logeait des touristes — puis, après avoir lu une demi-heure, il se serait couché, sans avoir rien remarqué ou entendu de suspect. Le lendemain matin, en descendant, il serait allé à la cuisine et aurait constaté que Mrs Mac Ginty n'était pas là et que rien n'était préparé pour le petit déjeuner. Après avoir un peu hésité, il serait allé frapper à la porte de Mrs Mac Ginty et n'aurait pas obtenu de réponse. Il pensa qu'elle dormait encore et aurait décidé de ne pas la réveiller. Là-dessus, est arrivé le boulanger. James Bentley remonta pour frapper de nouveau à la porte de sa logeuse et c'est après son retour que le boulanger s'est rendu, comme je vous l'ai dit chez une voisine, une certaine Mrs Elliot, laquelle a découvert le corps dans une pièce du rez-de-chaussée. Mrs Mac Ginty avait été frappée derrière la tête avec un instrument qui devait être quelque chose comme un hachoir, à la lame très aiguisée. La mort fut instantanée. Dans la chambre à coucher, tout était sens dessus dessous, on avait ouvert les tiroirs et soulevé la lame du parquet qui recouvrait la cachette, laquelle était vide. Les fenêtres et les volets étaient fermés. Aucune trace d'effraction à l'extérieur.

— D'où il suit, conclut Poirot, ou que James Bentley a tué Mrs Mac Ginty ou que c'est elle-même qui a introduit l'assassin dans la maison, alors que Bentley était dehors ?

— Exactement. A qui était-elle susceptible d'ouvrir sa porte ? A un voisin, à sa nièce ou à l'époux de celle-ci. Pour ce qui est des voisins, aucun d'eux ne s'est présenté chez elle ce soir-là. Nous avons vérifié et je puis l'affirmer. Quant à la nièce et à son mari, ils étaient au cinéma. Que l'un d'eux ait quitté la représentation sans être aperçu de personne, qu'il soit venu à bicyclette jusqu'à la maison, — ce qui ne représente qu'un trajet de trois milles — qu'il ait tué Mrs Mac Ginty et soit ensuite retourné au cinéma, après avoir caché le magot, ce n'est pas matériellement impossible, mais c'est une hypothèse que rien ne vient confirmer. Et puis, si on l'admet, pourquoi l'assassin a-t-il caché l'argent tout près de la maison, en un endroit où il ne lui sera pas tellement simple de le récupérer par la suite ? Sur trois milles de chemin, la place ne manque pas... Non ! Si l'argent a été caché où je vous ai dit...

Ce fut Poirot qui finit la phrase commencée par le commissaire :

— ... C'est uniquement parce que l'assassin habitait la maison, mais ne voulait pas le garder dans sa chambre. Autrement dit, parce qu'il n'est autre que James Bentley.

— Voilà ! C'est toujours à lui qu'on aboutit ! Sans compter qu'il avait du sang sur sa manche...

— Il n'a pas expliqué ça ?

— Si. Il a déclaré que, la veille, il s'était frotté par inadvertance contre l'étal du boucher. Malheureusement pour lui, le sang était bien du sang humain.

— Il a maintenu sa déclaration ?

— Ce n'était guère possible. Au procès, il a raconté tout autre chose... et il ne pouvait pas faire autrement, car il lui fallait aussi dire pourquoi il y avait sur sa manche un cheveu taché de sang, qui était incontestablement un cheveu de Mrs Mac Ginty. Il a admis que, la veille, en rentrant de sa promenade, il était allé dans la pièce où gisait le cadavre de la vieille dame. Il avait frappé avant d'entrer, dit-il, et, ne s'étant pas tout de suite rendu compte qu'elle était morte, il avait touché le corps. Là-dessus, il perdit la tête. Il prétend qu'il a toujours été très vivement impressionné par la vue du sang. Il serait alors monté à sa chambre, où il aurait plus ou moins tourné de l'œil. Le lendemain matin, il n'aurait pu se résoudre à dire qu'il savait déjà que Mrs Mac Ginty était morte.

— Une histoire bien difficile à admettre !

— C'est bien mon avis !... Et, pourtant, elle est peut-être vraie. Un jury ne la croira pas, c'est entendu, mais, pour moi, elle est plausible. Il y a des gens comme ça... Prendre une responsabilité est au-dessus de leurs forces. Il se trouve devant le cadavre de Mrs Mac Ginty. Il sait qu'il doit faire quelque chose, alerter la police, prévenir les voisins, etc. Il n'ose pas. Il se dit qu'il peut très bien faire comme s'il ne savait rien, comme s'il n'était pas entré dans la pièce... Et il va se coucher, comme s'il était monté directement à sa chambre. Naturellement, il n'agit ainsi que par peur, parce qu'il craint d'être soupçonné. Il se figure qu'il est sage. En fait, il commet une sottise et c'est parce qu'il se conduit comme un imbécile qu'on sera fondé à le tenir pour coupable.

Après un silence, Spence ajouta :

— N'empêche que c'est peut-être comme ça que les choses se sont passées !

— C'est possible, dit Poirot.

— Bien sûr, reprit Spence, c'est peut-être une explication imaginée par son avocat, qui aura cru qu'elle était la meilleure qu'il pût trouver. Pourtant, j'en doute. La serveuse du petit restaurant de Kilchester où il déjeunait habituellement déclare qu'il choisissait toujours une table face au mur, de façon à ne voir personne. Elle dit qu'il était « bizarre ». C'est mon avis. Mais il ne l'était pas suffisamment pour tuer. Il n'avait pas la manie de la persécution...

Spence se tut.

Poirot, sourcils froncés, réfléchissait.

CHAPITRE III

Après un instant, Poirot poussa un long soupir et se leva.

— Nous en avons fini, dit-il, avec le premier mobile possible, l'argent. Voyons les autres hypothèses ! Mrs Mac Ginty avait-elle des ennemis ? Redoutait-elle quelqu'un ?

— Il ne semble pas.

— Qu'ont dit les voisins ?

— Pas grand-chose. Je ne pense pas qu'ils nous aient caché beaucoup de ce qu'ils savaient, car ils n'avaient rien à dire. Mrs Mac Ginty, d'après eux, n'était pas particulièrement liante. Elle connaissait tout le monde, elle n'était l'amie de personne.

— Elle habitait le village depuis longtemps ?

— Depuis une vingtaine d'années.

— Où avait-elle vécu les quarante années précédentes.

— Aucun mystère à ce sujet-là. Elle était la fille d'un fermier du Devon et elle résida longtemps à Ilfracombe, avec son mari, avant de venir à Kilchester. La villa qu'ils occupaient étant humide, paraît-il, ils s'étaient transportés à Broadhinny. Le mari était un fort brave homme, qui sortait peu et n'allait guère au café. Des honnêtes gens, quoi !... Qui n'avaient rien à cacher.

— Et pourtant, Mrs Mac Ginty a été assassinée !

— Et pourtant, elle a été assassinée.

— Elle s'entendait bien avec sa nièce ?

— Il paraît que oui.

Poirot se grattait le bout du nez.

— L'affaire, dit-il, serait tellement moins compliquée si Mrs Mac Ginty *n'était pas* Mrs Mac Ginty, s'il y avait du mystère dans sa vie, un passé trouble...

— Eh ! oui... Seulement, elle n'était que Mrs Mac Ginty, une brave femme sans grande éducation, qui prenait des pensionnaires et faisait des ménages. On en trouve dans toute l'Angleterre. Elles sont des milliers comme ça.

— Toutes ne se font pas tuer !

— Je vous l'accorde.

— Alors, pourquoi a-t-on assassiné Mrs Mac Ginty ? Nous ne voulons pas de la réponse qui paraît s'imposer. Que nous reste-t-il ? La nièce ? Improbable. Un étranger quelconque ? Douteux. Essayons donc de nous en tenir aux faits ! Quels sont-ils ? Une vieille femme de ménage a été tuée. On a arrêté et condamné son prétendu assassin, un jeune homme timide et bizarre. Bon ! Pourquoi James Bentley a-t-il été arrêté !

Spence regarda Poirot avec étonnement.

— Les preuves le désignaient. Je vous l'ai dit...

— Je sais. Mais ces preuves, mon cher Spence, étaient-elles authentiques ou fabriquées ?

— Fabriquées ?

— Je m'explique. Admettons par hypothèse que James Bentley soit innocent. En ce qui concerne ces preuves qui l'accusent, il y a deux possibilités : elles peuvent avoir été fabriquées pour diriger les soupçons sur Bentley, ou bien elles peuvent être vraies, mais ne rien prouver et Bentley serait alors la victime d'un simple concours de circonstances.

Spence hocha la tête.

— Je vois où vous voulez en venir.

— Rien, reprit Poirot, ne nous permet de dire que ces preuves ont été fabriquées, mais rien non plus n'indique qu'elles ne l'ont pas été. L'argent a été caché hors de la maison, en un endroit qui a été facilement découvert. Le cacher dans la chambre même de Bentley eût été maladroit : la police aurait tiqué. Le meurtre a été commis à l'heure de la promenade quotidienne de Bentley. On a trouvé du sang sur sa manche. Qui sait si ce n'est pas quelqu'un qui s'est frotté contre lui dans le noir, justement pour fabriquer cette preuve ?

— J'ai idée, monsieur Poirot, que vous allez un peu loin !

— Sans doute, mais c'est nécessaire si nous voulons y voir clair... Car, mon cher Spence, il y a une chose qu'il faut bien vous mettre dans la tête ! C'est que, si Mrs Mac Ginty est une pauvre femme de ménage fort banale, son *meurtrier*, lui, doit être extraordinaire. Ça tombe sous le sens ! Dans cette affaire ce n'est pas la victime qui est intéressante, c'est l'assassin. Dans la plupart des crimes, il en va autrement. Celui qu'il faut interroger, celui qui parle, c'est le mort. Quand on sait comment il a vécu, qui il aimait et qui il haïssait, il n'est pas loin de livrer le nom de son meurtrier. Ici, c'est le contraire ! Qui a tué Mrs Mac Ginty ? Pourquoi l'a-t-on tuée ? Ce n'est pas en étudiant la vie de Mrs Mac Ginty que nous l'apprendrons, c'est la personnalité même de l'assassin qui nous mettra sur la voie. Nous sommes d'accord ?

Spence qui avait écouté avec un certain scepticisme, s'en tint à une réponse prudente.

— Il me semble.

— Cet assassin, poursuivit Poirot, que voulait-il ? Se débarrasser de Mrs Mac Ginty ?... *Ou se débarrasser de James Bentley ?* Pour moi, c'est une des premières questions à élucider. Le meurtre a fait une victime apparente. N'y en a-t-il pas une autre, qui, celle-là, serait *la vraie* ? C'est à examiner.

Spence n'était pas convaincu.

— Vous croyez vraiment, demanda-t-il, qu'il se serait trouvé quelqu'un pour tuer une pauvre femme, parfaitement inoffensive, et cela uniquement pour faire pendre un innocent ?

— On ne fait pas d'omelette sans casser des œufs, répliqua Poirot. L'omelette, en l'espèce, c'est James Bentley. Parlez-moi de lui !

— Ce sera vite fait ! Son père, un médecin, est mort quand il avait neuf ans. Il a reçu une bonne instruction secondaire ; l'armée n'a pas voulu de lui, parce qu'il n'a pas les poumons très solides ; il a travaillé dans un ministère pendant la guerre et sa mère l'a, pour ainsi dire, « couvé » aussi longtemps qu'elle a vécu.

— Il y a là-dedans, déclara Poirot, beaucoup plus de possibilités que dans l'histoire de Mrs Mac Ginty.

— Vous croyez ?

— Pour le moment, mon cher Spence, je ne crois rien du tout. Je dis seulement que notre enquête peut s'orienter sur deux voies différentes et qu'il nous faudra décider très rapidement quelle est la bonne, celle sur laquelle nous entendons nous engager.

— Par où pensez-vous commencer, monsieur Poirot ? Je pourrais peut-être vous aider...

— Avant tout, j'aimerais avoir une conversation avec James Bentley.

— C'est facile. Je préviendrai son avocat.

— Cela fait, je me rendrai à Broadhinny. Là, m'aidant de vos notes, je referai l'enquête que vous avez déjà faite...

— Pour le cas où quelque chose m'aurait échappé, dit Spence avec un sourire contraint.

— Disons plutôt, rectifia Poirot, pour le cas où un

détail m'apparaîtrait sous un jour différent de celui sous lequel vous l'avez aperçu. Les réactions des hommes varient d'un individu à l'autre. Un jour, à Liège, j'ai trouvé que certain riche financier belge ressemblait à une bouilloire. Cette observation, que personne n'avait faite avant moi, a eu pour lui les conséquences les plus désolantes. Passons... Ce que je me propose, c'est d'éliminer, l'une après l'autre, toutes les pistes auxquelles nous venons de faire allusion, pour ne conserver que la bonne. Je m'installerai donc à Broadhinny. Y a-t-il là-bas un hôtel convenable ?

— Il y a les *Trois Canards,* que je ne vous recommanderai pas, et l'*Agneau,* à Cuvallon, à trois milles de Broadhinny. Dans le village même, vous avez une sorte de pension de famille, si l'on peut ainsi appeler une vieille demeure campagnarde habitée par un jeune ménage qui prend des hôtes payants. Je ne jurerais pas qu'on y trouve tout le confort moderne...

Hercule Poirot fermait les yeux. Il fallait se montrer héroïque.

— Tant pis ! dit-il. J'endurerai ce qu'il faudra.

— Je ne sais comment vous pourriez vous présenter là-bas, poursuivit Spence. Vous pourriez dire que vous êtes un chanteur d'opéra qui s'est cassé la voix et qui a besoin de repos. Ce serait assez plausible...

Hercule Poirot bomba le torse.

— Pas du tout ! déclara-t-il. Je suis Hercule Poirot et c'est sous mon nom d'Hercule Poirot que j'irai là-bas.

Spence esquissa une moue dubitative.

— Vous croyez que c'est sage ?

— C'est indispensable ! N'oubliez pas, mon cher ami, que nous n'avons pas beaucoup de temps devant nous ! Nous devons aboutir rapidement. Que savons-nous ? Rien. Mais il nous faut donner à croire que nous en savons très long. Je suis Hercule Poirot, le grand, l'unique. Et, moi, Hercule Poirot, je ne suis pas satisfait du verdict rendu dans l'affaire Mac Ginty. Vraisemblablement parce que j'ai de bonnes raisons de penser que je sais *ce qui s'est réellement passé* parce que je soupçonne la vérité. Que les gens en soient persuadés, voilà qui ne peut que servir nos desseins ! Vous en doutez ?

Spence ne pouvait répondre que non. Il n'y manqua pas.

— Ma seule présence, reprit Poirot, déterminera chez les uns et les autres certaines réactions. Ce sont ces réactions que j'ai l'intention d'observer. Nul doute qu'elles ne soient pleines d'enseignements !

— Attention, monsieur Poirot, il ne faudrait pas prendre trop de risques. Je ne voudrais pas qu'il vous arrivât quelque chose !

— Mais, répliqua le détective, si je recevais un mauvais coup, est-ce que votre preuve ne serait pas faite ?

— Si, déclara le commissaire avec embarras. Mais à ce prix-là, je ne tiens pas à ce qu'elle le soit !

CHAPITRE IV

Poirot examina la pièce dans laquelle il se trouvait. Elle était vaste, mais on ne pouvait rien ajouter d'autre à son avantage. Le détective promena son index sur le rayon supérieur d'une étagère et fit la grimace, il le trouva ainsi qu'il s'y attendait, couvert de poussière. Poirot s'assit sur le canapé, dont les ressorts fatigués s'affaissèrent sous son poids, pourtant minime. Les fauteuils — il y en avait trois — ne devaient pas être en meilleur état. Quant au chien de la maison, qui, pour l'instant, regardait Poirot avec une curiosité peu rassurante, il y avait de fortes chances pour qu'il fût galeux.

Des gravures sur acier, représentant des scènes de bataille, et deux peintures à l'huile, assez réussies, ornaient les murs, dont le papier passé avait depuis longtemps perdu ses couleurs originales. Les tables, plus ou moins bancales, auraient eu sérieusement besoin d'être calées. Le tapis, fort usé, n'avait jamais dû être très beau. Une fenêtre était ouverte et il semblait bien qu'aucune puissance au monde ne parviendrait à la tenir fermée. La porte ne valait guère mieux. Elle était close pour le moment, mais Poirot savait déjà qu'elle s'ouvrait au moindre coup de vent.

Hercule Poirot, consterné, jugeait son sort bien misérable.

La porte s'ouvrit, livrant passage à Mrs Summerhayes, une rousse, au visage assez agréable, encore que semé de taches de son. Elle entra, se retourna pour répondre à quelqu'un qui l'avait appelée de l'extérieur et disparut tout aussitôt par le chemin même d'où elle était venue. Poirot courut à la porte pour la fermer derrière elle.

Mrs Summerhayes revint bientôt. Elle portait, cette fois, sous le bras, une grande bassine émaillée et, à la main, un couteau de cuisine. Du dehors, une voix d'homme se fit entendre :

— Dis-moi, Maureen ! Le chat est encore malade. Qu'est-ce qu'il faut faire ?

— Ne t'inquiète pas, mon chéri ! J'arrive.

Mrs Summerhayes posa sa bassine par terre, jeta son couteau sur une table et de nouveau, quitta la pièce. Poirot, une fois encore, alla fermer la porte derrière elle.

Il y eut, au-dehors, le bruit d'un moteur d'auto. Le chien se mit à aboyer. Il finit par sauter sur une petite table qui se trouvait près de la fenêtre.

— C'est insupportable ! murmura Poirot.

La porte s'ouvrit, sous la poussée du vent qui balaya la pièce d'un souffle glacé. Le chien, aboyant toujours, bondit par la fenêtre. Poirot entendit la voix de Maureen, interpellant son époux.

— Pourquoi n'as-tu pas fermé la porte de derrière, Johnny ? Les poules sont dans la cuisine !

Poirot poussa un soupir et dit tout haut :

— Et je paie pour ça sept livres par semaine !

Les échos de la lutte engagée par Mrs Summerhayes contre ses poules lui parvinrent ensuite. Puis, sa cuisine libérée sans doute, la dame revint.

— Cela ne vous ennuie pas, monsieur, demanda-t-elle, que je m'installe ici pour écosser mes haricots ? La cuisine sent horriblement mauvais !

— Au contraire, madame, je serai enchanté !

Ce n'était pas l'absolue vérité, mais non plus tout à fait inexact. Poirot, depuis vingt-quatre heures qu'il était là, n'avait encore pu avoir avec Mrs Summerhayes une conversation de plus de trente secondes. Il trouvait enfin l'occasion de bavarder un peu avec elle.

Mrs Summerhayes s'installa dans un fauteuil et se mit à l'ouvrage, avec plus d'énergie que d'habileté, d'ailleurs.

— J'espère que vous ne vous trouvez pas trop mal à Long Meadows, dit-elle au bout d'un instant. Si vous désirez quelque chose, il faut le dire !

Poirot répondit courtoisement qu'elle était trop aimable.

— Je souhaiterais seulement, ajouta-t-il, qu'il fût en mon pouvoir de vous procurer des domestiques convenables !

— Des domestiques ! s'écria Mrs Summerhayes. Je voudrais bien en découvrir ! Je ne peux même pas trouver une femme de ménage. Nous en avions une, qui était excellente. Elle a été assassinée. C'est bien notre chance !

— J'imagine que vous faites allusion à Mrs Mac Ginty ?

— Oui, c'est bien d'elle que je parle ! Elle me manque énormément. Sans elle, c'est bien simple, je n'y arrive plus !

— Vous teniez beaucoup à elle ?

— C'est-à-dire, mon cher monsieur, qu'on pouvait compter sur elle. *Elle venait.* Deux fois par semaine, le lundi après-midi et le jeudi matin. Toujours à l'heure... Maintenant, j'ai Mrs Burp, une femme qui habite près de la gare. Elle est mariée et elle a cinq enfants. Naturellement, elle vient quand elle peut. Quand ce n'est pas son mari qui est souffrant, c'est sa vieille mère, à moins que ce ne soit un des gosses ! Bref, elle n'est jamais là. Avec Mrs Mac Ginty, au moins, j'étais tranquille !

— Elle était honnête et vous lui faisiez confiance ?

— Elle ne m'a jamais rien volé, pas même un peu de nourriture ! Bien sûr, elle était curieuse et jetait volontiers un coup d'œil sur les lettres qu'on laissait traîner. Mais elles en sont toutes là et on ne peut guère le leur reprocher. Pour elles, la vie n'est pas drôle...

— Mrs Mac Ginty était malheureuse ?

— Je le crois. Vous croyez que c'est amusant de faire le parquet ? Ou bien, quand vous arrivez le matin, de trouver dans la buanderie une pile de linge qui vous attend ? Du linge que vous laverez et qui ne vous appartient même pas ! Moi, il me semble que si je devais mener une vie comme ça, je serais comme délivrée le jour où on m'assassinerait. Je le dis comme je le pense...

Le visage du major Summerhayes apparut à la fenêtre. Mrs Summerhayes se leva et courut à lui.

— Qu'est-ce qu'il y a ?

— Il y a, Maureen, que ce satané chien a mangé ce que tu avais préparé pour les poules !

— C'est ennuyeux ! Il sera malade.

John Summerhayes présenta à sa femme le panier plein de feuilles vertes qu'il tenait à la main.

— Les épinards, dit-il. Ça suffira ?

— Tu plaisantes !

— Je crois même qu'il y en a beaucoup.

— A la cuisson ça ne donnera pas de quoi remplir une assiette. Tu ne sais donc pas ce que c'est que des épinards ?

— Si, mais...

— Le poisson est arrivé ?

— Pas que je sache.

— Alors, on ouvrira une boîte de conserves. Il y en a deux ou trois sur le coin de l'armoire, à la cuisine.

C'est celles-là qu'il faudrait prendre d'abord. Tu peux t'en occuper ?

— Entendu. Et les épinards ?

— J'en fais mon affaire !

Sur quoi, Mrs Summerhayes sauta dans le jardin. Poirot se précipita à la fenêtre pour la fermer. Le mari et la femme s'éloignaient. Portés par le vent, leurs propos parvinrent aux oreilles du détective.

— Ce nouveau pensionnaire, Maureen, qu'est-ce que tu penses de lui ? Il a l'air d'un drôle de particulier. Comment s'appelle-t-il, déjà ?

— Tout à l'heure, en causant avec lui, je cherchais son nom, il vient de me revenir : Poirot. Je crois que c'est un Français...

— En tout cas, son nom me rappelle quelque chose !

— Tu l'auras vu dans une annonce. Il a l'air d'un de ces coiffeurs qui se rendent à domicile...

— Je croirais plutôt qu'il est représentant de commerce. De toute façon, tu feras bien de lui réclamer ses sept livres dès maintenant...

Poirot n'entendit pas la suite. Il ferma la fenêtre et, pour faire quelque chose, ramassa les haricots qui étaient tombés par terre quand Mrs Summerhayes s'était levée. Il terminait lorsqu'elle reparut. Après l'avoir remercié de s'être donné tant de peine, elle dit :

— Ces haricots ne sont pas bien beaux... Il y en a beaucoup de noirs et je crains qu'ils ne soient pas fameux...

— J'en ai bien peur !... Vous permettez que je ferme la porte ? A cause du courant d'air...

— Je vous en prie. Je crois bien que j'ai la manie de laisser toujours mes portes ouvertes...

— C'est ce que j'ai remarqué.

— Il est vrai que, pour cette porte, elle ne veut pas rester fermée ! La maison tombe en ruine. Les parents de Johnny, qui l'habitaient, n'avaient que de maigres ressources, les pauvres, et ils n'ont jamais eu le moyen de faire faire des réparations. Nous ne l'avons pas eu, nous non plus, depuis que nous nous sommes installés ici, à notre retour des Indes. Aux vacances, les enfants s'en félicitent : ils ont des tas de chambres et le jardin pour faire les sauvages ! Nous faisons de notre mieux, mais nous avons encaissé des coups sévères et c'est tout juste si, grâce à nos pensionnaires, nous réussissons à joindre les deux bouts !

— Actuellement, vous n'avez pas d'autre pensionnaire que moi ?

— Si, une vieille dame. Elle s'est couchée le jour de son arrivée et elle ne s'est pas levée depuis. Je n'ai pas l'impression qu'elle soit malade, mais c'est comme ça... et je lui monte à manger quatre fois par jour. Car elle a bon appétit ! Elle doit d'ailleurs sortir demain pour aller voir une parente à elle, une nièce, je crois...

Mrs Summerhayes marqua une pause, puis reprit, sur un ton qui manquait de naturel :

— J'attends le marchand de poisson. Est-ce que cela vous gênerait de me régler... votre première semaine ? Car vous nous restez huit jours, n'est-ce pas ?

— Huit jours... et peut-être plus.

— Ça m'ennuie de vous demander ça, mais je n'ai pas de monnaie... et vous connaissez les fournisseurs...

— Je vous en prie, madame, ne vous excusez pas !

Mrs Summerhayes se saisit, avec un empressement et une joie à peine dissimulés, des sept billets d'une livre que le détective lui tendait.

— Peut-être serait-il bon, dit-il, que je me présente un peu plus complètement. *Je suis Hercule Poirot.*

Cette révélation ne produisit pas sur Mrs Summerhayes l'effet escompté.

— Un très joli nom, dit-elle avec un sourire aimable. Un nom grec, n'est-ce pas ?

— Comme vous le savez sans doute, poursuivit Poirot, je suis détective.

Se rengorgeant, il ajouta :

— Je suis même, selon toute probabilité, le plus grand détective du monde entier.

Mrs Summerhayes éclata de rire.

— Je vois, monsieur Poirot, que vous aimez la plaisanterie. Et, en qualité de détective, qu'est-ce que vous cherchez ? Des empreintes digitales ? Des traces de pas ?

— Je cherche, répondit Poirot, l'assassin de Mrs Mac Ginty et il ne s'agit pas d'une plaisanterie.

Mrs Summerhayes poussa un petit cri : elle venait de se faire une coupure au doigt. Après avoir examiné sa blessure, elle dévisagea Poirot.

— J'ai peine à croire que vous parlez sérieusement, dit-elle. Cette affaire-là est terminée. L'assassin est depuis longtemps arrêté. Il a été condamné et il est probablement pendu à l'heure qu'il est !

— Non, madame. Il n'est pas pendu... du moins pas encore... et l'affaire n'est pas terminée. Ainsi que l'a écrit un de vos poètes, un problème n'est pas résolu aussi longtemps qu'il n'a reçu que des solutions boiteuses.

Mrs Summerhayes regardait son doigt qui saignait dans la bassine aux haricots.

— Heureusement, dit-elle, *ils* cuiront dans l'eau bouillante...

Poirot se leva.

— J'oubliais de vous dire, chère madame... Je ne serai pas là pour déjeuner...

CHAPITRE V

— Je ne sais rien, je vous assure.

Cela, Mrs Burch l'avait déjà dit trois fois. Devant ce personnage à longues moustaches, enveloppé dans un pardessus à col de fourrure, elle arrivait difficilement à surmonter la méfiance instinctive que lui inspiraient les étrangers en général.

— Tout ce que je peux dire, poursuivit-elle, c'est que toute cette histoire nous a valu bien des tracas. Après l'assassinat de ma pauvre tante, nous avons été envahis par les policiers, qui furetaient partout et n'arrêtaient pas de poser des questions. Les voisins étaient dévorés de curiosité, eux aussi, et, au début, j'ai cru que j'allais devenir folle. Sans compter qu'il y avait ma belle-mère, qui répétait à longueur de journée que des choses comme ça n'arrivaient pas dans sa famille *à elle* et que le malheureux Joe était bien à plaindre. Et moi, alors ? Après tout, c'était *ma* tante, et pas la sienne ! Je croyais que c'était fini et vous me dites...

— Dame ! Si James Bentley est innocent...

Mrs Burch haussa les épaules.

— Innocent. Vous me faites bien rire ! C'est lui qui a fait le coup, il n'y a pas de doute ! Moi, ça ne m'a pas étonnée ! Un type qui se promenait en parlant tout seul... J'avais prévenu ma tante. Je lui avais dit qu'à sa place je ne garderais pas chez moi un homme comme ça, vu qu'il ne paraissait pas avoir la tête bien solide et qu'il était très capable de perdre la boule un jour ou l'autre... Elle m'a répondu qu'il ne faisait pas de bruit, qu'il était bien complaisant et qu'il ne lui donnait pas de souci. Il ne boit pas, qu'elle disait, et il ne fume même pas ! Maintenant, elle est fixée, la pauvre femme !

Poirot regardait Mrs Burch. C'était une grosse femme, au teint coloré et à la bouche gourmande. Sa petite maison était propre et bien tenue. Une odeur d'encaustique flottait dans l'air, mêlée à un fumet de cuisine nullement désagréable aux narines. Mrs Burch semblait une bonne épouse, qui tenait son intérieur bien en ordre et prenait la peine de préparer à son mari des plats mijotés. Poirot trouvait ça très bien. Elle avait sur l'affaire des idées arrêtées et elle ne voulait pas en changer. Après tout, c'était son droit ! On la voyait mal tuant sa tante avec un hachoir ou poussant son mari à le faire. Spence s'était renseigné sur la situation financière des Burch. Ils n'avaient pas besoin d'argent et Spence tenait pour certain que ce n'étaient pas eux qui avaient assassiné la vieille dame. Cette conclusion, Poirot la fit sienne.

Malgré cela, il continua la conversation, la dirigeant non plus sur le meurtre lui-même, mais sur la victime. Ses questions portaient sur la santé de Mrs Mac Ginty, sur ses habitudes, sur ses goûts, sur son défunt époux, sur bien d'autres choses encore. Etaient-elles utiles ? Poirot n'aurait osé l'affirmer. Mais elles faisaient parler Mrs Burch et Poirot recueillait du même coup des renseignements sur la tante et sur la nièce.

A vrai dire, Bessie Burch ne savait pas grand-chose de sa tante. Elle la voyait peu. Une ou deux fois par mois, le dimanche, Bessie et son mari allaient déjeuner chez la vieille dame. De temps en temps, c'était celle-ci qui venait chez eux. A Noël, on se faisait de petits cadeaux. Les Burch savaient que la tante avait un peu d'argent qui leur reviendrait quand elle mourrait.

— Mais ça ne veut pas dire que nous l'attendions avec impatience ! précisa Mrs Burch, les joues un peu plus colorées. Nous avons des économies et je peux dire que nous lui avons fait un bel enterrement, avec fleurs, couronnes, et tout !

La tante aimait tricoter. Elle n'aimait pas les chiens qui salissent, mais elle avait eu un chat. Un jour, il était parti. Elle ne l'avait pas remplacé, mais la dame de la poste lui avait promis qu'elle lui réserverait un chaton. Elle tenait sa maison très propre, astiquait ses cuivres, dont elle était très fière, et lavait chaque matin le carreau de sa cuisine. Elle faisait des ménages, mais elle était bien payée. Un shilling dix pence l'heure, sauf chez Mrs Carpenter, à Holmeleigh, qui lui donnait deux shillings. Les Carpenter, qui roulaient sur l'or, lui avaient demandé de venir plus souvent, mais elle avait refusé, parce qu'elle ne pouvait pas faire ça à ses autres patronnes, qui lui avaient fourni du travail bien avant Mrs Carpenter. Ça n'aurait pas été bien.

Poirot glissa dans la conversation le nom de Mrs Summerhayes, de Long Meadows.

Oui, la tante allait chez elle, deux fois par semaine. C'étaient des gens qui revenaient des Indes, où ils avaient une tripotée de domestiques indigènes. Mrs Summerhayes était très gentille et la tante l'aimait bien, mais ne savait pas tenir une maison. Ils avaient essayé de faire la culture des légumes, mais, là encore, ils ne connaissaient pas grand-chose. Les enfants venaient pendant les vacances et, à ce moment-là, les vrais maîtres de Long Meadows, c'étaient eux !

Mrs Mac Ginty allait à la messe le dimanche, mais ne s'intéressait pas aux œuvres paroissiales. Quelquefois, mais rarement, elle s'offrait le cinéma. Sur certains sujets, elle était intransigeante : elle avait quitté une de ses employeuses parce qu'elle avait découvert que celle-ci n'était pas légitimement mariée avec le peintre chez qui elle vivait. Elle ne lisait pas de livres, mais elle aimait bien parcourir les hebdomadaires et les vieux magazines qu'on lui donnait. Elle ne s'occupait pas de politique. Pourtant, elle votait. Toujours pour le candidat conservateur, comme avait fait son mari, durant toute son existence. Elle était économe et ne dépensait guère pour s'habiller. D'ailleurs, ses patronnes lui faisaient cadeau de toute sorte de vêtements dont elles ne voulaient plus.

En somme, Mrs Mac Ginty était bien telle que l'imaginait Poirot et sa nièce, telle que le laissaient prévoir les notes du commissaire Spence.

Joe Burch rentra pour déjeuner, comme Poirot se disposait à prendre congé. C'était un petit homme, au regard futé, évidemment moins facile à manœuvrer que son épouse. Il fit bon visage au détective et lui dit presque tout de suite qu'il serait heureux de lui fournir tous les renseignements qu'il pourrait souhaiter. Poirot, qui avait remarqué chez lui une certaine nervosité, trouva cet empressement assez suspect. Pourquoi Joe Burch tenait-il tant à être agréable à un étranger qui venait l'importuner ? Une seule réponse possible : parce que cet étranger était porteur d'une lettre d'introduction signée du commissaire Spence, de la police du comté. Joe Burch ménageait la police. En fallait-il conclure qu'il ne pouvait pas, comme sa femme, dire tout ce qu'il pensait ; et cela parce qu'il avait mauvaise conscience.

Mauvaise conscience ? Pourquoi ? Pour des raisons peut-être sans aucun rapport avec l'assassinat de Mrs Mac Ginty, mais peut-être aussi parce que l'alibi du cinéma était truqué. On pouvait supposer que

Joe Burch était venu frapper à la porte de Mrs Mac Ginty, que c'était lui qui avait tué la vieille dame, simulé un cambriolage et caché l'argent près de la maison, à seule fin de faire porter les soupçons sur James Bentley, les deux cents livres déposées à la Caisse d'Epargne l'intéressant d'ailleurs plus que les trente qui se trouvaient sous le parquet. Ces deux cents livres, dont sa femme hériterait, peut-être le ménage en avait-il besoin, tout en affirmant le contraire. Poirot se souvint qu'on n'avait pas retrouvé l'arme du crime. Il se demanda pourquoi. Le dernier des imbéciles sait qu'il lui suffit de porter des gants pour ne pas être trahi par les empreintes digitales. Pourquoi donc avait-on emporté l'arme dont on s'était servi, laquelle devait être lourde, avec une lame bien tranchante ? Etait-ce parce qu'il eût été facile de l'identifier comme appartenant aux Burch ? Peut-être était-elle encore dans la maison. Le médecin légiste avait dit qu'elle devait ressembler à un hachoir. Cette arme, la police l'avait cherchée partout, allant même jusqu'à draguer des mares ! Rien ne manquait dans la cuisine de Mrs Mac Ginty et il ne semblait pas que James Bentley eût jamais eu en sa possession un objet analogue à celui dont il était question. C'était un point en sa faveur. On n'en avait pas fait état, à cause des autres preuves, qui l'écrasaient. Pourtant, il comptait. Si peu que ce fût...

Poirot parcourut des yeux la petite pièce où Mrs Burch l'avait reçu. L'arme était-elle là ? Ou à côté, dans la cuisine ? Et était-ce à cause d'elle que Joe Burch semblait tout ensemble si mal à l'aise et si prêt à apporter à Poirot sa collaboration ?

Poirot n'en croyait rien.

Pourtant, il n'en était pas tout à fait sûr.

CHAPITRE VI

1

Après une courte attente, Poirot fut introduit dans le bureau de Mr Scuttle, l'un des directeurs de la firme Breather and Scuttle.

Mr Scuttle était un homme affairé, aux manières brusques et cordiales. Il rendit son salut à Poirot, puis, se frottant les mains d'un geste familier, lui demanda en quoi il pouvait lui être agréable. Cependant, d'un œil professionnel, il examinait son visiteur, essayant de le situer. Un étranger, incontestablement. Bien vêtu et probablement riche. Un directeur d'hôtel ? Peut-être. Ou un producteur de films ?

— J'espère que je n'abuserai pas de vos instants, dit Poirot. J'aimerais que vous me parliez d'un de vos anciens employés, James Bentley.

Le sourcil de Mr Scuttle s'éleva de trois centimètres, puis reprit sa place normale.

— Vous êtes journaliste ?

— Non.

— Vous appartenez à la police ?

— Non.

— Alors, de quoi s'agit-il ?

Poirot, qui n'hésitait jamais à bousculer quelque peu la vérité quand il le fallait, commença par déclarer qu'il enquêtait sur l'affaire Mac Ginty à la demande de certains parents de James Bentley.

— J'ignorais qu'il eût de la famille, dit Mr Scuttle. En tout cas, elle s'émeut bien tardivement. Il a été jugé, reconnu coupable et condamné à mort.

— Mais il n'est pas encore exécuté...

— Et, tant qu'il y a de la vie, il y a de l'espoir ! C'est ce que vous voulez dire ?

Avec un hochement de tête, Mr Scuttle ajouta :

— Pour moi, j'en doute fort. L'accusation reposait sur des preuves solides. Et qui sont ces parents de James Bentley ?

— Je puis seulement vous dire qu'ils sont riches et puissants. Extrêmement riches, même...

— Vous m'étonnez !

Sur un ton singulièrement adouci, Mr Scuttle, malgré lui sensible à tout ce que pouvaient représenter les derniers mots prononcés par Poirot, répéta :

— Vous m'étonnez... Oui, énormément.

— Feu Mrs Bentley, la mère de James Bentley, expliqua Poirot, avait complètement rompu avec les siens.

— Une vieille querelle de famille ?... Dommage, pour le jeune Bentley, que les parents en question aient tant attendu pour se manifester !

— Ils n'étaient au courant de rien. Dès qu'ils ont été informés, ils m'ont prié de me rendre en Angleterre pour faire tout le possible afin de sauver James Bentley.

Mr Scuttle se renversa dans son fauteuil. Puisqu'il ne s'agissait pas d'affaires, il pouvait s'abandonner un peu.

— Je ne vois guère ce que vous pourriez faire, dit-il. L'irresponsabilité ? Au point où en sont les choses... Bien sûr, si vous obtenez de quelque sommité médicale...

Poirot jugea sage de rappeler l'objet de sa visite.

— James Bentley travaillait chez vous. C'est de lui que j'aimerais que vous me parliez.

— Il n'y a pas grand-chose à dire. C'était un jeune homme bien élevé, un employé très consciencieux, à qui l'on ne pouvait rien reprocher, sinon qu'il n'avait pas la moindre idée de ce que c'était que l'art de vendre. Jamais il n'arrivait à conclure une affaire. Or, dans notre métier, le principal, c'est d'obtenir un résultat. Quand un client vient nous trouver pour nous dire qu'il a une maison dont il voudrait se défaire, c'est à nous de la vendre. Si, au contraire, il en recherche une, il nous appartient de la découvrir. Si c'est une vieille bâtisse, située dans un coin perdu et dépourvue de confort, nous ferons remarquer que c'est une demeure historique et nous ne parlerons pas du tout-à-l'égout. Par contre, si c'est un bel immeuble moderne dans le voisinage d'une usine à gaz, nous ne dirons rien de la vue, nous laisserons le paysage de côté et nous insisterons sur le reste. L'important, c'est d'amener le client à traiter. Nous sommes là pour ça... Ce qu'il faut, voyez-vous, c'est être psychologue !

Poirot sauta sur le mot.

— Psychologue, vous l'êtes, cela se voit ! Vous savez juger les hommes à leur valeur, c'est évident !

Mr Scuttle protesta mollement.

— Et c'est pourquoi, poursuivit Poirot, je désirerais savoir ce que vous pensez de James Bentley. De vous à moi, et ceci devant rester entre nous, croyez-vous qu'il a tué ?

Scuttle regardait Poirot avec ahurissement.

— Mais bien sûr !

— Et vous croyez aussi que, psychologiquement, ce crime s'explique, qu'il est conforme à ce que l'on pouvait attendre de Bentley, tel que vous le connaissiez ?

— C'est-à-dire que... C'est difficile à expliquer... Je n'aurais jamais cru qu'il fût capable de faire un coup pareil. Seulement, il n'avait pas la tête très solide... Il était chômeur, il se faisait du souci... Un beau jour, sa raison a lâché...

— Quand vous l'avez congédié, demanda Poirot, aviez-vous un motif spécial de vous séparer de lui ?

— Nullement. C'était la période creuse de l'année, notre personnel étant trop nombreux, nous avons supprimé l'employé qui nous rendait le moins de services. C'était Bentley... Nous lui avons donné un excellent certificat, mais il n'a pas trouvé à se replacer. Il manquait d'énergie et faisait mauvaise impression...

Poirot, peu après, se retirait. James Bentley faisait mauvaise impression, on en revenait toujours là. Une seule pensée réconfortait le détective : il avait connu bien des criminels de qui tout le monde s'accordait à reconnaître qu'ils avaient du charme.

2

— Vous permettez que je m'assoie près de vous ? J'aimerais vous parler un instant.

Poirot plongé dans l'étude de la carte du *Chat Bleu,* leva la tête, un peu surpris. Il faisait assez sombre, dans la salle du restaurant, le patron cultivant le genre « auberge d'autrefois », avec boiseries de chêne, vitraux multicolores et fenêtres minuscules. Poirot reconnut pourtant au premier coup d'œil que la jeune femme qui se tenait près de sa table était jolie, avec des cheveux très blonds. Elle portait un tailleur bleu « électrique » et il eut l'impression de l'avoir rencontrée peu auparavant.

— Sans le faire exprès, poursuivait-elle, j'ai entendu des bribes de la conversation que vous avez eue avec Mr Scuttle.

Poirot hocha la tête. Il avait bien remarqué que, dans

les pièces de travail de Breather and Scuttle, on avait multiplié les bureaux, avec de minces cloisons pourvues de larges parties vitrées.

— Vous tapiez à la machine dans la pièce voisine, n'est-ce pas ? Vous étiez juste dans mon dos, mais je vous ai aperçue en entrant.

Elle sourit. Elle avait de très belles dents. Poirot la regarda mieux. La silhouette lui plut. Il n'aimait pas les femmes plates. Celle-ci devait avoir trente-trois ou trente-quatre ans. La blondeur de ses cheveux était artificielle. Au naturel, ils devaient être bruns.

— C'est au sujet de Mr Bentley, dit-elle.

Il lui fit signe de s'asseoir.

— Et qu'est-ce que vous voulez me dire, au sujet de Mr Bentley ?

— Il va demander la révision de son procès ? Est-ce que ça signifie qu'on a découvert quelque chose de nouveau ? Je serais si contente !... Parce que, moi je ne l'ai jamais cru coupable !

— Jamais ?

— Enfin, pas au début ! Je croyais qu'il s'agissait d'une erreur... Plus tard, évidemment, les preuves...

Elle n'acheva pas sa phrase.

— Je comprends, dit Poirot.

— A ce moment-là, comme il n'y avait pas d'autre coupable possible, j'ai pensé que, peut-être, dans un moment de folie...

— Vous avait-il jamais donné l'impression d'être... comment dirais-je ?... bizarre ?

— Non, pas dans le sens où vous l'entendez ! Il paraissait « drôle », mais c'était parce qu'il était timide, à un point qu'on n'imagine pas. Il ne savait pas se faire valoir. La vérité, c'est qu'il n'avait pas confiance en lui.

Poirot la regarda. Voilà un reproche qu'on ne lui ferait jamais, à elle.

— Vous l'aimiez ? demanda-t-il.

Elle rougit.

— Il me plaisait, oui. Amy — c'est ma collègue au bureau — se moquait de lui et disait que c'était un « minus », mais moi, je le trouvais très sympathique. Il était gentil, bien élevé... et il savait bien des choses. Je veux dire des choses qu'il avait lues dans les livres...

— J'avais compris.

— Sa mère lui manquait beaucoup. Elle avait été malade pendant des années... Pas vraiment malade, mais pas bien portante... Et, pour elle, il avait tout fait !

Poirot approuva d'un hochement de tête. Il connaissait ces mères-là.

Elle poursuivit :

— De son côté, elle s'occupait beaucoup de lui. Elle veillait sur sa santé. L'hiver, elle lui recommandait de se couvrir la poitrine. Elle s'inquiétait de ce qu'il mangeait...

— Et, demanda Poirot, vous étiez de grands amis ?

— Je n'en sais rien... Ce n'est pas tout à fait ça ! Nous nous étions beaucoup parlé pendant un certain temps. Mais, après son départ de la maison, il... Enfin, je ne l'ai presque plus vu. Je lui ai écrit une fois, très gentiment. Il ne m'a pas répondu...

— Malgré cela, dit doucement Poirot, vous l'aimez ?

— Je l'aime, oui.

Elle avait dit cela d'une voix à la fois très ferme et très posée.

— Voilà qui est excellent ! déclara Poirot.

Il songea à la visite qu'il avait faite au condamné. Il revoyait très nettement James Bentley, son visage ingrat, son corps trop maigre, ses mains trop petites pour les poignets énormes et osseux, son cou trop long, sa pomme d'Adam saillante. L'homme ne regardait pas en face, ce qui lui donnait l'air sournois. Il parlait d'une voix hésitante, souvent inaudible. Tout en lui inspirait la méfiance plutôt que la confiance.

Ce fut l'impression des jurés, qui le tinrent pour un type capable, aussi bien de mentir, que de tuer une vieille femme d'un coup sur la tête.

Pourtant, cette impression-là, le commissaire Spence, qui s'y connaissait en hommes, ne l'avait pas eue. Poirot non plus. Cette jeune femme non plus, évidemment.

— Au fait, mademoiselle, demanda-t-il, comment vous appelez-vous ?

— Maude Williams. Pourrais-je faire quelque chose qui... *lui* serait utile ?

— Je le pense. Il y a des gens, miss Williams, qui ne croient pas à la culpabilité de James Bentley. Ils veulent démontrer son innocence et je ne suis ici que pour réunir les preuves nécessaires. Je puis ajouter que ma mission est déjà très avancée.

Ce mensonge, Poirot le faisait sans rougir. Il était indispensable. Maude Williams parlerait. Ses propos seraient répétés et ils finiraient bien par parvenir aux oreilles de quelqu'un qu'ils inquiéteraient, non sans raison. Poirot, donc, devait mentir. Sans scrupule.

— Vous m'avez dit, reprit-il, que vous avez eu de nombreuses conversations avec James Bentley. Il vous a parlé de sa vie familiale. Vous a-t-il jamais dit avoir un ennemi ? Y avait-il quelqu'un avec qui sa mère fût en mauvais termes, quelqu'un qu'elle détestait ?

Maude Williams réfléchit.

— Pas que je me souvienne ! Evidemment, d'après ce que j'ai cru comprendre, sa mère n'aimait pas les jeunes femmes...

— Non ! non ! dit Poirot. Les mères qui sont choyées par leur fils sont souvent comme ça. Je fais allusion à quelque chose de plus grave, comme, par exemple, une solide haine de famille...

Maude secoua la tête.

— Il ne m'a jamais parlé de rien de tel.

— Et de Mrs Mac Ginty, sa logeuse, il ne vous disait jamais rien ?

— Il ne m'avait jamais dit son nom, mais une fois, il m'a raconté que sa logeuse lui faisait manger des harengs vraiment trop souvent, et une autre fois, qu'elle était très triste, parce qu'elle avait perdu son chat.

— Vous a-t-il jamais dit — c'est une question à laquelle je vous demande de répondre en toute franchise — s'il savait où elle cachait son argent ?

La jeune femme pâlit légèrement, mais releva le menton.

— Effectivement, il le savait et il me l'a dit. Nous parlions des gens qui n'ont pas confiance dans les banques et il m'a dit que c'était le cas de sa logeuse, qui cachait ses économies sous une lame du parquet de sa chambre à coucher. Je me souviens même qu'il ajouta : « Je pourrais me servir quand elle n'est pas là ! » Il ne disait pas ça en plaisantant — il ne plaisantait jamais — mais comme quelqu'un que cette imprudence ennuyait sincèrement.

— Voilà qui est excellent dit Poirot. Du moins, à mon sens. Quand James Bentley pense à un vol, il le voit comme une action commise dans le dos de quelqu'un. Vous comprenez ? Il aurait tout aussi bien pu dire : « Un de ces jours, on l'assommera pour lui prendre son argent ! »

— En tout cas, lui, il ne l'aurait pas fait !

— Bien sûr ! Ce que je veux vous faire remarquer, c'est qu'il suffit d'une phrase, même banale, pour éclairer une personnalité. S'ils étaient malins, les criminels n'ouvriraient jamais la bouche. Heureusement, ils sont généralement vaniteux et ils parlent beaucoup. Ce qui explique qu'ils ne soient pas nombreux à rester impunis.

— Mais enfin, dit Maude Williams, cette vieille femme, il y a *quelqu'un* qui l'a tuée !

— Incontestablement.

— Alors, qui est-ce ? Vous le savez ?

Poirot, une fois encore, mentit effrontément.

— Je crois le savoir et je ne pense pas me tromper. Mais je ne suis encore qu'au commencement de mon enquête...

La jeune femme regarda sa montre et se leva.

— Vous m'excuserez, il faut que je retourne au bureau. En principe, nous n'avons qu'une demi-heure... Quand je travaillais à Londres, j'avais plus de temps... Si je peux quelque chose pour lui, vous me préviendrez ?

Poirot remit sa carte à Maude Williams, après avoir écrit au dos son adresse à Long Meadows et son numéro de téléphone.

— Pour le cas où vous auriez besoin de me joindre, dit-il.

Il remarqua avec chagrin que son nom ne faisait sur elle aucune impression. Il ne put s'empêcher de penser que les jeunes générations étaient décidément bien mal informées des célébrités de l'époque.

3

Hercule Poirot rentra à Broadhinny par l'autobus. Assez satisfait : il savait maintenant qu'il n'était pas seul à croire à l'innocence de James Bentley. L'homme avait au moins une amie.

Le détective songea de nouveau à l'entretien qu'il

avait eu avec lui à la prison. Bentley, vraiment désespérant, ne paraissait même pas s'intéresser à sa propre affaire.

— Je vous remercie, avait-il dit d'une voix sans timbre, mais je ne crois pas qu'on puisse faire quoi que ce soit.

Il était sûr de ne pas avoir d'ennemis.

— Comment en aurais-je eu, avait-il demandé, puisque les gens s'apercevaient à peine de mon existence.

— Votre mère n'en avait pas, elle non plus ?

Il avait protesté avec indignation.

— Certainement pas ! On l'aimait bien et on la respectait.

— Parlez-moi de vos amis !

— Je n'en avais pas.

Affirmation inexacte. Il y avait Maude Williams.

« Curieuse chose que la nature ! songea Poirot. Elle s'arrange toujours pour qu'un être, si disgracié qu'il soit, trouve quelqu'un pour l'aimer ! »

Pourquoi Maude, une jolie fille, s'était-elle éprise de James Bentley ? Probablement parce que, malgré les apparences, elle devait être du type « maternel ». Elle avait toutes les qualités qui manquaient à Bentley. Energique, volontaire, elle faisait partie de ces gens qui refusent de s'avouer vaincus et luttent jusqu'au bout.

Poirot pensa ensuite aux mensonges qu'il avait dits dans la journée. Ils étaient nombreux, et de taille. Il se consola en se répétant qu'ils étaient aussi indispensables.

CHAPITRE VII

1

La petite maison où fut tuée Mrs Mac Ginty était à quelques pas seulement de l'arrêt de l'autobus. Deux enfants jouaient sur le seuil, l'un qui croquait une pomme apparemment véreuse, l'autre qui, tout en poussant des cris sauvages, battait la charge sur le mur avec une assiette en fer-blanc. Ils avaient l'air ravi et heureux de vivre. Poirot ajouta au vacarme en frappant à la porte d'un poing énergique.

Une femme se montra au coin de la maison. Elle était mal peignée et portait un tablier aux vives couleurs.

— Assez, Ernie ! s'écria-t-elle.

Le gosse continua, comme s'il n'avait pas entendu. Poirot alla vers la femme.

— Il n'y a pas moyen de se faire obéir ! constata-t-elle sans que cela parût la chagriner autrement.

Poirot avait là-dessus sa petite opinion, mais il se garda de la faire connaître. Il se nomma et fut invité à entrer dans la maison par la porte de derrière, celle de devant étant verrouillée de l'intérieur. La femme lui montra le chemin. Ils pénétrèrent dans une cuisine d'aspect passablement repoussant. La femme s'arrêta et dit :

— Ce n'est pas ici qu'elle a été tuée, mais dans la pièce de devant.

Sans remarquer la surprise de Poirot, elle ajouta :

— C'est bien ce qui vous intéresse, n'est-ce pas ? Vous êtes bien le monsieur qui est chez les Summerhayes ?

Poirot sourit de plaisir.

— Ainsi, vous me connaissez ? J'en suis enchanté... Vous êtes vous-même Mrs... ?

— Kiddle. Mon mari est plâtrier. Nous nous sommes installés ici il y a quatre mois, tout juste. Avant, nous vivions chez la mère de Bert... Il y a des gens qui nous ont dit : « Vous n'allez tout de même pas emménager dans une maison où il y a eu un crime ?... » Vous pensez si nous les avons écoutés ! Une maison, c'est une maison... et nous sommes mieux ici qu'entassés dans une seule pièce !... D'ailleurs, on ne peut pas être plus tranquilles que nous ne le sommes. On prétend que les malheureux qui ont été assassinés *reviennent* la nuit... C'est possible, mais, elle, ce n'est pas son cas... Vous voulez voir où ça s'est passé ?

Poirot, qui avait l'impression d'être un touriste visitant quelque demeure historique sous la conduite d'un guide, suivit Mrs Kiddle dans une petite pièce beaucoup trop meublée, une sorte de petit salon si bien tenu qu'il était manifeste qu'on n'y entrait jamais.

— Elle était là, sur le parquet, avec le crâne ouvert, expliqua Mrs Kiddle. J'aime autant vous dire que Mrs Elliott en a eu quasiment les sangs retournés. C'est elle qui l'a trouvée, avec Larkin, qui apporte le pain de la coopérative... Pour ce qui est de l'argent, il était en haut... Venez, je vais vous montrer...

Poirot monta à l'étage derrière Mrs Kiddle. La chambre à coucher était assez grande. Il accorda un coup d'œil au vaste lit de cuivre, un autre à la grosse commode, surchargée de linge qui attendait d'être rangé, un autre enfin à la lame du parquet sur laquelle Mrs Kiddle posait le pied.

— Ses économies étaient là-dessous !

Poirot essayait d'imaginer la chambre telle qu'elle était quand Mrs Mac Ginty y vivait, qui était si soigneuse et si ordonnée.

— Ce mobilier, demanda-t-il, ce n'est pas le sien ?

— Non. Ses meubles, c'est sa nièce qui les a.

Il ne restait rien de Mrs Mac Ginty. Les Kiddle s'étaient installés comme en pays conquis. La vie a des droits.

Au rez-de-chaussée, un bébé se mit à hurler.

— C'est le petit qui s'est réveillé, expliqua Mrs Kiddle, encore que ce ne fût pas très nécessaire.

Elle fila vers l'escalier, suivie de Poirot, qui descendit derrière elle.

La maison n'avait rien à lui apprendre.

Il alla frapper à la porte voisine.

2

— Oui, monsieur, c'est moi qui l'ai trouvée !

Mrs Elliot avait dit cela sur le ton tragique. La maison était propre, coquette et même pimpante. Rien n'y évoquait le drame, hormis Mrs Elliot elle-même, racontant le plus glorieux épisode de sa morne existence. C'était une grande brune, maigre et à la langue bien pendue.

— C'est Larkin qui est venu me prévenir. Il avait frappé chez Mrs Mac Ginty, avec le pensionnaire qu'elle avait ; n'ayant pas obtenu de réponse, il craignait un malheur. C'était très possible... Elle n'était plus jeune et elle avait des palpitations, je le savais depuis longtemps. Elle pouvait très bien avoir eu une syncope. Alors, naturellement, j'ai suivi Larkin. C'étaient deux hommes et ils ne pouvaient quand même pas entrer dans sa chambre à coucher...

Poirot approuva de la tête, avec un murmure d'assentiment.

— J'ai grimpé l'escalier quatre à quatre. *Il* était sur le palier, pâle comme la mort. Ça m'est revenu après, car, à ce moment-là, évidemment, je ne savais pas encore ce qui était arrivé. J'ai frappé et, comme je n'avais pas de réponse, j'ai ouvert la porte. Tout était sens dessus dessous et j'ai tout de suite remarqué la lame du parquet soulevée. « C'est un vol ! que j'ai dit. Mais où est-elle, la pauvre femme ? » Nous l'avons trouvée en bas, dans le petit salon... Elle était morte, la tête fracassée... Un assassinat, je l'ai compris au premier coup d'œil... Ici, à Broadhinny ! Vous vous rendez compte ?... Alors, naturellement, j'ai hurlé !... Ah ! je leur ai donné du tintouin... J'avais presque tourné de l'œil. Ils ont été me chercher du cognac aux *Trois Canards,* mais, même après, j'ai tremblé pendant des heures et des heures... Je suis rentrée chez moi pour me faire une tasse de thé et j'étais encore bouleversée bien plus tard, lorsque mon mari est rentré et qu'il m'a demandé ce qu'il s'était passé... Toute petite, voyez-vous, j'étais déjà très impressionnable...

Poirot manœuvra pour ramener Mrs Elliott au sujet.

— Ça ne m'étonne pas ! dit-il. Et quand aviez-vous vu la pauvre Mrs Mac Ginty pour la dernière fois ?

— Ce devait être la veille. Elle était dans son jardin, en train de cueillir un brin de persil, et je donnais à manger à mes poules.

— Elle vous a parlé.

— Elle m'a dit bonjour et elle m'a demandé si mes poules pondaient.

— Et c'est la dernière fois que vous l'avez vue ? Le jour de sa mort, vous ne l'avez pas aperçue ?

— Non. Seulement, *lui,* ce jour-là, je l'ai vu. Il pouvait être onze heures. Il se promenait sur la route, en traînant les pieds, comme il faisait toujours.

Poirot attendit, espérant autre chose qui ne vint pas. Il se décida donc à poser une nouvelle question.

— Quand on l'a arrêté, vous avez été surprise ?

— Mon Dieu ! oui et non. Vous comprenez, j'ai toujours eu l'impression qu'il n'était pas normal et, avec ces gens qui n'ont pas toute leur tête, on peut s'attendre à tout. Quelquefois, ils deviennent mauvais... J'ai eu un oncle comme ça. Il ne connaissait pas sa force et, des fois, il était terrible... Pour moi, Bentley était bel et bien braque, et ça ne m'étonnerait pas qu'au lieu de le pendre on le colle dans une maison de fous... C'est sa place. Regardez où il a caché l'argent ! Pour le mettre là, à un endroit où il était sûr qu'on le découvrirait tout de suite, il fallait être fou.

« Ou, songea Poirot, souhaiter qu'il fût trouvé rapidement. »

Tout haut, il dit :

— Au fait, vous n'auriez pas, par hasard, constaté la disparition d'un couperet... ou d'un hachoir ?

— Non, répondit-elle. Cette question-là, la police me l'a posée, ainsi d'ailleurs qu'à tout le monde dans le village. Avec quoi elle a été tuée, c'est toujours un mystère !

3

Hercule Poirot se dirigeait à petits pas vers le bureau de poste.

L'assassin avait voulu qu'on trouvât l'argent, mais

non l'arme dont il s'était servi. Parce que l'argent accusait James Bentley. Qui l'arme eût-elle accusé ?

Poirot s'était entretenu avec deux autres voisines de Mrs Mac Ginty. Moins volubiles que Mrs Kiddle et moins mélodramatiques que Mrs Elliott, elles lui dirent que Mrs Mac Ginty était une dame très bien, qu'elle ne s'occupait pas des affaires des autres, et qu'elle avait à Cullavon une nièce qui lui rendait visite assez souvent. A leur connaissance, personne ne lui en voulait, personne n'avait rien contre elle. Elles avaient aussi demandé à Poirot s'il était exact qu'on préparât une pétition en faveur de James Bentley.

— Je piétine, murmura Poirot, pensant tout haut. Je n'ai rien, rigoureusement rien, et je comprends que Spence se soit découragé. Seulement, *moi*, je ne suis pas Spence. Le commissaire est un très bon policier, honnête et consciencieux, alors que je suis Hercule Poirot. *Pour moi*, tout devrait être clair !

Il mit le pied dans une flaque d'eau et fit la grimace. Il était Hercule Poirot, le grand, le seul, l'unique, mais aussi un homme très vieux et ses chaussures, trop étroites, lui faisaient horriblement mal.

Il entra dans le bureau de poste. La salle était partagée en deux : à droite, tout ce qui concernait le service de Sa Majesté ; à gauche, une sorte d'épicerie-mercerie où l'on trouvait de tout : des bonbons, des jouets, du coton à repriser, des objets de quincaillerie et de la layette.

Poirot, prenant son temps, acheta quelques timbres. La postière, de qui il savait qu'elle s'appelait Mrs Sweetiman, était une femme d'une quarantaine d'années, remarquable par des yeux luisant d'intelligence.

— Ça fait quatre shillings dix, dit-elle tandis que Poirot ramassait ses timbres. C'est tout ce dont vous avez besoin ?

Le visage d'une jeune employée se montra à la porte

du fond. La fille était mal peignée, plutôt laide, et elle avait visiblement le rhume de cerveau.

— Vous venez de Londres, n'est-ce pas ? demanda Mrs Sweetiman.

— C'est exact, répondit Poirot avec un sourire. Et j'imagine que vous savez aussi bien que moi ce qui m'a amené ici.

— J'avoue que je n'en ai pas la moindre idée, répliqua Mrs Sweetiman, par pure politesse.

— Mrs Mac Ginty, dit Poirot.

Mrs Sweetiman hocha la tête.

— Une histoire bien triste !... Pauvre femme !

— Vous la connaissiez ?

— Comme tout le monde à Broadhinny. Elle venait ici de temps en temps, en cliente, et nous faisions parfois un brin de causette. Elle a eu une fin bien tragique... Mais, à ce qu'on m'a dit, l'affaire ne serait pas encore terminée...

— Il est exact que, dans certains milieux, on doute de la culpabilité de James Bentley.

— Ce ne serait pas la première fois que la police aurait arrêté un innocent ! Pourtant, je ne crois pas que ce soit le cas. Je n'aurais d'ailleurs pas cru ça de lui. Il était timide, mais je n'aurais jamais pensé qu'il pourrait devenir dangereux.

Poirot demanda un bloc de papier à lettres.

— Je vais vous donner ça, monsieur.

Mrs Sweetiman passa derrière le comptoir de l'épicerie-mercerie. Tournée vers les rayons, elle poursuivit :

— Ce qu'on ne voit pas, c'est qui peut avoir fait le coup si ce n'est pas Mr Bentley. De temps en temps, des vagabonds passent par ici, qui n'ont rien de rassurant, et il est bien possible que l'un d'eux se soit introduit chez Mrs Mac Ginty s'il a trouvé une fenêtre mal fermée. Mais, alors, pourquoi serait-il parti sans emporter l'argent ? D'autant plus qu'il s'agissait de billets d'une livre, faciles à échanger.

Ayant trouvé ce qu'elle cherchait, elle proposa à Poirot un bloc de beau papier bleuté, puis des enveloppes assorties. Son achat fait, Poirot demanda à Mrs Sweetiman si Mrs Mac Ginty ne lui avait jamais fait part de craintes quelconques.

— Oh ! ça, jamais. Ce n'était pas une femme à avoir peur. Quelquefois, elle restait très tard chez Mrs Carpenter, qui habite à Holmeleigh, tout en haut de la colline. Quand il y avait du monde à dîner elle ne redescendait pas avant d'avoir fait la vaisselle. Elle revenait toute seule, dans le noir... et c'est certainement une chose que moi, je n'oserais pas faire !

— Connaissez-vous sa nièce, Mrs Burch ?

— Juste pour lui dire bonjour de temps en temps. Elle vient ici quelquefois. Son mari aussi.

– Ils ont bien hérité de Mrs Mac Ginty ?

Mrs Sweetiman fixa sur Poirot un regard sévère.

— C'était tout naturel ! Ce qu'on possède, on ne peut pas l'emporter avec soi et il est normal qu'on le laisse à ceux qui sont de votre famille. Ce n'est pas votre avis ?

— Bien sûr que si ! Mrs Mac Ginty aimait sa nièce ?

— Beaucoup, je crois. Elle n'était pas démonstrative, mais je suis persuadée qu'elle avait pour elle beaucoup d'affection.

— Et le mari de sa nièce, elle l'aimait aussi ?

— Autant que je sache, oui.

— Quand avez-vous vu Mrs Mac Ginty pour la dernière fois ?

Mrs Sweetiman réfléchit.

— Voyons... Quand était-ce ?... Le jour de sa mort ? Non, c'était la veille... ou l'avant-veille... C'est ça !... C'était le lundi... C'est bien ça !... Elle a été tuée le mercredi et c'est le lundi qu'elle est venue m'acheter une bouteille d'encre.

— Une bouteille d'encre.

— Elle avait sans doute une lettre à écrire.

— Probablement. Et, ce jour-là, elle était comme à l'ordinaire ? Elle ne vous a pas paru différente ?

— Non, je ne crois pas.

Edna, la jeune employée aux cheveux mal peignés, était restée à la porte et n'avait rien perdu de la conversation. Elle jugea le moment venu d'y participer.

— Elle n'était pas comme les autres jours, dit-elle. On aurait dit qu'elle était contente... très contente, même.

— Tu as peut-être raison, déclara Mrs Sweetiman. Je ne l'avais pas remarqué sur le moment, mais, maintenant que tu le dis, je crois me souvenir qu'elle avait en effet l'air très heureux... Il y avait évidemment, ce jour-là, quelque chose qui lui faisait plaisir.

— Vous souvenez-vous de ce qu'elle a pu vous dire ?

— En temps ordinaire, je l'aurais oublié, mais, avec l'assassinat, l'enquête de la police et tout le reste, j'ai souvent pensé à sa visite de ce jour-là et je peux vous répondre. Elle ne m'a rien dit de James Bentley, j'en suis sûre. Elle m'a parlé des Carpenter et de Mrs Upward... Ce sont des gens chez qui elle travaillait.

— Vous m'y faites penser ! Je voulais vous demander quels étaient exactement ses différents employeurs ?

La réponse vint tout de suite.

— Le lundi et le jeudi, elle allait chez Mrs Summerhayes, à Long Meadows. C'est là que vous logez, je crois ?

Poirot soupira.

— Oui. Je crois que je ne pouvais pas trouver ailleurs...

— A Broadhinny même, non. J'espère que vous êtes bien là-bas. Mrs Summerhayes est une dame charmante, mais elle est comme toutes les femmes qui ont vécu à l'étranger : elle ne sait pas ce que c'est que tenir une maison. Il paraît que Mrs Mac Ginty avait là-bas un nettoyage terrible à faire toutes les fois... C'est du moins ce qu'elle disait. Elle y allait le lundi après-midi. Le mardi matin, elle était chez le docteur Rendell et, l'après-midi, chez Mrs Upward, à Laburnums. Le mercredi, c'était chez Mrs Wetherby à Hunter's Close et, le vendredi, chez Mrs Selkirk, qui est aujourd'hui Mrs Carpenter. Mrs Upward est une vieille dame qui vit avec son fils. Elle a une bonne, mais qui commence à prendre de l'âge, et Mrs Mac Ginty allait chez elle, une fois par semaine, pour faire le ménage bien à fond. Les Wetherby ne gardent jamais personne bien longtemps. Il est vrai que Mrs Wetherby serait plutôt malade. Quant aux Carpenter, ils ont une maison magnifique, et ils reçoivent beaucoup. Tous sont des gens très bien.

C'est sur cette affirmation définitive que Poirot quitta Mrs Sweetiman.

Il repartit à pied vers Long Meadows. La journée, au total, avait été décevante.

Que lui avait-elle appris ? Que James Bentley avait une amie, mais pas d'ennemi, et Mrs Mac Ginty non plus. Que deux jours avant sa mort, la vieille dame paraissait très contente et avait acheté une bouteille d'encre.

Poirot s'immobilisa soudain. Ce petit fait, n'était-ce pas celui qu'il cherchait depuis son arrivée à Broadhinny ?

Il s'était étonné que Mrs Mac Ginty eût besoin d'une bouteille d'encre ; il l'avait laissé entendre par une question posée presque machinalement, et Mrs Sweetiman lui avait alors déclaré que, logiquement, cela voulait dire que Mrs Mac Ginty devait avoir une lettre à écrire ! Sur le moment, l'importance du fait lui avait échappé, parce que, pour lui comme pour la plupart des gens, écrire une lettre était chose de tous les jours. Pour Mrs Mac Ginty, il en allait autrement. Ça devait lui arriver si rarement que, quand elle devait écrire, il lui fallait acheter un flacon d'encre.

Deux jours avant de mourir, elle écrivit une lettre. A qui ? Et pourquoi ?

Questions peut-être sans intérêt.

Mais qui valaient pourtant d'être posées.

Un flacon d'encre...

CHAPITRE VIII

1

— Une lettre ? dit Bessie Burch. Non, je n'ai pas reçu de lettre de la tante. D'ailleurs, pourquoi m'aurait-elle écrit ?

Poirot émit l'hypothèse qu'elle aurait pu avoir quelque chose à dire à sa nièce. Bessie secoua la tête.

— Elle n'écrivait guère. Elle avait soixante-dix ans, vous savez, et, quand elle était gamine, on n'allait pas beaucoup à l'école.

— Pourtant, elle savait lire et écrire ?

— Naturellement. Mais, à part son *News of the Wordl* et son *Sunday Comet*, elle ne lisait guère et, pour ce qui était d'écrire, c'était pour elle un drôle de travail. Quand elle avait quelque chose à nous dire, par exemple, quand elle voulait nous inviter chez elle, elle téléphonait chez Mr Benson, le pharmacien d'à côté, et il nous faisait la commission. Il est très gentil, ça, on ne peut pas dire le contraire... La tante téléphonait de la cabine publique du bureau de poste et la communication ne lui coûtait que deux pence.

Poirot réprima un sourire. Une lettre eût coûté un tout petit peu plus cher et la brave dame n'était pas femme à négliger une économie d'un demi-penny. Il savait déjà qu'elle était « près de ses sous ».

— Malgré cela, dit-il, elle vous écrivait de temps en temps ?

— Elle nous envoyait une carte de vœux à Noël.

— Elle n'avait pas ailleurs des amis avec qui elle correspondait ?

— Pas que je sache. Il y avait bien sa belle-sœur, mais elle est morte il y a deux ans... Il y a eu aussi Mrs Birdlip, mais elle est morte aussi.

— En somme, si elle a écrit à quelqu'un, ce serait, selon toute probabilité, en réponse à une lettre qu'elle aurait reçue ?

Bessie Burch semblait sceptique.

— Sincèrement, je ne vois pas qui aurait pu lui écrire...

Riant, elle ajouta :

— Sauf le gouvernement, bien sûr...

Poirot comprit que, pour Bessie Burch, le gouvernement se confondait avec l'administration, toujours disposée à faire parvenir aux uns et aux autres des questionnaires aussi détaillés qu'indiscrets.

— De sorte, dit-il, que Mrs Mac Ginty pourrait bien avoir reçu du... gouvernement une communication à laquelle elle aurait été tenue de répondre ?

— Dans ce cas-là, elle l'aurait apportée à Joe, pour qu'il l'aide à la faire. Quand quelque chose l'embarrassait, c'était toujours à Joe qu'elle s'adressait.

— Savez-vous si, dans ses affaires, il y avait des lettres personnelles qu'elle aurait gardées ?

— Ma foi ! je n'en sais trop rien. Ses affaires d'ailleurs, la police les a examinées avant moi et elle ne m'a pas donné tout de suite l'autorisation de les enlever.

— Que sont-elles devenues ?

— Comme nous sommes plutôt à l'étroit, ici, je n'ai pas tout conservé... Nous avons gardé quelques meubles... Comme le buffet que vous voyez là...

— Je parle, dit Poirot, de ses affaires personnelles.

Ses objets de toilette, ses peignes, ses vêtements, ses photos...

— Tout ça je l'ai mis dans une mallette et c'est en haut... Je ne savais pas trop quoi en faire. Ses robes, comme je ne voulais pas les porter chez un revendeur, je m'étais promis de les donner à des œuvres, pour Noël, et puis, j'ai oublié...

— Vous pourriez me montrer ce qu'il y a dans cette mallette ?

— Si ça peut vous faire plaisir, bien sûr ! Mais je ne crois pas que vous trouverez rien d'intéressant. La police a tout regardé avant vous...

— Je sais. Mais quand même...

Mrs Burch conduisit Poirot au premier étage, dans une chambre à coucher minuscule, qui, à en juger par certains détails, devait être surtout utilisée par Mrs Burch pour y faire des travaux de couture. La mallette était sous le lit. Bessie la traîna au milieu de la pièce.

— Voilà ! dit-elle. Maintenant, vous m'excuserez, mais il faut que je m'occupe de mon ragoût...

Poirot, ravi, la pria de faire comme s'il n'était pas là et, dès qu'elle eut tourné les talons, ouvrit la mallette. Une bouffée de naphtaline lui monta aux narines.

Avec une piété involontaire, il procéda alors à un inventaire qui en révélait long sur la morte. Il n'y avait pas de linge, Bessie Burch l'ayant vraisemblablement pris pour en tirer parti, mais la mallette contenait bien des choses : un long manteau noir, qui avait été beaucoup porté ; deux tricots de laine, un corsage fané, une jupe et des bas de coton ; deux paires de souliers, enveloppées dans de vieux journaux ; un peigne et une brosse à cheveux, usés, mais propres ; un miroir à la monture en argent ; une photographie encadrée, représentant un couple de jeunes mariés habillés à la mode de 1920, Mr et Mrs Mac Ginty, probablement ; deux vues de Margate, collées sur bois ; un petit chien en porcelaine, une recette de confiture découpée dans une revue, et deux coupures de journal relatives, la première aux « soucoupes volantes », la seconde aux prédictions de Mère Shipton ; et, enfin, une Bible et un livre de prières. Il n'y avait ni sac à main, ni gants. Bessie Burch avait dû les prendre. Les quelques vêtements qui restaient, elle ne les avait sans doute laissés que parce qu'elle était une peu « forte » pour les utiliser. Mrs Mac Ginty, ses effets l'indiquaient, était petite et maigre.

Poirot défit un des paquets contenant les souliers. C'étaient de vieilles chaussures, de bonne qualité, mais fort usées. Elles auraient été beaucoup trop étroites pour Bessie Burch.

Le détective allait refaire le paquet quand son attention fut attirée par la manchette d'un journal : c'était le *Sunday Comet* du 19 novembre. Mrs Mac Ginty ayant été tuée le 22, cette feuille était donc celle qu'elle avait achetée le dimanche précédant sa mort. Elle était restée dans sa chambre et Bessie Burch l'utilisa pour envelopper les affaires de sa tante.

Le lundi, Mrs Mac Ginty avait acheté un flacon d'encre. Se pouvait-il que ce fût à cause de quelque chose qu'elle avait lu dans le journal la veille ?

Poirot prit le second paquet de souliers. Le journal était le *News of the World*, du 19 novembre également.

Méthodique, Poirot étala les deux journaux sur le plancher, pour les défroisser, puis il s'installa sur une chaise pour jeter un coup d'œil. Une chose, tout de suite, le frappa : un grand article, qui ne pouvait être aucun de ceux qu'il avait trouvés dans la mallette, avait été découpé dans une page intérieure du *Sunday Comet*. Une rapide lecture des deux hebdomadaires ne lui apprit rien. Il refit les paquets, rangea soigneusement dans la mallette tout ce qu'il en avait extrait, puis redescendit. Il retrouva Mrs Burch dans sa cuisine.

— Je suppose, lui dit-elle, que vous n'avez rien trouvé d'intéressant ?

— Hélas ! non.

D'une voix qu'il voulait indifférente, il ajouta :

— Vous ne savez pas s'il y avait une coupure de journal dans le sac à main de votre tante, ou dans son porte-monnaie ?

— Pas que je me souvienne. S'il y en avait une, peut-être que la police l'a prise...

Il n'en était rien, Poirot le savait d'après les notes de Spence. L'inventaire des objets trouvés dans le sac à main de la morte ne mentionnait aucune coupure de journal.

Poirot prit congé.

Avait-il découvert une piste ?

Il ne serait pas longtemps sans le savoir.

2

Assis devant un volume énorme et poussiéreux, Hercule Poirot commençait à se dire qu'il avait vu juste et que le flacon d'encre l'avait mis sur la bonne piste. Le volume, c'était la collection du *Sunday Comet*, un hebdomadaire spécialisé dans le récit, plus ou moins romancé, des événements d'hier et d'avant-hier, et Poirot venait de lire le large titre qui, dans le numéro du 19 novembre, s'étalait sur plusieurs colonnes en haut de la page 5 :

QUATRE FEMMES, QUATRE VICTIMES
QUE SONT-ELLES DEVENUES ?

Sous le titre étaient reproduites quatre photos de

femmes. L'impression du journal n'étant pas fameuse, les traits manquaient de netteté. Il s'agissait de portraits anciens et ces « héroïnes » des drames plus ou moins oubliés apparaissaient plus grotesques que tragiques. La mode change vite et il faut que bien des années passent avant qu'un chapeau ou une robe cessent d'être ridicules pour redevenir « charmants ».

Sous chaque photo, il y avait quelques lignes :

Eva Kane, « l'autre femme » de l'affaire Craig.

Janice Courtland, qui avait épousé un monstre.

La petite Lily Gamboll, l'innocente victime d'une époque inhumaine.

Vera Blake, qui, sans le savoir, partageait la vie d'un assassin.

Poirot s'installa commodément pour lire, sans sauter une ligne, ce que ces pauvres femmes avaient inspiré au rédacteur du *Sunday Comet.*

Le nom d'Eva Kane lui rappelait quelque chose, l'affaire Craig ayant, un temps, passionné l'opinion. Alfred Craig, était un fonctionnaire municipal de Parminster, un petit homme correct et de commerce plutôt agréable, qui avait eu la malchance d'épouser une femme exigeante et acariâtre. Souffrant de maladies diverses, dont ses bonnes amies disaient qu'elles étaient imaginaires, elle rendit la vie impossible à Craig, qui par sa faute s'était lourdement endetté. Eva Kane était la gouvernante des enfants. Elle avait dix-neuf ans, elle était jolie, sans défense et pas très intelligente. Elle s'était éprise de Craig, lequel était de son côté fort amoureux d'elle. Un beau jour, on apprit que ses médecins avaient ordonné à Mrs Craig une cure à l'étranger. Son mari raconta qu'il l'avait conduite à Londres en voiture, et que de là, elle était partie pour le Midi de la France. Revenu à Parminster, il donna pendant un certain temps des nouvelles de sa femme, de qui l'état, disait-il. demeurait stationnaire. Eva Kane, cependant, s'occupait de la maison et les langues commençaient à marcher. Finalement, Craig annonça que sa femme était morte. Il s'absenta une huitaine de jours et à son retour, parla des obsèques, assez sottement, puisqu'il commit l'erreur de nommer le petit village de la Riviera française où elles avaient été célébrées. Bientôt, on apprenait — par un habitant de Parminster qui venait de faire un séjour en France — qu'aucune Mrs Craig n'avait été enterrée dans la localité en question et que nul n'y avait jamais connu personne de ce nom. La police fut prévenue et l'on ne tarda pas à savoir la vérité. Mrs Craig ne vit jamais la Côte d'Azur. Craig l'avait coupée en morceaux, qu'on retrouva enfouis dans le sol de sa cave. L'autopsie prouva qu'elle avait été empoisonnée par un alcaloïde. Craig fut arrêté, jugé, condamné et exécuté. Les poursuites contre Eva Kane, d'abord accusée de complicité, avaient été abandonnées, l'instruction ayant démontré qu'elle ignorait tout du crime.

Eva Kane, qui attendait un bébé, avait quitté Parminster. Pour ce qu'il était advenu d'elle par la suite, le *Sunday Comet* écrivait :

Elle avait, de l'autre côté de l'Atlantique, de lointains cousins qui s'offraient à la recueillir. Elle changea de nom et abandonna l'Angleterre pour toujours. Dans un pays neuf, où nul ne saurait qu'elle avait été la malheureuse compagne d'un odieux assassin, elle allait recommencer sa vie. Son enfant ignorerait toujours le nom de son père.

— Mon enfant, devait-elle déclarer, ne saura jamais. La vie m'a été cruelle, mais mon enfant a droit au bonheur. Il l'aura, je me le suis juré. Mes tristes sou-

venirs sont à moi seule, et je les garderai pour moi seule.

Qu'est-elle devenue, la pauvre Eva Kane, qui ne soupçonnait pas la vilenie des hommes? Où est-elle aujourd'hui?... Ne peut-on imaginer qu'il est, quelque part, dans une petite ville des Etats-Unis, une dame, d'un certain âge déjà, de qui les voisins se demandent pourquoi ses yeux sont toujours tristes, une créature qui a beaucoup souffert, mais qui a la consolation de recevoir, de temps à autre, la visite de chérubins qui l'appellent « grand-maman » et qui, comme leur propre maman, ignoreront toujours l'admirable sacrifice de celle qui, par son courageux silence, a su, malgré tout, assurer le bonheur de ceux qu'elle aime.

Poirot poussa un « ouf » leva les yeux au plafond et, résigné, passa « à la suivante ».

Janice Courtland, la « veuve tragique », n'avait certainement pas fait une bonne affaire le jour de son mariage. Courtland était un monstre, des vices duquel il ne pouvait être parlé qu'en termes voilés, bien faits pour piquer la curiosité du lecteur. Elle avait vécu à ses côtés, un martyre qui s'était prolongé huit années durant. Puis, elle se lia d'amitié avec un jeune homme, doux et rêveur, qui, un soir, ayant assisté à une scène entre les deux époux, au cours de laquelle Courtland s'était montré particulièrement odieux, indigné, se jeta sur le mari et, dans une chute provoquée par un coup de poing, Courtland s'ouvrit la tempe dans l'angle du marbre de la cheminée. La blessure entraîna la mort. Le jury admit l'excuse de la provocation et le jeune homme, qui avait tué sans intention homicide, ne fut condamné qu'à cinq ans de prison. Le procès avait fait beaucoup de bruit. Janice avait quitté l'Angleterre.

Pour oublier, écrivait le *Sunday Comet. Y a-t-elle*

réussi ? Nous voulons l'espérer. Peut-être est-elle, en quelque ville lointaine, une mère heureuse, qui ne songe au cauchemar d'autrefois que pour se demander s'il était bien vrai qu'elle l'ait réellement vécu...

Poirot soupira et se plongea dans l'histoire de Lily Gamboll, « l'innocente victime d'une époque inhumaine ».

Arrivée la dernière dans une famille déjà trop nombreuse, Lily avait été retirée à ses parents pour être confiée à une tante qui avait accepté de se charger d'elle. Un jour, elle demanda à aller au cinéma. La tante répondit : « Non ! » Lily ramassa alors sur la table de cuisine un hachoir, qui se trouvait là fort opportunément, et frappa sa tante. Lily n'avait que douze ans, mais elle était grande pour son âge, et solide. La tante était petite et fragile. Le coup l'avait tuée. Lily avait été mise dans une maison de correction.

Elle est ajourd'hui une femme qui, parce qu'elle a été surtout une victime, a droit, comme une autre, à sa place dans la société. Sa conduite, durant tout le temps qu'elle a été privée de sa liberté, a été exemplaire. Ce qui semble bien prouver que, dans la triste affaire dont elle fut l'héroïne, ce n'était pas l'enfant qui était à condamner, mais le système social. Lily, nous le répétons, fut une victime.

Son erreur d'un instant, elle l'a chèrement payée et nous voulons croire qu'elle est aujoud'hui mariée, mère de famille... et heureuse.

Poirot fit la grimace. Il ne souhaitait la mort de personne, mais les réactions de cette petite fille de douze ans lui paraissaient trop inquiétantes pour qu'il pût être d'accord avec l'auteur de l'article. Dans cette affaire, ses sympathies allaient à la tante.

Il passa à Vera Blake.

Vera Blake était incontestablement une femme qui jouait de malheur. Elle avait d'abord vécu avec un beau jeune homme, de qui elle découvrit par la suite qu'il était un gangster, recherché par la police pour avoir assassiné le veilleur de nuit d'une banque qu'il cambriolait. Elle épousa ensuite un respectable commerçant, qui devait connaître de sérieux ennuis avec la Justice : il était receleur. Ses enfants avaient, eux aussi, retenu l'attention de la police : ils accompagnaient « maman » dans les grands magasins où ils volaient avec une dextérité qui faisait honneur à l'enseignement qu'elle leur avait donné. Heureusement, après son divorce, un « brave homme » entra dans sa vie et l'emmena au Canada, avec ses enfants.

Poirot examina attentivement les quatre photographies. Surmontée d'un énorme chapeau et manifestement fière des boucles qui lui cachaient les oreilles, Eva Kane, la tête légèrement inclinée, pressait sur sa joue une gerbe de roses. Janice Courtland portait un chapeau cloche très enfoncé et avait la taille prise dans une large ceinture. La bouche entrouverte, les yeux abrités derrière de grosses lunettes, Lily Gamboll était une enfant passablement laide, qui devait avoir des végétations. Quant à Vera, le cliché était si mauvais qu'il eût fallu beaucoup d'imagination pour prêter des traits à son visage.

Cet article, pourquoi Mrs Mac Ginty l'avait-elle coupé dans le *Sunday Comet* ? Parce qu'il l'intéressait ? Poirot en doutait. Il avait lu les rapports de police. Mrs Mac Ginty, au cours de son existence, n'avait pas conservé grand-chose, l'inventaire de ses affaires le prouvait.

Pourtant, cet article, elle l'avait mis de côté le dimanche et, le lundi, elle avait acheté un flacon d'affaires. vraisemblablement dans l'intention d'écrire une lettre.

Une lettre qui ne devait pas être une lettre d'affaires. car, en ce cas, elle eût sollicité l'aide de Joe, le mari de sa nièce. Alors, cette lettre, que pouvait-elle être ?

Poirot jeta un dernier coup d'œil aux quatre portraits.

Ces quatre femmes, le *Sunday Comet* demandait ce qu'elles étaient devenues.

Poirot commençait à croire qu'en novembre dernier l'une d'elles devait se trouver à Broadhinny.

3

Poirot dut attendre le lendemain pour être reçu par miss Pamela Horsefall.

C'était une femme plutôt grande, d'allure garçonnière, qui fumait sans arrêt et se flattait de savoir boire. On la voyait mal rédigeant la prose pathétique et larmoyante que Poirot avait lue dans le *Sunday Comet*. Ces phrases ridicules, elle les avait pourtant écrites.

Elle commença par informer Poirot qu'elle n'avait qu'un instant à lui consacrer. Un reportage l'appelait à Sheffield.

— De quoi s'agit-il ? Expliquez-vous vivement ! Je suis pressée.

— Je viens vous voir à propos d'un article que vous avez publié en novembre, dans le *Sunday Comet*, sous le titre : *Quatre femmes, quatre victimes.*

— Je me rappelle. Il n'était pas fameux, hein ?

Poirot, gardant pour lui son opinion, poursuivit :

— L'article a paru dans le numéro du 19 novembre. Il concernait Eva Kane, Vera Blake, Janice Courtland et Lily Gamboll.

Pamela Horsefall sentait l'impatience la gagner.

— Et alors ? demanda-t-elle.

Poirot restait fort calme.

— J'imagine que cet article, qui fait partie d'une série sur *Les causes célèbres,* vous a valu quelques lettres ?

— Vous pensez ! On jurerait que les gens n'ont rien de mieux à faire que d'écrire aux journaux. Cette série de papiers a provoqué un courrier considérable. Un pauvre type a vu Craig se promener dans les rues de Londres, un autre...

Poirot coupa la parole à miss Horsefall.

— Ce que j'aimerais savoir, c'est si, après cet article, vous avez reçu une lettre d'une Mrs Mac Ginty, de Broadhinny.

— Comment voulez-vous que je vous réponde ? Des lettres, j'en ai reçu des quantités. Je ne peux tout de même pas me rappeler le nom de tous mes correspondants !

— Sans doute, dit Poirot. Mais, cette Mrs Mac Ginty ayant été assassinée quelques jours plus tard, je pensais que la coïncidence aurait pu vous frapper.

— Vous commencez à m'intéresser...

Miss Pamela Horsefall, oubliant qu'elle avait hâte de partir pour Sheffield, s'assit à califourchon sur une chaise, se gratta la nuque et reprit :

— Mac Ginty... Le nom me dit quelque chose... Elle s'est fait estourbir par un individu qui logeait chez elle. C'est bien ça ? Journalistiquement parlant, une affaire dépourvue d'intérêt. Une victime hors d'âge, un assassin banal, pas la moindre jolie fille dans le coup... Vous dites que cette Mrs Mac Ginty m'aurait écrit ?

— J'ai des raisons de croire qu'elle a écrit au *Sunday Comet.*

— C'est la même chose. On m'aurait transmis sa

lettre... et, puisqu'on a parlé d'elle peu après, je devrais me souvenir... De fait, je me souviens. Seulement, la lettre ne venait pas de Broadhinny, mais de Broadway !

— Vous m'étonnez.

— Je n'affirmerais pas, mais il me semble bien... Je revois l'écriture, celle d'une illettrée, incontestablement... A peu près illisible... Mais c'était une lettre de Broadway, j'en suis sûre...

— Avec quelqu'un qui écrit mal, on peut confondre Broadway et Broadhinny.

— Peut-être... Que voulez-vous ? Ces noms bizarres de patelins perdus, on ne peut pas les connaître tous ! Quoi qu'il en soit, maintenant je m'en souviens très bien, la lettre était d'une Mrs Mac Ginty.

— Vous rappelez-vous ce qu'elle disait ?

— Il y était question d'une photographie identique à celle que nous avions publiée dans le journal. Elle désirait savoir si nous étions disposés à l'acheter et à quel prix ?

— Et qu'avez-vous répondu ?

— Mon cher monsieur, comment voulez-vous qu'un document de ce genre nous intéresse ? Nous lui avons expédé la lettre Standard : remerciements, regrets et repassez une autre fois !... Seulement, cette lettre, comme nous l'avons envoyée à Broadway, elle n'a jamais dû la recevoir.

Poirot tenait un renseignement sérieux : *Mrs Mac Ginty avait reconnu l'une des héroïnes de l'article de Pamela Horsefall.* Une phrase lui revint en mémoire, celle de Mrs Summerhayes lui disant : « Bien sûr, elle était curieuse et jetait volontiers un coup d'œil sur les lettres qui traînaient. » Mrs Mac Ginty était honnête, mais elle aimait fureter de droite et de gauche. Tout l'intéressait... et les gens avaient la funeste habitude de conserver un tas de choses, des choses qu'ils gardaient sans trop savoir pourquoi, par sensiblerie ou parce qu'ils ne pensaient pas à les détruire ou ne savaient même plus qu'ils les avaient. Mrs Mac Ginty avait vu une vieille photo et, plus tard, elle l'avait retrouvée, reproduite dans le *Sunday Comet*. Elle s'était alors demandé si, de cette découverte, elle ne pouvait tirer quelque argent...

Le détective se leva.

— Je vous remercie, miss Horsefall. Une question encore, que vous me pardonnerez de poser. Ce que vous avez écrit, dans cet article, était-ce exact ? J'ai remarqué, par exemple, que la date que vous indiquez comme étant celle du procès Craig est erronée. Il a eu lieu un an plus tard que vous ne l'avez écrit. Dans l'affaire Courtland, le mari, si je me souviens bien, se prénommait Herbert, et non Hubert. De même, la tante de Lily Gamboll habitait dans le Buckinghamshire, et non le Berkshire.

Miss Horsefall secoua la cendre de sa cigarette.

— Mon cher monsieur, tous ces détails n'ont pas la moindre importance et il y avait sans doute bien d'autres inexactitudes dans le papier en question. J'ai gardé l'essentiel et j'ai romancé le tout, avec la dose ordinaire de bla-bla-bla.

— Ce qui m'intéresserait, c'est de savoir si vos... héroïnes étaient bien telles que vous les avez dépeintes.

Miss Horsefall partit d'un grand éclat de rire, qui faisait songer à un hennissement.

— Evidemment non ! Qu'est-ce que vous croyez donc ? Je suis absolument convaincue que la jeune Eva Kane était une garce, et non une pauvre fille abusée, et que, si la Courtland a supporté son sadique époux pendant huit ans, c'est parce qu'il roulait sur l'or, alors que le petit ami de la dame était fauché comme les blés !

— Et Lily Gamboll ?

— Soyez sûr que, si je lui voyais un hachoir à la main, je ne me laisserais pas approcher !

Poirot pressait ses mains l'une contre l'autre, les doigts écartés.

— Vous avez dit qu'elles étaient parties pour l'étranger, pour le Canada, pour le Nouveau Monde, qu'elles allaient refaire leur vie sous d'autres cieux. C'est possible. Mais rien ne prouve qu'elles ne sont pas revenues en Angleterre ?

— Oh ! absolument rien... Sur quoi, il faut vraiment que je me sauve...

Dans la soirée, Poirot téléphona à Spence.

— Alors ? Poirot, je me demandais ce que vous deveniez. Vous avez trouvé quelque chose ?

— J'enquête.

— Résultat ?

— Résultat : *les habitants de Broadhinny sont tous des gens très bien.*

— Ce qui veut dire ?

— Réfléchissez, mon cher ami ! Je dis : « Des gens très bien. » Etre quelqu'un de très bien, c'est parfois suffisant pour devenir un assassin. Ça s'est déjà vu... »

CHAPITRE IX

I

Poirot fut reçu avec cordialité par le docteur Rendell, un homme sympathique et solidement bâti qui pouvait avoir une quarantaine d'années.

— Vous savez, dit-il au détective, que notre petit village est très sensible à l'honneur que le grand Hercule Poirot lui fait en y séjournant ?

Poirot redressa sa courte taille. Il était flatté.

— Vous me connaissez donc ?

— Bien sûr ! Est-il quelqu'un qui n'ait pas entendu parler de vous ?

La phrase était ambiguë, mais Poirot préféra avoir l'air de ne pas s'en apercevoir.

— Je suis heureux, dit-il, de vous avoir trouvé chez vous.

— De fait, répondit le docteur Rendell, c'est une chance ! J'ai une opération dans un quart d'heure. Que puis-je faire pour vous ? J'avoue que je suis assez curieux de savoir ce qui vous a amené par ici. Etes-vous venu faire une cure de repos ou votre présence signifie-t-elle que quelque criminel rôde dans le voisinage ?

— Je m'intéresse à l'assassinat de Mrs Mac Ginty.

— Ah ! oui ?... Mais n'est-il pas bien tard ?

— Nullement. Je vous le dis en confidence, c'est la

défense qui a fait appel à moi. Il s'agit de faits nouveaux qui justifieraient la révision du procès.

— Des faits nouveaux ? répliqua vivement Rendell. Je ne vois pas quels ils pourraient être !

— Malheureusement, il ne m'est pas permis de vous le dire.

— Excusez-moi !... Je comprends fort bien...

— Quoi qu'il en soit, j'ai découvert certaines choses qui sont... comment dire ?... assez curieuses et donnent à réfléchir. Si je suis venu vous trouver, docteur, c'est parce que je crois savoir que, de temps à autre, Mrs Mac Ginty travaillait chez vous. C'est bien exact ?

— Certainement... Que puis-je vous offrir ? Xérès ou whisky ?... Vous préférez le Xérès ? Moi aussi !

Il tendit un verre à Poirot et, gardant le sien à la main, s'assit à côté du détective.

— Mrs Mac Ginty, reprit-il, venait ici une fois par semaine, pour faire quelques gros ouvrages. Notre bonne est excellente, mais la pauvre Mrs Scott commence à prendre de l'âge et elle a toutes les peines du monde à se mettre à genoux. Mrs Mac Ginty lavait le carrelage de la cuisine, faisait les cuivres et bien d'autres choses encore. Elle nous a toujours donné toute satisfaction.

— Pouvait-on avoir confiance en elle ?

— Il m'est assez difficile de vous répondre... Je n'ai jamais eu l'occasion de la mettre à l'épreuve, mais je crois qu'on pouvait lui faire confiance.

— Vous pensez donc que, lorsqu'elle disait quelque chose à quelqu'un, ce quelque chose avait de fortes chances d'être vrai ?

La question semblait embarrasser le docteur Rendell.

— Je n'irais pas jusque-là. A vrai dire, je la connaissais bien peu. Nous pourrions demander à Mrs Scott.

— Non, non. Il vaut mieux pas...

Le docteur Rendell sourit.

— Vous avez piqué ma curiosité. Qu'est-ce qu'elle racontait donc ? Je l'imagine assez bien colportant des ragots, des menues calomnies...

Poirot restait sur la réserve.

— Tout ça est encore assez vague. Mon enquête commence à peine.

— Il serait peut-être bon que vous vous hâtiez !

— C'est bien mon avis. Je n'ai que peu de temps devant moi...

— Je dois reconnaître que vous m'étonnez... Ici, nous sommes tous convaincus que Bentley est l'assassin. Le doute ne paraît guère possible.

— Vous voulez dire que tout le monde est persuadé qu'il s'agit d'une crime sordide... et pas très intéressant ?

— Oui... C'est assez ça !

— Vous connaissiez James Bentley ?

— Il est venu me consulter une ou deux fois. Sa santé l'inquiétait. En réalité, il était couvé par sa mère. Ça se voit souvent. Je connais ici même un cas du même genre...

— Tiens !

— Oui. Mrs Upward... Elle ne veut pas lâcher son fils, il faut qu'il vive dans ses jupes !... C'est un garçon de valeur, qui n'est peut-être pas aussi fort qu'il se croit, mais qui ne manque pas de talent. Un futur auteur dramatique...

— Ils habitent ici depuis longtemps ?

— Depuis trois ou quatre ans. Personne n'est à Broadhinny depuis longtemps. Au début, le village se composait seulement d'une poignée de villas, toutes du côté de Long Meadows. C'est là que vous résidez je crois ?

— Exactement.

Poirot avait dit cela d'un ton si navré que le docteur Rendell ne put s'empêcher de sourire.

— Que Mrs Summerhayes prenne des hôtes payants, s'écria-t-il, c'est une chose qui, à mon sens, passe l'imagination ! Quand elle s'est mariée, elle est allée vivre aux Indes. Elle avait là-bas une nuée de domestiques. Je me demande où elle aurait appris à tenir une maison ! Vous devez être très mal chez elle et, comme ses précédents pensionnaires, vous n'y resterez sans doute pas longtemps. Summerhayes est un brave type, mais contrairement à ce qu'il pense, son potage ne le fera pas vivre. Il n'est pas commerçant. Ce n'est pas sa faute !... Cela dit, j'ajoute que je les aime bien, tous les deux. Elle, c'est une femme charmante. Quant à lui, il a un sale caractère, il serait plutôt lunatique, mais c'est un homme de la vieille roche. Il faut avoir connu le colonel Summerhayes ! Susceptible comme pas un et fier comme le diable...

— C'était le père du major Summerhayes ?

— Oui. A sa mort, il n'a pas laissé grand-chose et les droits de succession ont pris une bonne part de ce qu'il y avait, mais les Summerhayes se sont jurés de garder la maison. C'est peut-être de la folie, mais c'est quand même pas mal !

Le docteur Rendell regarda sa montre.

— Je ne voudrais pas vous retarder, dit Poirot.

— Il me reste encore quelques minutes, et j'aimerais vous présenter à ma femme. Pour l'instant, je ne sais pas où elle est. Elle a été très intéressée quand elle a su que vous étiez à Broadhinny. Nous aimons les histoires criminelles et, tous les deux, nous en lisons énormément...

Poirot sourit.

— Sous quelle forme les préférez-vous ? Ouvrages de criminologie, romans ou articles ?

— Nous sommes assez éclectiques pour nous passionner aussi bien pour les uns que pour les autres.

— Descendez-vous jusqu'au *Sunday Comet* ?

— Bien sûr ! répondit Rendell en riant. Que serait un dimanche sans lui ?

— Il a publié, il y a quatre ou cinq mois, une série de papiers qui ne manquaient pas d'intérêt. Il y en avait un, notamment, sur quatre femmes dont la vie a été marquée par une tragédie...

— Je vois l'article auquel vous faites allusion. Intéressant, mais très fantaisiste.

— Vous croyez ?

— Evidemment, pour l'affaire Craig, je ne sais que ce que j'ai lu ici ou là, mais, pour l'affaire Courtland, je puis affirmer que la femme était loin d'être une innocente victime. C'était une rouée qui savait ce qu'elle voulait. Je le sais parce qu'un de mes oncles a soigné le mari. C'était un vilain bonhomme, mais la femme ne valait pas mieux. Elle a mis le grappin sur un malheureux blanc-bec, elle l'a poussé au crime, il a été jeté en prison et elle en a épousé un autre. Elle était veuve, mais riche.

— Le *Sunday Comet* n'a pas parlé de ça. Savez-vous qui elle a épousé en secondes noces ?

Rendell secoua la tête.

— Je ne crois pas qu'on me l'ait jamais dit, mais je sais qu'on m'a dit qu'elle s'était très gentiment débrouillée.

— Quand on a lu cet article, dit Poirot d'un air songeur, on ne peut pas ne pas se demander ce que ces femmes ont pu devenir.

— Je suis bien tranquille sur leur sort ! Il est très possible que vous en ayez rencontré une dans un salon, la semaine dernière. Elles ne parlent pas de leur passé et comment voulez-vous qu'on les reconnaisse ? Certainement pas, en tout cas, grâce aux photographies du

Sunday Comet, qui étaient à peu près indéchiffrables...

Poirot se leva.

— Je ne veux pas vous retenir plus longtemps. Je vous remercie de votre aimable accueil.

— J'ai bien peur de n'avoir pu vous apprendre grand-chose... Mais il faut absolument que vous fassiez la connaissance de ma femme ! Elle ne me pardonnerait pas de vous avoir laissé partir...

Précédant Poirot dans le vestibule, le docteur Rendell appela :

— Shelagh !... Shelagh !...

Une vague réponse étant venue d'en haut, il dit :

— Descends, veux-tu ?... C'est une surprise !

Mrs Rendell ne tarda pas à paraître. C'était une jeune femme blonde et mince.

— Shelagh, dit Rendell, je te présente M. Hercule Poirot. Qu'est-ce que tu dis de ça ?

— Oh !

Mrs Rendell semblait trop stupéfaite pour être en mesure de former une phrase. Ses yeux, d'un bleu très pâle, restaient fixés sur Poirot.

Le détective lui prit la main et, s'inclinant avec grâce, la porta à ses lèvres.

— Nous avions entendu dire que vous étiez ici, dit enfin Mrs Rendell, mais nous ne savions pas...

Elle s'interrompit brusquement et ne finit pas sa phrase. Elle regardait son mari.

« C'est lui, songea Poirot, qui donne le la. »

Il prononça quelques mots d'une courtoisie recherchée et prit congé.

Le bilan de sa visite était facile à établir : le docteur Rendell était assez sympathique. Mrs Rendell avait la langue liée et paraissait inquiète.

2

Hunter's Close était une solide maison du siècle dernier, à laquelle on accédait par une allée cavalière envahie par les mauvaises herbes.

La porte fut ouverte à Poirot par une jeune domestique, évidemment d'origine étrangère. Quand le détective lui eut dit qu'il désirait voir Mrs Wetherby, elle le dévisagea longuement, puis, se décidant à le faire entrer, elle lui dit :

— Miss Henderson pourra peut-être vous recevoir.

Sur quoi, elle s'en fut, abandonnant Poirot dans le vestibule. Elle revint bientôt pour l'introduire dans une petite pièce sombre au milieu de laquelle il y avait un grand bureau. Poirot remarqua, ici et là, des objets curieux, qui semblaient provenir de toutes les parties du monde, et, sur la cheminée, une grosse cafetière en cuivre, dont le bec faisait songer à un nez busqué. Tout cela plutôt poussiéreux.

La porte s'ouvrit, livrant passage à une jeune femme.

— Ma mère est couchée, dit-elle. Que puis-je pour vous ?

— Vous êtes miss Wetherby ?

— Henderson. Mr Wetherby est mon beau-père.

Elle devait avoir une trentaine d'années. Elle était grande, pas jolie, avec des gestes gauches.

— Je désirerais savoir ce que vous pourriez me dire d'une certaine Mrs Mac Ginty, qui venait travailler ici.

Miss Henderson ouvrait de grands yeux.

— Mrs Mac Ginty ?... Mais elle est morte !

— Je le sais, dit doucement Poirot. Malgré cela, j'aimerais que vous me parliez d'elle.

— Vous représentez une compagnie d'assurances ?

— Nullement. Je mène une enquête sur l'affaire, à la demande des avocats de James Bentley.

Miss Henderson était de plus en plus surprise.

— Mais est-ce que ce n'est pas lui l'assassin ?

— Si l'on s'en tient à l'opinion des jurés, c'est lui. Mais il est déjà arrivé à des jurys de commettre une erreur...

— Elle aurait donc été tuée par quelqu'un d'autre ?

— C'est possible, en effet.

— Mais par qui ?

— C'est justement la question.

— Je ne comprends pas.

— Non ?... Ça ne saurait vous empêcher de me parler de Mrs Mac Ginty... Vous ne croyez pas ?

Elle répondit, après une hésitation :

— Soit ! Que voulez-vous savoir ?

— Mon Dieu... Pour commencer, ce que vous pensiez d'elle ?

— Oh ! rien de particulier... C'était une femme de ménage comme les autres...

— Bavarde ou réservée ? Curieuse ou discrète ? Gentille ou non ?

Miss Henderson réfléchit.

— Elle travaillait bien, mais parlait beaucoup. Il lui arrivait de dire des choses bizarres... A vrai dire, personnellement, je ne l'aimais pas beaucoup...

La porte s'ouvrit. Sans entrer, la petite bonne qui avait reçu Poirot annonça à miss Deirdre que « Madame » désirait voir « le monsieur ».

Deirdre Henderson consulta Poirot.

— Vous voulez monter ?

— Certainement.

— Je vous conduis...

Poirot suivit Deirdre Henderson. Il avait l'impression qu'elle était peu intelligente, et même un peu simplette.

La chambre de Mrs Wetherby était celle d'une

femme qui avait beaucoup voyagé, avec le souci de rapporter des souvenirs de tous les endroits où elle avait fait halte. Le regard ne pouvait se poser nulle part sans accrocher quelque objet spécialement fabriqué pour la joie — et l'exploitation — du touriste. On se serait cru dans la boutique d'un brocanteur. Les meubles étaient laids et trop nombreux : des tables, des canapés, des fauteuils...

Dans cette vaste pièce, Mrs Wetherby paraissait toute petite. Illusion qu'elle souhaitait d'entretenir, encore qu'elle fût de taille moyenne. On plaint plus volontiers les gens qui paraissent débiles et chétifs. Elle était allongée sur un sofa, avec, à portée de la main des livres, un ouvrage de tricot, une boîte de bonbons fourrés et un verre de jus d'orange.

— Vous m'excuserez de ne point me lever pour vous accueillir, dit-elle d'une voix enjouée, mais le médecin insiste tant pour que je fasse ma cure de repos quotidienne et je suis tellement grondée par tout le monde quand je ne lui obéis pas que je me résigne à ne pas bouger...

Poirot prit la main qu'elle lui tendait et s'inclina fort courtoisement, tout en murmurant des paroles indistinctes.

— Il veut des renseignements sur Mrs Mac Ginty, dit Deirdre.

Le détective sentit la main qu'il tenait dans la sienne se contracter brusquement. Il ne put s'empêcher de la comparer mentalement à la serre d'un oiseau de proie.

Mrs Wetherby, cependant, riait avec distinction.

— Tu es ridicule, ma pauvre Deirdre ! Qui peut bien être Mrs Mac Ginty ?

— Oh ! maman, tu te souviens bien !... Elle venait travailler ici. C'est cette femme qui a été assassinée !

Mrs Wetherby ferma les yeux et frissonna.

— Ne me parle pas de ça, ma chérie ! Ça me rend

malade pour des semaines, et tu le sais bien. Cette malheureuse femme, je la plains beaucoup, mais pourquoi était-elle assez sotte pour cacher son argent dans sa chambre, alors qu'il y a des banques ?... Naturellement, je me souviens d'elle. J'avais seulement oublié son nom.

Deirdre revenait à la charge.

— C'est sur elle qu'il veut des renseignements.

Mrs Wetherby sourit au détective.

— Prenez un siège, monsieur Poirot ! Je suis dévorée de curiosité. Mrs Rendell vient de me téléphoner pour me dire qu'un criminologiste célèbre se trouvait actuellement à Broadhinny. Elle vous a décrit et, quand Frieda m'a dépeint le visiteur qu'elle venait d'introduire, je vous ai reconnu et c'est pourquoi je vous ai fait prier de monter. De quoi s'agit-il exactement ?

— Ainsi que mademoiselle votre fille vient de vous le dire, je désirerais quelques renseignements sur Mrs Mac Ginty. Si je suis bien informé, elle travaillait chez vous le mercredi. C'est un mercredi qu'elle a été tuée. Elle était donc venue ici ce jour-là. C'est exact ?

— Probablement. Mais c'est si loin déjà...

— Le crime, en effet, remonte à quelques mois. Ce jour-là, elle ne vous aurait rien dit de... particulier ?

— Ces gens-là parlent toujours beaucoup, répondit Mrs Wetherby d'un air pincé, mais on n'écoute pas ce qu'ils disent. D'ailleurs, elle ne pouvait guère annoncer que, le soir, elle serait assassinée. Vous êtes de mon avis ?

Poirot sourit poliment.

— Lisez-vous les journaux du dimanche ? demanda-t-il ensuite, sans transition.

Mrs Wetherby ouvrit de grands yeux.

— Bien sûr ! Nous prenons l'*Observer* et le *Sunday Times*. Pourquoi ?

— Simple curiosité. Mrs Mac Ginty lisait le *Sunday Comet* et le *News of the World*.

Il y eut un long silence. Mrs Wetherby soupira et dit, les yeux mi-clos :

— Cette affaire m'a bouleversée. Cet homme qui l'a assassinée, je ne puis croire qu'il avait toute sa raison... Tuer une pauvre vieille avec un hachoir ! Quelle horreur !

— L'arme du crime n'a jamais été retrouvée, fit observer Poirot.

— Sans doute l'aura-t-il jetée dans une mare ou dans un étang.

— On a tout dragué, dit Deirdre. J'étais là...

Mrs Wetherby se passa la main sur le front.

— Pourquoi parler de tout cela, ma chérie ?... Ces vilaines choses me sont pénibles... Ma pauvre tête !

Deirdre, la voix hargneuse, se tourna vers Poirot.

— N'insistez pas, monsieur ! Vous faites du mal à ma mère... Elle est tellement sensible... Elle ne peut même pas lire un roman policier.

Poirot se leva.

— Vous voudrez bien me pardonner. Ma seule excuse est que, d'ici trois semaines, un homme sera pendu. S'il n'est pas coupable...

Mrs Wetherby se récria :

— Mais il est coupable ! Ça ne fait pas de doute !

Poirot hocha la tête.

— Je n'en suis pas si sûr.

Il salua et sortit rapidement. La jeune fille le rejoignit comme il arrivait dans le vestibule.

— Ce que vous avez dit tout à l'heure, lui demanda-t-elle, qu'est-ce que ça signifie ?

— Exactement ce que j'ai dit.

— Mais encore ?

Poirot ne répondit pas.

— Votre visite, reprit-elle, a mis maman dans tous

ses états !... Elle ne peut pas supporter qu'on parle devant elle de crimes, de meurtres, de violences...

— Alors, elle a dû éprouver un rude choc quand elle a appris l'assassinat d'une femme qui, effectivement travaillait chez elle ?

— Vous pouvez le dire !

— Ça l'a... abattue ?

— Elle nous a interdit de faire allusion à l'affaire devant elle... Il faut comprendre que nous faisons tout ce que nous pouvons pour lui épargner la moindre émotion... pour qu'il ne soit jamais question devant elle des laideurs de l'existence.

— *Quid* de la guerre ?

— Heureusement, nous n'avons pas eu de bombardements par ici !

— Vous, mademoiselle, qu'avez-vous fait pendant la guerre ?

— J'ai travaillé dans un hôpital à Kilchester et j'ai conduit des voitures. Naturellement, je ne pouvais pas m'absenter longtemps, maman ayant besoin de moi. Elle trouvait déjà que je lui manquais trop souvent... La vie n'était pas facile. A la maison, maman ne peut rien faire... Elle est trop faible... Et, pour se faire servir, on ne pouvait se procurer personne. Nous avons eu de la chance d'avoir Mrs Mac Ginty ! C'est à ce moment-là qu'elle a commencé à venir chez nous. C'était une très bonne domestique. Autrefois, évidemment, on était mieux servi, mais les choses ont changé, pour cela comme pour le reste...

— Cela vous chagrine ?

La question parut l'étonner.

— Personnellement, non, répondit-elle. Pour maman c'est différent... C'est une femme qui vit beaucoup dans le passé...

— Il y a des gens comme cela, dit Poirot.

Il revoyait la chambre dont il sortait, et particulièrement le tiroir à demi ouvert d'un secrétaire, dans lequel il avait aperçu un petit coussin à épingles en soie, un éventail brisé, une minuscule cafetière en argent et de vieilles revues.

— Ils conservent des quantités de souvenirs qui leur rappellent le vieux temps, poursuivit-il d'une voix douce, des carnets de bal, des programmes de théâtre, des photographies d'amis disparus et quand ils contemplent ces vieilleries, ils croient revivre leur beau passé...

— Vous devez avoir raison, dit Deirdre. Mais moi, je ne les comprends pas. Je ne garde rien.

— Vous regardez devant vous, et non derrière ?

— Je ne sais même pas si je regarde devant moi... Le présent suffit largement ! Vous ne croyez pas ?

La porte d'entrée s'ouvrit devant un homme de haute taille, assez âgé déjà, qui s'immobilisa brusquement quand il vit Poirot. Il tourna la tête vers Deirdre. Ses yeux interrogeaient.

— Mon beau-père, dit Deirdre. Monsieur... Je crois que je ne sais pas votre nom...

— Je suis Hercule Poirot, dit le détective, de l'air embarrassé d'un prince placé dans l'obligation de révéler qu'il est de sang royal.

— Ah ? dit simplement Mr Wetherby, accrochant son pardessus au portemanteau.

— Il est venu demander des renseignements sur Mrs Mac Ginty, ajouta Deirdre.

Mr Wetherby s'accorda quelques secondes avant de parler, puis il dit :

— Voilà qui me semble assez curieux. Cette femme a été tuée il y a plusieurs mois et, bien qu'elle ait travaillé ici, nous ne possédons aucun renseignement sur elle non plus que sur sa famille. Si nous en avions eu, il y a longtemps que nous les aurions communiqués à la police.

Le ton était définitif. Mr Wetherby donna un coup d'œil à sa montre et poursuivit :

— J'imagine que nous pourrons nous mettre à table d'ici un quart d'heure...

— J'ai bien peur que le déjeuner ne soit un peu en retard aujourd'hui.

Mr Wetherby fronça le sourcil.

— Vraiment ? Et puis-je demander pourquoi ?

— Frieda a eu beaucoup à faire...

— Ma chère Deirdre, je suis désolé d'avoir à te le rappeler, mais c'est à toi qu'incombe la direction de la maison. J'aimerais un peu plus de ponctualité.

Poirot sortit, jetant avant de franchir le seuil un dernier regard par-dessus son épaule.

Mr Wetherby et sa belle-fille restaient face à face. Il y avait du mépris dans les yeux de Mr Wetherby et, dans ceux de Deirdre, quelque chose qui ressemblait fort à de la haine.

CHAPITRE X

Après le déjeuner — un morceau de bœuf mal cuit, des pommes de terre sans goût et des crêpes fâcheuses — Poirot se mit en route pour sa troisième visite de la journée. Il se rendait chez Mrs Upward, qui habitait Laburnums, une villa accrochée à flanc de colline.

Il s'était arrêté devant la grille pour lisser une dernière fois ses moustaches quand, lancé d'une main sûre, un trognon de pomme vint lui frapper la joue. Il poussa un cri furieux et se retourna vivement, pour apercevoir. débouchant du virage, une automobile, de laquelle le projectile était évidemment parti. Une tête se montrait à la portière.

— Je suis désolée ! Je vous ai touché ?

Poirot regarda mieux. Ce visage plein, mais qui n'était pas sans noblesse, ces sourcils fournis, ces mèches grises, il les connaissait.

— Mais, s'écria-t-il, c'est Mrs Oliver !

De fait, c'était bien le célèbre auteur de romans policiers.

— Mon Dieu ! C'est Mr Poirot !

Mrs Oliver essayait de s'extraire de sa petite voiture. Sa corpulence lui rendait la tâche malaisée. Poirot vint en aide à la grosse dame, qui atterrit sur la route un peu à la manière d'un bloc de lave jailli d'un volcan. Des pommes suivirent, qui roulèrent joyeusement sur le sol.

— Le sac a crevé, expliqua Mrs Oliver.

Elle brossa de la main quelques morceaux de pomme restés sur son corsage plantureux, s'ébroua comme un énorme Terre-Neuve, puis reprit :

— C'est dommage, car ce sont de beaux fruits qui viennent de chez Cox... Et qu'est-ce que vous faites par ici, monsieur Poirot ? Vous n'habitez pas ici, non ? Alors, il s'agit d'un crime ? J'espère qu'on n'a pas assassiné mon amie ?

— Qui est-ce, votre amie ?

Mrs Oliver désigna la villa d'un mouvement du menton.

— La dame qui habite là... Si cette villa s'appelle bien Laburnums... Comment est-elle, cette dame ?

— Vous ne la connaissez pas ?

— J'ai dit « mon amie », mais c'est façon de parler. Je suis ici par devoir professionnel, Mr Robin Upward s'étant mis en tête de tirer une pièce d'un de mes romans. Je viens discuter de la chose avec lui.

— Toutes mes félicitations, chère madame !

— Il n'y a vraiment pas de quoi. Jusqu'à présent, ce genre de travail ne m'a donné aucune satisfaction. Au contraire ! Et je me demande bien pourquoi je me laisse faire ! Mes livres me rapportent pas mal d'argent, le fisc m'en prend la plus grande partie et, s'ils me rapportaient plus, il m'en prendrait plus, de sorte que je juge inutile de me fatiguer... Je ne vois donc pas pourquoi je me laisse manipuler par les auteurs dramatiques, qui transforment mes personnages, leur font dire des choses qu'ils n'auraient jamais dites et faire des choses qu'ils n'auraient jamais faites ! « Il faut compter avec l'optique du théâtre !... » Robin Upward n'a que ça à la bouche ! Il paraît qu'il est très fort. S'il est si remarquable, pourquoi n'écrit-il pas une pièce de son cru et ne laisse-t-il pas mon malheureux Finlandais tranquille ? Il n'est d'ailleurs plus Finlandais, maintenant. Il est devenu un Norvégien, qui dirige un réseau de résistance...

Mrs Oliver se passa la main dans les cheveux.

— Qu'est-ce que j'ai fait de mon chapeau ?

Poirot regarda dans la voiture.

— Je crois bien que vous étiez assise dessus.

— On le dirait, répondit Mrs Oliver, appréciant d'un coup d'œil l'étendue du désastre. Ça ne fait rien, étant donné qu'il ne me plaisait guère, mais ça sera très ennuyeux si je dois aller à l'église dimanche. Nous verrons ça... Revenons à votre histoire de crime ! Vous vous souvenez de cet assassinat dont nous avons eu à nous occuper, vous et moi ?

— Fort bien !

— C'était amusant, hein ?... Je ne parle pas du meurtre lui-même, mais de ce qui est venu ensuite... De qui s'agit-il cette fois ?

— D'une personne évidemment, moins pittoresque que n'était Mr Shaitana. Il s'agit d'une vieille femme de ménage qui a été tuée ici, il y a cinq mois. Vous avez dû voir ça dans les journaux. Elle s'appelait Mrs Mac Ginty. On a arrêté un jeune homme, il a été condamné à mort...

— Il n'est pas coupable, vous connaissez le véritable assassin et vous allez le démasquer ! Bravo !

Poirot soupira.

— Vous allez trop vite ! L'assassin, je le cherche encore... et, quand je l'aurai découvert, il me restera à prouver que c'est bien lui !

— Les hommes ne sont pas expéditifs !... Votre coupable, je lui mettrai rapidement la main dessus ! C'est quelqu'un d'ici, bien entendu ? Donnez-moi quarante-huit heures et je l'aurai trouvé ! L'intuition féminine, ça existe... et c'est ce qui vous manque. Dans l'affaire Shaitana, j'avais vu juste... C'est exact ?

Galant, Poirot s'abstint de faire remarquer à Mrs Oliver qu'elle avait successivement désigné plusieurs coupables avant de trouver le bon, après lui, d'ailleurs. Il allait répondre quand, de la villa, une voix masculine appela.

— Allô ! C'est Mrs Oliver ?

— Mais oui, c'est moi !

Pour Poirot, Mrs Oliver ajouta dans un souffle :

— Rassurez-vous, cher ami, je serai discrète !

— Gardez-vous-en bien ! répliqua-t-il. Je ne vous demande pas la discrétion. *Au contraire !*

Robin Upward avait descendu l'allée en courant et ouvrait la grille. Il était tête nue et vêtu avec une négligence étudiée : veston de tweed fatigué et vieux pantalon de flanelle grise. Sans un commencement d'embonpoint, il aurait pu passer pour un sportif. Il pressa la romancière sur son cœur en l'appelant Ariadne, puis, l'écartant et lui posant les deux mains sur les épaules, il lui annonça qu'il avait eu, pour le second acte une idée merveilleuse.

— Nous verrons ça, dit-elle sans enthousiasme. Je vous présente Mr Hercule Poirot.

Robin Upward serra la main du détective, puis revint à Mrs Oliver.

— Vous avez des bagages ?

— Ils sont dans la voiture.

C'étaient deux mallettes, dont Robin s'occupa lui-même.

— Nous sommes pratiquement sans domestiques, expliqua-t-il. Nous n'avons que la vieille Janet et il faut que nous la ménagions !

Se mettant en route vers la villa, il dit, par-dessus son épaule :

— Venez boire quelque chose !

L'invitation s'adressait à Poirot, encore près de la voiture avec Mrs Oliver, qui récupérait sur la banquette avant son sac à main, un livre et une vieille paire de souliers.

— Est-ce que vous m'avez bien dit que vous ne me demandiez pas d'être discrète ? lui dit-elle à voix basse.

— Moins vous le serez, mieux ça sera !

— Curieuse méthode ! fit-elle observer. Personnellement, je procéderais autrement. Mais, après tout, ça vous regarde !

De la villa, Robin les appelait.

— Allons, venez ! *Madre* se meurt d'impatience !

Mrs Oliver fila vers l'allée, Poirot dans sa foulée.

L'installation de Laburnums avait dû coûter fort cher, mais elle était remarquablement réussie. L'ensemble faisait simple et cossu.

Assise dans un fauteuil roulant, au coin de la cheminée du living-room, Laura Upward accueillit ses visiteurs avec un charmant sourire. C'était une femme d'une soixantaine d'années, aux cheveux grisonnants et au menton énergique.

— Je suis ravie de vous connaître, Mrs Oliver, dit-elle. J'imagine que vous avez horreur qu'on vous parle de vos livres, mais je tiens pourtant à ce que vous sachiez qu'ils sont une de mes consolations depuis des années, surtout depuis que je ne suis plus qu'une invalide !

Mrs Oliver rougit de confusion, remercia avec embarras et s'empressa de présenter Poirot.

— Mr Poirot, ajouta-t-elle, est un vieil ami à moi. Nous nous sommes rencontrés à votre porte, par le plus grand des hasards...

Mrs Upward tendit la main à Poirot, puis elle appela :

— Robin !

— *Madre ?*

— Donne-nous donc quelque chose à boire !... Où sont les cigarettes ?

— Sur la table.

Mrs Upward se tourna vers Poirot.

— Vous écrivez, vous aussi, monsieur Poirot ?

Ce fut Mrs Oliver qui répondit :

— Ah ! non... Mr Poirot est détective... Une sorte de Sherlock Holmes... Vous savez ? Les empreintes, les cendres de cigarettes, les pistes subtiles... Et il est venu par ici pour enquêter sur une affaire de meurtre...

Il y eut un bruit de verre brisé.

— Fais donc attention, Robin ! dit Mrs Upward.

— Ainsi, dit Robin Upward, qui s'affairait près de la desserte, Maureen Summerhayes avait raison quand elle me racontait qu'il y avait un détective dans nos parages. Elle avait l'air de trouver ça très drôle, mais à ce que je vois, ce serait sérieux ?

— Naturellement, déclara Mrs Oliver. Puisqu'un assassin rôde dans le pays.

— Ah ? Et, si ce n'est pas être indiscret que de le demander, qui a-t-il tué ?

— Ce n'est pas indiscret, dit Poirot. Le crime, vous le connaissez...

— Il s'agit de cette femme de ménage qui a été assassinée il y a quelques mois, précisa Mrs Oliver. Mrs Mac... je ne sais plus quoi...

Robin Upward ne cacha pas sa déconvenue.

— Mrs Mac Ginty ?... Mais cette affaire-là est terminée !

— Pas du tout ! répliqua Mrs Oliver. C'est un innocent qui a été condamné et il sera pendu si Mr Poirot ne déouvre pas l'assassin avant qu'il ne soit trop tard. C'est passionnant !

Robin présentait les verres.

— Pour toi, *Madre*.

— Merci, mon petit.

Poirot fronça le sourcil. Il prit le verre que Robin lui offrait, Mrs Oliver également.

— Nous boirons... au crime ! dit Robin.

Après avoir bu, il reprit :

— Elle venait travailler ici.

— Mrs Mac Ginty ? demanda Mrs Oliver.

— Oui. N'est-ce pas, *Madre* ?

— C'est-à-dire qu'elle venait une fois par semaine.

— Et de temps en temps l'après-midi.

— C'était une bonne domestique ?

— D'une propreté décourageante, répondit Robin. Elle avait la manie de nettoyer et de mettre de l'ordre. Après son passage dans une pièce, on ne retrouvait plus rien !

— Mon cher enfant, dit Mrs Upward, dans une maison aussi petite que celle-ci, si on ne rangeait pas les choses, tu ne pourrais bientôt plus circuler !

— Je sais, *Madre*. Seulement, si on déplace mes affaires, je ne peux plus travailler ! Je ne retrouve plus mes notes !

Mrs Upward soupira.

— Ah ! je regrette bien de ne pouvoir bouger... Nous avons une vieille bonne qui nous est très dévouée, mais tout ce qu'on peut lui demander, c'est de faire un peu de cuisine...

— De quoi souffrez-vous ? s'enquit Mrs Oliver. C'est de l'arthrite ?

— Quelque chose de ce genre-là. Le moment ne tardera pas, j'en ai peur, où j'aurai besoin d'une infirmière qui ne me quittera pas. C'est terrible !... Moi qui aime tant ne dépendre de personne !

— Voyons, *Madre*, pourquoi te tracasser ?

Mrs Upward sourit tendrement à son fils.

— Heureusement, j'ai Robin ! dit-elle. Il a pour moi toutes les attentions, toutes les gentillesses...

Poirot s'était levé.

— Je suis désolé, mais je suis obligé de m'en aller. J'ai une visite à faire et, ensuite un train à prendre. Je vous remercie, madame, de votre charmant accueil. Et j'espère, monsieur Upward, que votre pièce sera un succès !

— De mon côté, dit Mrs Oliver, j'espère que votre enquête sera une réussite totale !

— Alors, demanda Robin Upward, c'est vraiment sérieux ? Il ne s'agit pas d'une blague ?

— Certainement pas ! s'écria Mrs Oliver. Mr Poirot ne veut pas me dire le nom de l'assassin, mais il le connaît ! N'est-ce pas, monsieur Poirot ?

Poirot protesta, juste ce qu'il fallait pour ne pas être cru.

— Non, madame. Pour le moment, je ne le connais pas encore !

— C'est ce que vous m'avez dit, mais, moi, je suis convaincue du contraire. Seulement, vous aimez vous entourer de mystère !

Poirot se récria une dernière fois, s'inclina en un profond salut et se retira.

Il suivait l'allée conduisant à la grille quand lui parvint, très distincte, la voix de Robin Upward, qui disait :

— Je ne demanderais qu'à vous croire, ma chère Ariadne, mais vraiment, avec ces moustaches ridicules, comment voulez-vous qu'on le prenne au sérieux. Vous n'allez tout de même pas prétendre que c'est un bon détective !

Poirot sourit. Un *bon* détective ? Heureusement, il était mieux que ça !

Sur la route, il croisa le camion de légumes de Summerhayes. Celui-ci était au volant. Il cria à Poirot qu'il était pressé, qu'il se rendait à la gare et qu'il lui fallait « attraper » le train qui emporterait les produits de son jardin vers Covent Garden.

Poirot, lui aussi, avait un train à prendre, pour se rendre à Kilchester, où il devait avoir une conférence avec le commissaire Spence. Mais il lui restait encore assez de temps pour faire une dernière visite.

Les Carpenter habitaient, tout en haut de la colline, une grande maison, remarquable par son toit plat et le nombre impressionnant de ses fenêtres. Codirecteur d'une grosse usine de constructions métalliques, Guy Carpenter était un riche industriel, récemment venu à la politique. Il n'était marié que depuis peu.

Poirot, la grille d'entrée franchie, suivit une large allée magnifiquement entretenue et sonna à la porte principale, provoquant l'apparition rapide d'un maître d'hôtel au visage impassible. Le domestique examina Poirot d'un coup d'œil, décida que l'homme était vraisemblablement un représentant de commerce et par conséquent de ceux qu'il convenait de laisser dehors.

— Mr et Mrs Carpenter sont sortis.

— Je pourrais peut-être attendre leur retour.

— Je ne sais quand ils rentreront.

La porte se referma là-dessus. Poirot, au lieu de repartir vers la grille, entreprit de faire le tour de la maison. Il venait de tourner le coin quand il se trouva nez à nez avec une grande jeune femme qui venait en sens inverse. Elle portait une cape de vison.

— Qui êtes-vous ? dit-elle. Et que faites-vous ici ?

Poirot recula de deux pas, pour la saluer avec sa courtoisie ordinaire.

— Je suis venu, répondit-il, dans l'espoir de rencontrer Mr ou Mrs Carpenter. Aurais-je la chance de me trouver devant Mrs Carpenter.

— Effectivement. Mrs Carpenter, c'est moi !

Elle ne faisait aucun effort pour être aimable, mais le ton n'était pas décourageant.

— Je suis Hercule Poirot

Mrs Carpenter n'eut pas la réaction espérée. Non

seulement le nom ne lui rappelait rien, mais il semblait qu'elle n'identifiait même pas en Poirot le nouveau pensionnaire des Summerhayes. Les potins du village n'arrivaient pas jusqu'à elle. Une observation peut-être sans intérêt, mais peut-être, aussi, lourde de sens.

— Je désirerais, reprit Poirot, voir, soit Mr Carpenter, soit Mrs Carpenter, mais je serais particulièrement heureux, madame, de m'entretenir avec vous, les questions que j'ai à poser étant plutôt de votre ressort.

— Je vois... Il s'agit sans doute d'une de ces enquêtes absurdes...

Mrs Carpenter s'interrompit net.

— Eh bien ! entrons, dit-elle.

Poirot sourit discrètement. Mrs Carpenter le prenait pour quelque fonctionnaire à la poursuite de renseignements d'ordre statistique, elle avait été sur le point de dire très nettement ce qu'elle pensait des innombrables enquêtes ordonnées par l'administration à des fins assez obscures et elle s'était tue brusquement, sans doute parce qu'elle s'était rappelé que les ambitions politiques de son époux lui interdisaient de critiquer — et même de discuter — les actes du gouvernement.

Elle conduisit Poirot dans une grande pièce, dont les fenêtres ouvraient sur un très beau jardin. Les meubles, pour la plupart des copies d'ancien, ne devaient pas être là depuis très longtemps. Ils venaient certainement des meilleures maisons et avaient dû coûter fort cher. L'ensemble était riche, luxueux, mais sans personnalité. Etait-ce, de la part de Mrs Carpenter, indifférence ou prudence ? Poirot se le demandait.

Il prit place dans le fauteuil qu'elle lui désignait du geste, un faux Chippendale, remercia, puis en vint tout de suite à l'objet de sa visite.

— Les questions que je souhaiterais vous poser,

madame, ont trait à Mrs Mac Ginty, qui mourut — ou, plutôt, qui fut tuée — en novembre dernier.

— Mrs Mac Ginty ? Je ne vois pas qui est cette personne.

Mrs Carpenter posait sur Poirot le regard glacé de ses grands yeux bleus.

— Vous ne vous souvenez pas de Mrs Mac Ginty ?

— Non. Je ne sais rien d'elle.

— Vous ne vous souvenez pas de son assassinat ? Les meurtres seraient si nombreux par ici qu'ils passeraient inaperçus ?

— C'est de *l'assassinat* que vous parlez ? Excusez-moi ! J'avais oublié le nom de la pauvre femme.

— Elle travaillait pourtant ici !

— Nullement. A l'époque, je n'habitais pas cette maison. Il n'y a pas trois mois que j'ai épousé Mr Carpenter.

— Oui, mais elle travaillait chez vous. Le vendredi matin, si je suis bien renseigné. Vous vous appeliez alors Mrs Selkirk et vous habitiez Rose Cottage.

Elle répliqua avec humeur :

— Si vous connaissez toutes les réponses, je ne vois pas pourquoi vous posez des questions ! En fin de compte, de quoi s'agit-il ?

— Je mène une enquête sur les circonstances de cet assassinat.

— Mais pourquoi être venu me trouver ?

— Parce que vous pourriez savoir quelque chose qui m'aiderait dans mes recherches.

— Mais je ne sais rien !... Que vous dirais-je ?... Que c'était une vieille femme de ménage passablement bornée, assez sotte pour cacher ses économies sous son plancher, ce qui lui valut d'être assassinée... Je ne sais rien d'autre, sinon qu'il s'agit là d'une de ces histoires répugnantes, comme on en lit dans les journaux du dimanche...

Poirot ne laissa pas passer l'occasion.

— Très juste. Lisez-vous le *Sunday Comet* ?

Mrs Carpenter se leva d'un bond et courut à la porte-fenêtre, ouverte sur le jardin. Elle appela :

— Guy !... Guy !

Du dehors, une voix d'homme répondit :

— Tu as besoin de moi, Eve ?

— Viens tout de suite !

Quelques secondes plus tard, un homme de belle taille, qui pouvait être âgé de trente-cinq à quarante ans, apparut sur la terrasse. Volubile, Eve Carpenter le mettait au courant.

— Il y a ici un homme... et il ne doit même pas être Anglais... qui me pose toute sorte de questions sur ce crime effroyable qui a été commis l'an dernier à Broadhinny... Cette vieille femme de ménage qui a été assassinée, tu te souviens ?... J'ai *horreur* de ces choses-là, tu le sais.

Guy Carpenter fronça le front et entra dans la pièce. Son long visage, très pâle, avait quelque chose de chevalin. Ses manières étaient à la fois pompeuses et arrogantes.

— Puis-je savoir ce que tout ceci signifie ? demanda-t-il, allant vers Poirot. Il paraît que vous ennuyez ma femme ?

Poirot trouvait le personnage peu sympathique.

— Je ne voudrais pour rien au monde importuner une dame si charmante ! dit-il. J'espérais seulement, la victime ayant été à son service, que Mrs Carpenter serait en mesure de m'aider dans les recherches que j'ai entreprises.

— Les recherches ? Quelles recherches ?

— Une enquête sur les circonstances de la mort de Mrs Mac Ginty.

— Vous plaisantez ?... L'affaire est finie !

— Erreur !... Elle n'est nullement terminée.

— Vous parlez d'enquête...

Carpenter posa sur Poirot un regard soupçonneux.

— Une enquête ne pourrait être faite que par la police. Il ne me semble pas que vous ayez dit que vous apparteniez à la police ?

— De fait, je n'ai aucun lien avec elle.

Eve Carpenter intervint.

— C'est un journaliste ! Il est attaché à je ne sais quel horrible journal du dimanche... C'est lui-même qui me l'a dit.

Le visage de Carpenter prit une expression moins sévère. Un homme politique ne doit pas se mettre la presse à dos.

— Ma femme, dit-il d'une voix presque aimable, est d'une sensibilité extrême et le simple récit d'un assassinat suffit à la bouleverser. Je suis d'ailleurs convaincu qu'elle ne saurait rien vous apprendre : elle connaissait à peine cette Mrs Mac Ginty.

— C'est ce que je lui ai dit ! déclara Eve Carpenter avec véhémence. C'était une vieille femme de ménage stupide... et une menteuse par-dessus le marché !

Un sourire illumina la physionomie de Poirot.

— Ah ! s'écria-t-il, voilà qui est intéressant ! Elle mentait. L'information peut servir.

— Je ne vois pas en quoi, dit Eve.

— Elle peut nous aider à établir le mobile du crime. C'est cela, d'abord, que je voudrais préciser.

— Le mobile ? objecta Carpenter. Mais il est connu ! On lui a volé ses économies !

— Je sais, dit doucement Poirot. Seulement, était-ce bien là le mobile ?

Il se leva, satisfait comme l'acteur qui vient de donner la réplique qui éclaire toute la pièce. Tourné vers Carpenter, il reprit, sur un ton d'exquise politesse :

— Je suis désolé que ma visite ait pu causer quelque contrariété à Mrs Carpenter. Les affaires de ce genre sont toujours désagréables...

— C'est parfaitement exact et c'est bien pourquoi ma femme trouve qu'elles constituent un sujet de conversation entre tous déplaisant. Je regrette seulement que nous ne puissions vous fournir aucun renseignement utile...

— Mais vous m'en avez donné un qui est fort important !

— Vous dites ?

— *Mrs Mac Ginty était une menteuse.* L'information a son prix. Ces mensonges, madame, vous rappelez-vous ce qu'ils étaient ?

Eve Carpenter tarda à répondre.

— Je ne me souviens pas, dit-elle.

Puis, comme les deux hommes attendaient visiblement qu'elle continuât, elle ajouta :

— Elle racontait sur les gens des choses qui ne pouvaient être vraies...

— Je vois, dit Poirot, après un nouveau silence. Elle avait une langue qui pouvait faire beaucoup de mal.

Eve Carpenter protesta.

— Non, non, je n'irai pas jusqu'à dire ça !... Elle colportait des ragots, voilà tout !

Poirot hocha la tête.

— Elle potinait...

Ayant dit, il s'inclina devant Mrs Carpenter, puis, pivotant sur ses talons, prit la direction du vestibule, accompagné par Carpenter.

— Ce journal auquel vous collaborez, lui demanda Carpenter, lequel est-ce ?

— Le journal du dimanche dont j'ai parlé à Mrs Carpenter, répondit Poirot, est le *Sunday Comet.*

— Le *Sunday Comet* ?... J'ai bien l'impression que je ne le vois pas souvent.

— Il publie de temps à autre des articles intéressants... et des clichés qui ne le sont pas moins.

Carpenter ne répondit pas.

Deux minutes plus tard, Poirot était sur la route.

CHAPITRE XI

Le commissaire Spence était assis en face d'Hercule Poirot.

— Je ne dis pas, déclara-t-il d'une voix lente, que vous n'avez pas trouvé là quelque chose d'intéressant... Personnellement, même, je suis persuadé que vous êtes sur la voie... Mais tout ça est mince, terriblement mince.

Poirot acquiesça du chef.

— C'est mon avis, ça ne suffit pas ! Il faut avoir autre chose.

— J'aurais dû remarquer ce journal...

— Vous ne pouvez vous reprocher de l'avoir négligé... Au moment de votre enquête, il ne présentait aucun intérêt. L'affaire semblait aussi simple qu'il est possible, le vol expliquant l'assassinat. Tout était clair. Pourquoi auriez-vous cherché plus loin ?

Spence n'était pas convaincu.

— Pour le flacon d'encre, c'est pareil !

— Si j'ai entendu parler de lui, c'est bien par hasard !

— Peut-être ! Mais il vous a intéressé. Pourquoi ?

— Uniquement à cause de cette phrase sur une lettre que Mrs Mac Ginty aurait eu à écrire... Ecrire une lettre, pour vous ou pour moi, c'est banal... Mais, quand il s'agit de Mrs Mac Ginty, c'est différent !

Avec un soupir, Spence posa sur la table quatre photographies.

— Voici les photos que vous m'avez demandées, celles-là mêmes qui ont été utilisées par le *Sundey Comet.* Elles sont un peu plus nettes que les reproductions, mais c'est tout ce qu'on peut dire... Elles sont passées et je vous défie d'y découvrir un détail utile, le dessin d'une oreille, par exemple... Ou un profil... Sans parler des coiffures, qui changent tout... J'ai bien peur qu'elles ne vous soient pas d'un grand secours.

— Vous êtes bien d'accord qu'il ne peut être question de Vera Blake ?

— Je le crois. Si elle était à Broadhinny, tout le monde le saurait, étant donné que raconter ses malheurs semble avoir été sa spécialité.

— Bon. Qu'est-ce que vous avez appris des autres ?

— J'ai fait ce que j'ai pu... Eva Kane a quitté l'Angleterre après la condamnation de Craig. Je sais même le nom qu'elle a pris : Hope [1]. Curieux, hein ?

— Romanesque, dit Poirot. *La belle Evelyne Hope n'est plus...* C'est un vers d'un de vos poètes et je parierais qu'elle le connaissait... Au fait, elle ne se prénommait pas Evelyn, par hasard ?

— Je crois bien que si, encore qu'on l'ait toujours appelée Eva. Puisque nous parlons d'elle, je dois ajouter que la police est loin d'être d'accord, en ce qui la concerne, avec ce que raconte l'auteur de l'article. Il s'en faut !

Poirot sourit.

— L'opinion de la police, ça ne prouve rien... mais c'est souvent une indication. Et que pense-t-elle d'Eva Kane, la police ?

— Elle pense qu'Eva Kane n'était pas du tout la victime innocente sur le sort de laquelle les bonnes

1. *Hoppe,* en anglais *espoir.*

gens se sont apitoyés. Je débutais à l'époque, mais je me souviens d'avoir entendu parler de l'affaire par l'inspecteur Traill, qui était chargé de l'enquête. D'après lui, non seulement c'était Eva qui avait eu l'idée de se débarrasser de Mrs Craig, mais elle s'était chargée de la besogne. Un beau jour, en rentrant chez lui, Craig aurait constaté que sa petite amie avait déblayé le chemin. Elle pensait, assurait Traill, qu'on croirait à une mort naturelle, mais Craig, plus avisé, ne voulant pas risquer le coup, aurait enterré sa femme dans la cave, et imaginé la fable du décès survenu, un peu plus tard, dans le Midi de la France. Le crime découvert, il prit tout à son compte, jurant qu'Eva ignorait tout. Impossible de prouver que c'était faux. Le poison se trouvant dans la maison, l'un ou l'autre pouvait l'avoir administré. Eva, polie, excellente comédienne, joua les victimes horrifiées. Traill, bien que convaincu de sa culpabilité, fut incapable de la démontrer.

Après un silence, Spence ajouta :

— Tout ça, monsieur Poirot, je vous le donne pour ce que ça vaut ! Traill n'a rien prouvé.

— J'en prends bonne note, dit Poirot, mais je retiens aussi qu'il se peut qu'Eva Kane ait tué et qu'il est possible, par conséquent, qu'elle ait recommencé, les circonstances l'exigeant. Passons à la suivante, Janice Courtland !

— J'ai vu le dossier, reprit Spence. Elle ne valait pas cher et, si Edith Thompson méritait la corde, elle aurait bien dû être pendue, elle aussi. Entre le mari et elle, il n'y avait pas à choisir : ils faisaient la paire. Quant à son jeune adorateur, elle faisait de lui ce qu'elle voulait et, quand elle l'a eu bien en main, il était prêt pour faire toutes les bêtises. Mais n'oublions pas qu'il y a eu tout le temps à l'arrière-plan un homme très riche auquel elle pensait et que, si elle tenait tant à faire supprimer son mari, c'était pour devenir la femme de cet homme très riche.

— L'a-t-elle épousé ?

— Aucune idée.

— Elle a quitté l'Angleterre. Et ensuite ?

— Elle était libre, elle n'avait fait l'objet d'aucune poursuite. Qu'est-elle devenue ? On l'ignore.

Poirot jeta un coup d'œil sur la dernière photo.

— Voyons la petite fille, Lily Gamboll !

— Elle était trop jeune pour être inculpée de meurtre. Elle a été placée dans une maison de redressement, où elle s'est fort bien conduite. Elle a appris la dactylographie et la sténo et elle a trouvé un emploi à sa sortie. Elle n'a pas trop mal réussi et, aux dernières nouvelles, elle était en Irlande. Je crois que nous pourrions la laisser de ce côté, comme Vera Blake. Après tout, elle avait douze ans au moment des faits et elle avait agi dans un mouvement de colère... Il me semble que nous pouvons l'écarter. Qu'en pensez-vous ?

— J'y consentirais volontiers s'il n'y avait le hachoir. Lily Gamboll a tué sa tante avec un hachoir, le fait est indéniable, et c'est avec un objet qui, nous dit-on, pourrait être un hachoir que Mrs Mac Ginty a été assassinée.

Spence hocha la tête.

— Peut-être avez-vous raison... Maintenant, monsieur Poirot, si vous me disiez comment vous voyez les choses ? Y a-t-il à Broadhinny quelqu'un qui pourrait être l'une des femmes dont le *Sunday Comet* a conté l'histoire ?

Poirot ouvrit son calepin.

— D'abord, dit-il, précisons quelques âges. Eva Kane, si elle vit toujours, n'aurait pas loin de la soixantaine. Sa fille doit avoir entre trente et quarante ans. Il en va de même pour Lily Gamboll. Janice Courtland, enfin, doit approcher de la cinquantaine.

Spence acquiesça sans ouvrir la bouche.

— Pour ce qui est des gens qui habitent Broadhinny, poursuivit Poirot, nous nous occuperons surtout de ceux chez qui travaillait Mrs Mac Ginty. Elle allait de temps à autre « faire des heures », à droite et à gauche, mais, pour ne pas compliquer le problème, nous négligerons, au moins momentanément, ses patrons occasionnels pour ne retenir que ceux qui l'employaient de façon régulière. Nous supposons que c'est chez l'un de ceux-ci qu'elle a vu... ce qu'elle a vu, c'est-à-dire très probablement une photographie. Vous êtes d'accord ?

— Absolument.

— D'après l'âge, nous avons en tout premier lieu comme « possible » Mrs Wetherby, chez qui Mrs Mac Ginty travailla le jour de sa mort. Mrs Wetherby a l'âge qu'aurait Eva Kane et sa fille, laquelle serait née d'un premier mariage, a bien l'âge qui serait aujourd'hui celui de la fille d'Eva Kane.

— La photo permet-elle... ?

— Réponse : non. Dites-vous bien, mon cher ami, que nous n'identifierons personne avec les photos. Il est, comme on dit en France, passé trop d'eau sous les ponts. La seule chose qu'on puisse affirmer, c'est que Mrs Wetherby a certainement été une très jolie femme. Ses manières ne laissent là-dessus aucun doute. Elle semble de santé délicate, et on dirait volontiers qu'elle est incapable de tuer, mais je crois qu'on en disait autant d'Eva Kane et nous ignorons d'ailleurs s'il a fallu déployer beaucoup de force physique pour assassiner la pauvre Mrs Mac Ginty. Nous ne serons fixés sur ce point que quand nous connaîtrons l'arme du crime. Nous saurons alors si elle était facile à manier, si la lame était tranchante, *et cætera, et cætera*...

— Oui. Que cette arme ait échappé à nos recherches... Mais continuez !

— Je n'ai pas grand-chose à ajouter sur les Wetherby,

sinon que Mr Wetherby peut être, quand il le veut, un monsieur fort désagréable. La fille adore sa mère et déteste son beau-père. Tout cela vaut d'être retenu. La fille pourrait avoir tué pour que le passé de sa mère ne vînt pas aux oreilles de son beau-père, la mère pourrait avoir tué pour la même raison, et le père pourrait être devenu assassin pour éviter le « scandale ». On n'imagine pas combien de crimes ont été commis dans le seul souci de sauvegarder une réputation. Et les Wetherby sont « des gens très bien »...

Spence approuva d'un mouvement du menton.

— En somme, conclut-il, l'hypothèse Wetherby serait la plus vraisemblable ?

— C'est mon avis. Il n'y a, à Broadhinny, qu'une autre personne qui, d'après son âge, pourrait être Eva Kane. C'est Mrs Upward. Seulement, il ne semble pas qu'elle ait pu tuer Mrs Mac Ginty, et cela pour deux raisons. *Primo*, parce qu'elle a de l'arthrite et passe le plus clair de son temps dans un fauteuil roulant...

— Dans un roman, dit Spence avec regret, cette invalide courrait comme vous et moi, mais, dans la vie réelle, il est malheureusement très probable qu'elle doit rester clouée dans son fauteuil.

— *Secundo*, poursuivit Poirot, parce que Mrs Upward paraît être une femme autoritaire, plus encline à bousculer les gens qu'à les prendre par la douceur, ce qui ne concorde pas avec ce que nous savons de la jeune Eva. Il est vrai qu'avec l'âge la personnalité s'affirme et que ce que nous appelons « le caractère » n'apparaît parfois que sur le tard.

— Mrs Upward serait donc une Eva possible, mais improbable ?

— Exactement.

— Personne à Broadhinny ne pourrait être Janice Courtland.

— Je ne vois personne de qui l'âge correspondrait

à celui que doit avoir aujourd'hui Janice Courtland. Par contre, il y a trois femmes d'une trentaine d'années, trois femmes donc qui, à ne considérer que l'âge, *pourraient* être, soit Lily Gamboll, soit la fille d'Eva Kane. Ce sont Deirdre Henderson, Mrs Rendell et Mrs Guy Carpenter.

— L'hypothèse tient-elle pour l'une d'elles ?

Poirot soupira.

— La fille d'Eva Kane est-elle grande ou petite, brune ou blonde ? Nous n'avons pas là-dessus la moindre indication. Nous nous sommes déjà demandé si on ne pourrait l'identifier à Deirdre Henderson. Voyons les autres !... Premier point à signaler : Mrs Rendell a peur de quelque chose.

— C'est peut-être vous qui lui faites peur ?

— Je le crois.

— C'est peut-être gros de signification, ça !... Vous avez dit que Mrs Rendell pourrait être la fille d'Eva Kane ou Lily Gamboll. Est-elle blonde ou brune ?

— Blonde.

— La petite Lily Gamboll était blonde.

— Mrs Carpenter est blonde, elle aussi. Elle, c'est une femme du genre dispendieux. Est-elle vraiment jolie ? Je n'en sais rien, mais elle a des yeux admirables, des yeux très grands et très bleus... Savez-vous à quoi elle m'a fait penser quand elle s'est précipitée pour appeler son mari à son secours ? A un ravissant phalène. Elle se cognait dans les meubles et elle allait, les mains tendues en avant, comme une aveugle...

Spence sourit d'un air indulgent.

— Un ravissant phalène !... Vous êtes un romantique, monsieur Poirot !

— Nullement. Romantique, sentimental, mon ami Hastings l'est, incontestablement. Moi, je suis pratique, terriblement. et lucide. Ce que je m'efforce de vous faire comprendre, c'est que, lorsqu'une femme sait que sa beauté tient surtout à la beauté de ses yeux, si myope soit-elle, elle portera ses lunettes le moins possible, apprenant à se passer d'elles, même si elle ne doit avoir des choses qu'une vision confuse, qui ne lui permet guère d'apprécier les distances.

Tout en parlant. Poirot tapotait de l'index la photo de la petite Lily Gamboll, attirant l'attention de Spence sur les verres énormes qui défiguraient l'enfant.

— Vous pensez donc qu'elle serait Lily Gamboll ?

— Non. J'étudie une hypothèse, sans plus. Au moment de la mort de Mrs Mac Ginty, Mrs Carpenter n'était pas encore Mrs Carpenter. Veuve de guerre, vivant chichement dans une maison qui aurait pu être celle d'un ouvrier, elle était fiancée à un homme du voisinage, un homme très riche, très imbu de sa personne, et, de surcroît, nourrissant des ambitions politiques. Que Guy Carpenter découvre qu'il est sur le point d'épouser une femme d'humble origine, qui, étant enfant, a fait parler d'elle parce qu'elle a trucidé sa tante, ou qu'il apprenne qu'il va donner son nom à la fille de Craig, un des grands criminels du siècle et l'une des vedettes de votre Musée des Horreurs, et l'on peut se demander s'il persistera dans ses intentions ! Vous me répondrez sans doute : « S'il aime vraiment, oui !... » Mais je crois, moi, que Carpenter, en qui je vois un égoïste et un ambitieux, très soucieux de sa réputation, aurait sans hésiter renoncé au mariage. Je pense donc que la jeune Mrs Selkirk, puisqu'elle s'appelait ainsi à l'époque, devait tenir par-dessus tout à ce qu'aucune insinuation fâcheuse le concernant ne vînt aux oreilles d'un fiancé auquel elle entendait bien, elle, ne pas renoncer.

— Ce serait donc elle qui aurait tué ?

— Je vous répète, mon cher ami, que *je n'en sais rien.* J'envisage seulement des possibilités. Mrs Carpenter, c'est un fait, se méfiait de moi et se tenait sur ses gardes. Elle avait peur.

— C'est mauvais signe.

— Je vous l'accorde... Mais nous ne devons pas nous emballer !... Nous sommes comme des chasseurs devant qui les chiens viennent de lever une compagnie de perdreaux. Seulement, nous, nous ne devons tirer que sur un perdreau bien déterminé et, avant de lâcher notre coup de fusil, nous devons *être bien sûrs que le perdreau que nous visons est le bon*. Il y en a qui se sauvent et qui n'ont rien à craindre de nous. Nous le savons, mais ils l'ignorent. Il est très possible que durant le veuvage de l'actuelle Mrs Carpenter, il y ait eu des indiscrétions, peu graves, et pourtant ennuyeuses. Ce n'est tout de même pas sans raison que Mrs Carpenter m'a tout de suite déclaré que Mrs Mac Ginty était une menteuse !

Spence se gratta le nez.

— Parlons franchement, Poirot ! Qu'est-ce que vous pensez, au fond ?

— Ce que je pense est sans importance. Il faut *que je sache*. Et, jusqu'à présent...

Poirot, n'acheva pas sa phrase.

— L'ennui, dit Spence après un silence, c'est que nous n'avons aucune certitude, aucune raison sérieuse de soupçonner plutôt celui-ci que celui-là, et que nous en sommes réduits à échafauder des hypothèses, dont il faut bien avouer qu'elles sont fragiles. Comme je vous l'ai dit, tout ça est terriblement mince ! Tue-t-on *vraiment* pour les raisons que nous avons passées en revue ?

— Cela dépend, répondit Poirot. Il y a des situations familiales que nous ne connaissons pas, mais il est certain que bien des gens ont soif de considération. Nous n'avons pas affaire à des artistes, à des bohèmes, mais à des gens « bien ». Les gens « bien » entendent rester des gens « bien ». On est l'héroïne d'une affaire criminelle qui a fait du bruit, ou la fille de cette héroïne, mais, ce passé, personne ne le soupçonne. On se dit : « Mon mari ne saura jamais ! J'aimerais mieux mourir !... » Ou bien : « Ma fille ne doit jamais savoir ! Je préférerais disparaître !... » Et puis, un jour, on se demande s'il ne serait pas plus simple de supprimer Mrs Mac Ginty...

— C'est aux Wetherby que vous pensez ?

— Mais non ! Ils feraient l'affaire, c'est entendu, mais c'est tout ! En fait, d'après le caractère, Mrs Upward serait beaucoup plus capable de tuer que Mrs Wetherby. C'est une femme de tête, elle a énormément de volonté et elle est folle de son fils. Je suis persuadé qu'elle ferait bien des choses pour rester à ses yeux la dame respectable qu'elle est depuis son mariage.

— La révélation serait pour lui une catastrophe ?

— Personnellement, je ne le crois pas. Robin Upward me fait l'effet d'un jeune homme très à la page, foncièrement égoïste et qui ne rend pas à sa mère l'affection débordante qu'elle lui témoigne. Upward n'est pas un autre James Bentley.

— Supposons que Mrs Upward soit bien Eva Kane. Robin aurait-il été jusqu'au crime pour éviter que cela se sût ?

— A mon avis, certainement pas ! Il aurait cherché à tirer parti de la situation et aurait vu là une excellente occasion de faire de la publicité autour de Robin Upward, auteur dramatique. Je ne le vois pas tuant par amour filial ou pour conserver l'estime de ses concitoyens et, si jamais il devient assassin, ce sera uniquement pour servir les intérêts de Mr Robin Upward.

Spence poussa un profond soupir.

— Il ne nous reste donc qu'à continuer et à fouiller dans le passé de tous ces gens-là. Nous trouverons peut-être quelque chose, mais il faudra du temps ! La guerre à compliqué notre tâche. Des archives ont été détruites et ceux qui avaient des traces à couvrir ont largement profité de la situation... Si nous n'avions qu'un suspect, nous pourrions ne nous occuper que de lui. Malheureusement, ils sont nombreux !

— Il n'est pas dit qu'ils le resteront ! répliqua Poirot.

Poirot quitta le bureau du commissaire Spence sur cette réflexion pleine d'optimisme, mais il devait s'avouer qu'elle ne reflétait pas sa pensée intime. Comme Spence, il se sentait pressé par le temps. Ah ! s'il avait eu *du temps* devant lui...

Un doute aussi le tenaillait. Cet édifice qu'ils avaient construit, Spence et lui, reposait-il sur quelque chose de solide ? Après tout, James Bentley était peut-être *le vrai* coupable...

Il ne voulait pas le croire, mais il ne pouvait s'empêcher de songer à son entretien avec James Bentley, qu'il se remémorait une fois encore sur le quai encombré de la gare de Kilchester, où il attendait le train qui le ramènerait à Broadhinny. La foule était dense, en ce jour de marché, et elle continuait d'affluer, les portillons n'étant pas encore fermés.

Poirot se pencha en avant pour regarder la voie. Le train arrivait enfin ! Le détective allait se redresser quand il sentit sur ses reins une forte et brusque poussée, qui ne pouvait être que volontaire. Déséquilibré, il tomba en avant. Une demi-seconde plus tard, il eût été sous les roues de la locomotive si une poigne vigoureuse ne l'avait juste à temps saisi au collet et ramené en arrière. Elle appartenait à un militaire, un sous-officier au visage rubicond et aux larges épaules, auprès de qui Poirot paraissait minuscule.

— Eh bien ? dit-il tandis que Poirot reprenait son souffle. Qu'est-ce qui se passe ? Vous vous êtes trouvé mal ?... Un peu plus, vous étiez sous le train !

— Ce n'est rien ! dit Poirot. Je vous remercie infiniment. Je vous dois une fière chandelle !

L'incident était passé inaperçu. Des gens descendaient du train, d'autres montaient dans les wagons. Avec l'aide du sergent qui venait de lui sauver la vie, Poirot trouva une place assise.

Durant le trajet, ses réflexions prirent un tour tout personnel. Il n'avait pas jugé nécessaire de le dire à quoi bon ? Cependant il savait qu'on l'avait poussé. Depuis le début de son enquête il se tenait sur ses gardes, observant les conseils de prudence donnés par Spence. Mais le danger ne s'étant pas matérialisé, il avait fini par douter qu'il existât. Il s'apercevait de son erreur. Au cours d'une des conversations qu'il avait tenues à Broadhinny, quelqu'un s'était senti visé et, effrayé décida de mettre, à tout prix, fin aux investigations de Poirot et d'empêcher ainsi la réouverture du dossier de l'affaire Mac Ginty.

Dès son arrivée à Broadhinny, Poirot alla s'enfermer dans une des cabines téléphoniques publiques de la gare pour appeler le commissaire Spence.

— Allô, Spence ? J'ai du nouveau, mon cher ami, du sensationnel !... *Quelqu'un a essayé de me tuer !...* Non, je ne suis pas blessé... Je l'ai échappé belle. On a voulu me précipiter sous le train... On m'a poussé... Qui ? Je n'en sais rien, mais *je le trouverai,* je vous en donne ma parole... Parce que, maintenant, nous en sommes sûrs, nous sommes sur la bonne piste !

CHAPITRE XII

1

L'homme qui vérifiait le compteur de l'électricité bavardait avec le maître d'hôtel de Guy Carpenter, qui le regardait travailler.

— Il paraît qu'on va vers une révision des tarifs, dit-il.

Le maître d'hôtel ricana.

— Autrement dit, le prix de l'électricité va augmenter !

— Pas forcément. Ça dépend de la municipalité... Vous n'étiez pas à la réunion, hier ?

— A Kilchester ? Non.

— Moi non plus, mais on m'a dit que votre patron avait fort bien parlé. Vous croyez qu'il sera élu ?

— Il s'en est fallu de peu la dernière fois.

— Cent trente-cinq voix ou quelque chose comme ça, si je me souviens bien... C'est vous qui le conduisiez, je crois ?

— Quelquefois, mais généralement, il conduit lui-même. Il aime ça. Il a une Rolls-Bentley.

— Il se met bien !... Et Mrs Carpenter, elle conduit aussi ?

— Oui. Et trop vite, si vous voulez mon opinion.

— Presque toutes les femmes conduisent trop vite.

Elle était à la réunion, hier, ou bien est-ce que la politique ne l'intéresse pas ?

— Elle prétend que ça l'intéresse, mais, ce qu'il y a de sûr, c'est qu'hier soir, elle n'a pas tenu jusqu'à la fin. Au bout d'une heure, elle a trouvé qu'elle avait assez entendu de discours comme ça, elle a prétexté une migraine et elle a quitté la salle.

L'employé de l'électricité ramassait ses outils. Il se retira, gagna la route et, au premier tournant, s'arrêta pour tracer sur un petit carnet de poche les quelques lignes suivantes :

C. était seul dans sa voiture, hier soir, quand il *est revenu de Kilchester. Arrivé chez lui vers 10 h 30. Aurait pu se trouver à la gare de K., à l'heure indiquée. Mrs C. a quitté la réunion assez tôt. N'est rentrée que dix minutes avant C. Dit qu'elle est revenue par le train.*

C'était la deuxième note portée sur le petit carnet. La première se lisait comme suit :

Le docteur R. est sorti hier soir pour se rendre au chevet d'un malade. Parti en direction de Kilchester. Aurait pu être à la gare de K. à l'heure indiquée. Mrs R. n'aurait pas bougé de la soirée. Mrs Scott, qui s'occupe de la maison, lui a apporté son café et ne l'a plus revue. Mrs R. possède une petite voiture pour son usage personnel.

2

A Laburnums, on travaillait.

— J'espère que vous trouverez, comme moi, disait Robin Upward, que l'idée est excellente. Ils ne peuvent se sentir, mais, en fait, ils sont très attirés l'un vers l'autre. Vous voyez ce que je veux dire ?

— Je vois.

Mrs Oliver avait répondu d'un ton navré.

— Et ça vous plaît vraiment ? reprit Robin. J'en suis ravi. La situation est de premier ordre. Ce beau jeune homme parachuté...

La romancière protesta.

— Mais il a soixante ans !

— Jamais de la vie !

— Mais si !

— Moi, je le vois jeune ! Trente-cinq ans, au maximum.

— Mais il y a trente ans que j'écris des livres et il avait au moins trente-cinq ans dans mon premier roman !

— C'est possible, ma chère Ariadne, mais, s'il a soixante ans, il ne peut être amoureux d'Ingrid. Il aurait l'air d'un vieux dégoûtant !

— C'est incontestable.

— Vous voyez bien qu'il doit avoir trente-cinq ans !

Robin Upward croyait triompher, mais Mrs Oliver ne s'avouait pas vaincue.

— Je vois surtout qu'il ne peut pas être Sven Hjerson. Faites du héros un jeune Norvégien qui s'occupe de résistance...

— Mais non, Ariadne ! Sven Hjerson, c'est toute la pièce. Il a un public énorme, qui l'adore, et qui voudra le voir à la scène. Sven Hjerson, c'est la recette !

— Je ne dis pas le contraire, mais les gens qui me lisent le connaissent. Vous ne pouvez pas fabriquer de toutes pièces un jeune résistant norvégien et le baptiser Sven Hjerson.

— Ma chère Ariadne, je vous l'ai déjà dit, il ne s'agit pas d'un livre, mais d'une pièce ! Il nous faut absolument deux jeunes gens follement épris l'un de l'autre.

Sven s'imagine qu'il déteste Ingrid, mais, sans s'en douter, il l'aime passionnément...

— Swen Hjerson, dit Mrs Oliver d'un ton fort calme, ne s'est jamais intéressé aux femmes.

— Mais ma chère Ariadne, nous ne pouvons pas nous permettre ça au théâtre ! Nous ne faisons pas de la psychologie, nous racontons une histoire. Il nous faut du sang, des aventures et du grand air !

Le dernier mot fit sur Mrs Oliver une impression profonde.

— Vous avez raison, dit-elle. L'air est une excellente chose. Je vais aller faire un tour.

— Vous voulez que je vous accompagne ?

— Non, merci, je préfère être un peu seule.

— Comme vous voudrez, très chère !... Je vous demande seulement de penser à la scène qui se passe dans la cave. J'ai une idée qu'elle portera... et je suis bien heureux que cette adaptation s'annonce telle que vous la souhaitiez. Qu'elle vous plaise, c'est pour moi la seule chose qui compte !

Mrs Oliver, sans répondre, jeta sur ses larges épaules une cape d'allure très militaire, achetée au cours d'un voyage en Italie et sortit, se dirigeant vers le village. Pour oublier ses ennuis personnels, elle allait s'occuper un peu de ce crime mystérieux dont Hercule Poirot ne viendrait jamais à bout tout seul. Servie par sa merveilleuse intuition féminine, elle découvrirait l'assassin. Elle le nommerait à Poirot et le détective n'aurait plus qu'à réunir les preuves qui permettraient de le confondre.

Elle commença par une visite au bureau de poste. Elle acheta deux livres de pommes à Mrs Sweetiman et engagea la conversation par quelques remarques sur le temps. Mrs Sweetiman convint qu'il était plutôt chaud pour la saison. Mrs Oliver dit alors qu'elle était l'invitée de Mrs Upward, à Laburnums.

— Je m'en doutais, déclara Mrs Sweetiman. Vous êtes cette dame de Londres qui écrit des romans policiers ? J'en ai deux ou trois ici...

Mrs Oliver s'approcha des rayons de la bibliothèque et reconnut quelques-uns de ses livres, dans une édition bon marché.

— Celui-ci, dit-elle, *L'Affaire du second poisson rouge*, n'est pas mauvais. J'aime moins celui qui est à côté, *Le Chat assassiné*. J'ai parlé là-dedans d'une sarbacane de trente centimètres, alors qu'en réalité elle aurait dû avoir deux mètres... et il s'est trouvé un brave savant pour me signaler mon erreur. Quant au troisième, *Mort d'une débutante*, il ne vaut rien, toute l'histoire reposant sur une sottise. En effet, le sulphonal n'est pas soluble dans l'eau... et j'aurais dû le savoir !

— En tout cas, répondit Mrs Sweetiman, vos livres sont très demandés. Je regrette de ne pas les avoir lus, mais j'ai si peu de loisirs !

— Au fait, est-ce qu'il n'y a pas eu un assassinat par ici, il y a quelque temps ?

— Oui, en novembre dernier. A ma porte, pour ainsi dire...

— On m'a raconté qu'il y avait ici un détective qui enquêtait sur l'affaire. C'est exact ?

— Vous voulez parler de ce petit monsieur étranger qui est à Long Meadows ? Il était ici pas plus tard qu'hier...

Mrs Sweetiman s'interrompit pour accueillir une cliente qui venait d'entrer et qui désirait des timbres. Tout en passant derrière son comptoir de postière, elle dit :

— Belle journée, miss Henderson. Plutôt chaude pour la saison, n'est-ce pas ?

— C'est bien vrai.

Mrs Oliver regardait le dos de la nouvelle venue. La jeune fille tenait en laisse un Sealyham.

— Comment va Mrs Wetherby ? s'enquit Mrs Sweetiman.

— Pas mal, je vous remercie. Elle est peu sortie ces temps-ci... Avec le vent qu'il a fait...

— Il y a un très bon film à Kilchester cette semaine, miss Henderson. Vous devriez aller le voir !

— Je pensais y aller hier soir, mais je n'ai pas pu.

— Au prochain programme, c'est un film de Betty Grable...

Mrs Oliver laissa partir la jeune fille avant de reprendre la conversation.

— Si j'ai bien compris, dit-elle, Mrs Wetherby est de santé délicate ?

Mrs Sweetiman eut un sourire ambigu.

— Si l'on veut... Mais il y a des gens qui n'ont pas le moyen de passer leur temps sur une chaise longue.

— Je suis tout à fait de votre avis, déclara Mrs Oliver. Je ne cesse de répéter à Mrs Upward qu'elle se porterait infiniment mieux si elle faisait un effort pour se servir de ses jambes.

Mrs Sweetiman sourit de nouveau.

— Quand elle le veut vraiment, elle peut marcher... Du moins, c'est ce qu'on m'a dit...

Mrs Oliver se demanda de qui la postière tenait ce renseignement. Elle risqua un nom.

— Janet ?

— Janet Groom ronchonne quelquefois et on ne peut pas lui donner tort ! Elle n'est plus une jeunesse, elle non plus, et ses rhumatismes la font souffrir tout comme une autre... Seulement, elle, elle n'est pas assez riche pour s'écouter, s'offrir un fauteuil roulant et tout le reste... Il faut qu'elle trotte, qu'il y ait du vent ou qu'il n'y en ait pas !

Mrs Oliver approuva d'une phrase et, son paquet de pommes sur le bras, sortit, marchant d'un bon pas pour rattraper Deirdre Henderson. Ce ne lui fut pas difficile, le Sealyham, d'ailleurs gros et poussif, s'arrêtant tous les quatre ou cinq mètres pour flairer quelque touffe de gazon.

— Quel beau chien ! s'exclama Mrs Oliver quand elle arriva à la hauteur de la jeune fille.

Deirdre Henderson parut ravie.

— C'est une brave bête, dit-elle. N'est-ce pas, Ben ?

Ben leva la tête vers sa maîtresse, se secoua, puis, baissant le nez, retourna à l'examen d'un pied de chardons.

— J'imagine que, comme tous les Sealyhams, il aime se battre ? dit Mrs Oliver.

— Il adore ça et c'est bien pourquoi je le tiens en laisse.

— Je m'en doutais.

Un instant, les deux femmes s'absorbèrent dans la contemplation de Ben. Ce fut Deirdre qui, brusquement, reprit la conversation.

— Vous êtes Mrs Ariadne Oliver, n'est-ce pas ?

— Oui. Je suis chez les Upward.

— Robin nous avait annoncé votre arrivée. Je suis heureuse de pouvoir vous dire que je lis vos livres avec infiniment de plaisir.

Comme toujours en pareille circonstance, Mrs Oliver devint rouge de confusion. D'un ton morne, qui ne laissait guère deviner qu'elle était au vrai, fort contente, elle murmura :

— Vous êtes trop gentille...

— Je n'ai pas lu autant de vos romans que je souhaiterais, poursuivit Deirdre, parce que c'est le Times Book Club qui nous envoie nos livres et il se trouve que maman n'aime pas les histoires policières. Elle est très impressionnable et, même imaginaires, les crimes l'empêchent de dormir. Moi, par contre, j'en raffole !

— Est-ce que vous n'avez pas eu un assassinat par ici, il y a quelque temps ? demanda Mrs Oliver.

— Si. Dans la maison que vous voyez là-bas, justement...

Mrs Oliver tourna la tête dans la direction que Deirdre lui indiquait du doigt. Sur le seuil de la petite villa où avait vécu Mrs Mac Ginty, deux jeunes Kiddle s'amusaient à martyriser un chat. Mrs Oliver se disposait à aller leur faire de justes remontrances quand l'animal, jouant des griffes, échappa à ses tortionnaires. L'aîné, une jolie balafre sur le dos de la main, poussa un hurlement.

— Bien fait ! s'écria Mrs Oliver.

Revenant à Deirdre Henderson, elle reprit :

— A la voir, on ne penserait jamais que c'est une maison où un crime a été commis.

— Certainement pas !

— Il s'agissait bien d'une vieille femme de ménage, n'est-ce pas ? Qui est-ce qui l'a tuée ?

— Un homme qui logeait chez elle... Elle cachait ses économies sous son plancher...

— Je vois.

— Mais peut-être que ce n'est pas lui l'assassin. Il y a ici actuellement un drôle de petit bonhomme, un étranger qui s'appelle Hercule Poirot...

— Hercule Poirot ? Je connais.

— C'est vraiment un détective ?

— Dites que c'est un détective célèbre !... Et rudement fort !

— Tant mieux ! Il réussira peut-être à prouver que ce n'est pas lui l'assassin.

— De qui parlez-vous ?

— De James Bentley, le pensionnaire de Mrs Mac Ginty. Je voudrais tant que son innocence soit reconnue !

— Ah ! oui ? Pourquoi ?

— Parce que je ne veux pas que ce soit lui, parce que j'ai toujours souhaité qu'il ne soit pas coupable !

Un peu étonnée par le ton passionné de la jeune fille, Mrs Oliver demanda :

— Vous le connaissiez ?

— Non, je ne peux pas dire que je le connaissais vraiment. Mais, un jour, Ben s'était fait prendre la patte dans un piège et il m'a aidée à le délivrer. Alors, nous avons causé un peu...

— Quel genre d'homme était-ce ?

— Il était terriblement seul. Sa mère venait de mourir... et il adorait sa mère.

— Comme vous adorez la vôtre, probablement ?

— Oui. C'est pour cela que j'ai compris ce que pouvait être la solitude. Maman et moi, nous sommes tout l'une pour l'autre, n'est-ce pas ?

— Il me semble que Robin m'a dit que vous aviez un beau-père.

Deirdre eut un sourire amer.

— C'est juste ! J'ai un beau-père.

— Evidemment, un père et un beau-père, c'est tout différent !... Avez-vous connu votre père ?

— Non. Il est mort avant ma naissance et j'avais quatre ans quand maman a épousé Mr Wetherby. Lui, je l'ai toujours détesté. Quant à maman...

Elle se tut, pour reprendre après un silence :

— Maman a eu une vie très malheureuse, sans affection ni tendresse. Mon beau-père n'a pas de cœur.

Mrs Oliver exprima sa sympathie de plusieurs hochements de tête, puis elle dit :

— D'après ce que vous me dites de lui, il y a bien peu de chances pour que ce James Bentley soit l'assassin.

— J'ai été stupéfaite quand on l'a arrêté ! Je suis sûre que Mrs Mac Ginty a été tuée par un chemineau. Il y en a beaucoup qui rôdent par ici !

— Hercule Poirot découvrira peut-être la vérité !

— Peut-être...

Les deux femmes se séparèrent là-dessus, Deirdre prenant la direction de Hunter's Close. Mrs Oliver la regarda s'éloigner, puis tira de son sac à main un petit calepin, sur lequel elle écrivit : « *Sûrement pas* Deirdre Henderson. » Elle souligna les mots « sûrement pas » d'un trait si énergique que la mine de son crayon ne résista pas et cassa.

3

Elle était sur le chemin du retour quand elle aperçut Robin Upward, qui venait à sa rencontre, en compagnie d'une jolie jeune femme aux cheveux blonds platine.

Robin fit les présentations.

— Ma chère Eve, cette dame au bon visage et au regard plein d'innocence n'est autre que l'admirable Ariadne Oliver, de qui l'on ne devinerait certes pas qu'elle n'est jamais aussi heureuse que lorsqu'elle médite un crime bien horrible. Ma chère Ariadne, voici Eve Carpenter, dont le mari nous représentera bientôt au Parlement. Il y remplacera Sir George Cartwright, qui est gâteux et pourri de vices.

Eve Carpenter protesta.

— Pourquoi mentir comme ça, Robin ? Vous discréditez le parti !

— Qu'est-ce que vous voulez que ça me fasse ? Ce parti-là n'est pas le mien. Je suis un libéral. Les libéraux sont peu nombreux, mais choisis, et ils n'ont pas la moindre chance de l'emporter. Moi j'adore défendre les causes perdues !

S'adressant à Mrs Oliver, il ajouta ;

— Nous sommes ce soir les invités d'Eve, qui organise une petite fête en votre honneur. Vous ne pouvez pas refuser. Nous sommes tous ravis de vous avoir ici et nous souhaiterions que vous choisissiez Broadhinny comme décor de votre prochain roman !

— Ça nous ferait tant plaisir ! dit Eve Carpenter.

— Après tout, poursuivit Robin, pourquoi Sven Hjerson ne viendrait-il pas passer quelques jours ici ? Il pourrait, comme Hercule Poirot, s'installer chez les Summerhayes. C'est chez eux que nous allons. J'ai expliqué à Eve que le bonhomme était quelqu'un, une manière de célébrité dans son genre, et, comme elle l'a plutôt mal reçu hier, nous allons lui demander d'assister à la petite réunion de ce soir. Quant à ce que je viens de vous dire, c'est sérieux ! Vous pourriez fort bien placer votre prochain crime à Broadhinny...

— Ce serait merveilleux ! s'écria Eve Carpenter.

— Il faudrait choisir l'assassin et la victime, dit Robin.

— Pour celle-ci, suggéra Mrs Oliver, nous pourrions prendre la femme de ménage que vous avez actuellement. Comment s'appelle-t-elle ?

— Vous plaisantez, ma chère ! Nous ne voulons pas d'une histoire sordide. A mon avis, Eve serait une victime idéale. Je la vois très bien étranglée avec un de ses bas nylon. Ce ne serait peut-être pas très nouveau, mais...

Eve lui coupa la parole.

— La victime, Robin, ce doit être vous ! Un jeune auteur dramatique d'avenir assassiné dans sa villa...

— Nous n'avons pas encore choisi l'assassin, répliqua Robin. Maman serait très bien dans le rôle. Pas de traces de pas, puisqu'elle circule dans son fauteuil roulant...

— Mais, Robin, je ne la vois pas du tout vous expédiant dans l'autre monde !

Robin Upward examina l'objection.

— Vous avez peut-être raison. Mais elle pourrait très bien vous étrangler, *vous*. C'est un parti auquel elle se résignerait plus facilement.

— Seulement, je tiens à ce que ce soit *vous* la victime ! Et vous pourriez être tué par Deirdre Henderson, le laideron auquel nul ne prête attention...

Ils approchaient de Long Meadows.

— Comme vous voyez, ma chère Ariadne, conclut Robin, votre prochain roman est fait. Il ne vous reste plus qu'à l'écrire !

Donnant de la voix, deux énormes chiens-loups s'agitaient de l'autre côté de la grille. Maureen Summerhayes apparut, un seau à la main.

— Couché, Flyn ! Ici, Cormic !

De loin, elle salua ses visiteurs.

— Vous m'excuserez ! ajouta-t-elle. J'étais en train de nettoyer l'antre de Piggy.

— Nous l'aurions deviné, répondit Robin en riant. Il va bien, Piggy ?

— Il nous a fait très peur, hier. Il ne voulait pas manger et, Johnny et moi, nous nous sommes fait un sang d'encre à son sujet. Nous avons passé la soirée à consulter le *Manuel du parfait vétérinaire*, sans rien trouver sur les maladies des porcs, et nous n'en avons pas dormi de la nuit. Ce matin, Piggy était guéri et il a littéralement chargé sur Johnny quand Johnny est venu lui apporter sa pâtée. Il l'a renversé et Johnny a dû aller se remettre sous la douche !

— Vous menez une vie passionnante ! s'écria Robin. Elle ne vous empêchera pas, j'espère, de répondre à l'invitation qu'Eve va vous faire.

— Nous voudrions, expliqua Eve, que vous veniez, Johnny et vous, passer la soirée à la maison.

— Avec joie !

— Vous y rencontrerez Mrs Oliver, ajouta Robin.

Permettez-moi, d'ailleurs, de vous la présenter dès maintenant !... Mrs Oliver... Mrs Summerhayes...

— Vous êtes Mrs Oliver ?... Je suis ravie, vraiment. Il paraît que vous écrivez une pièce avec Robin ?

Robin Upward ne laissa pas à Mrs Oliver le temps de répondre.

— Elle s'annonce on ne peut mieux !... Au fait, Ariadne, tout à l'heure, après votre départ, j'ai eu une idée...

— Ah ? dit Mrs Oliver, vaguement inquiète

— Oui. A propos de la distribution...

— Ah !

Mrs Oliver se sentait un peu rassurée.

— J'ai trouvé l'acteur qu'il nous faut pour le rôle d'Eric : Cecil Leech, qui joue actuellement au Little Rep, à Cullenquay. Nous irons l'applaudir.

— Peut-on voir votre pensionnaire ? demanda Eve à Maureen. Je voudrais l'inviter, lui aussi.

— Nous l'amènerons.

— J'aimerais le voir quand même. Hier, je n'ai pas été très gentille avec lui. Alors...

— Il doit être quelque part par là. Probablement dans le jardin. Si...

Maureen n'en dit pas plus. Alertée par les cris affolés des poules, elle tournait brusquement les talons et, abandonnant ses visiteurs interdits, filait vers la basse-cour attaquée par ses chiens.

— Cormic !... Flyn !... Si vous avez le malheur de m'en étrangler une...

CHAPITRE XIII

La petite fête intime organisée par Mrs Carpenter tirait à sa fin. Mrs Oliver, son verre à la main, se dirigea vers Hercule Poirot. Durant toute la soirée, prisonniers l'un comme l'autre d'un petit cercle d'admirateurs, ils n'avaient guère eu la possibilité de s'adresser la parole. Maintenant qu'on avait bu pas mal de gin, on s'occupait moins d'eux, les potins locaux formant l'essentiel de la conversation. Il leur était donc loisible de bavarder un peu. Mrs Oliver s'en était avisée la première. Passant près de Poirot, elle l'invita dans un souffle à la suivre sur la terrasse et, en même temps, lui mit dans la main une feuille de papier pliée en quatre.

Hercule Poirot, à qui nul ne faisait attention, partit dans le sillage de Mrs Oliver, quittant la pièce par la porte-fenêtre ouvrant sur la terrasse. Dehors, il prit connaissance du message. Il ne comportait qu'un mot : « Rendell ». Du regard, il interrogea Mrs Oliver.

— C'est votre assassin ! dit-elle simplement.

— Vous croyez ?

— Aucun doute.

— Ah !

Le ton laissait entendre que le détective n'était nullement convaincu.

— Et pourquoi aurait-il tué ? demanda-t-il.

La question n'embarrassait pas la romancière.

— J'imagine, répondit-elle, qu'il aura manqué aux devoirs de sa profession et que Mrs Mac Ginty, le sachant, aura voulu profiter de la situation. Le mobile, d'ailleurs, importe peu. Ce qui compte, c'est qu'il est le coupable, j'en suis sûre. J'ai passé tous les suspects en revue et ma conviction est faite.

Poirot n'insista pas.

— Au fait, reprit-il, savez-vous qu'hier soir, en gare de Kilchester, on a essayé de me précipiter sous un train.

— Qu'est-ce que vous me racontez là ?... On voulait vous tuer ?

— J'en suis persuadé.

— Si je suis bien informée, et je le suis, hier soir, le docteur Rendell n'était pas chez lui.

— C'est exact. On l'avait appelé au chevet d'un malade.

— Donc, mes soupçons sont fondés !

Poirot fit la grimace.

— Ce n'est pas si sûr que cela ! Mr et Mrs Carpenter étaient tous les deux à Kilchester, hier soir, et ils sont rentrés séparément. Mrs Rendell a-t-elle passé la soirée chez elle à écouter sa radio ou est-elle sortie ? Personne n'en sait rien. Miss Henderson va souvent au cinéma à Kilchester...

— Hier soir, elle n'a pas bougé de chez elle. Elle me l'a dit.

— Il ne faut pas croire tout ce qu'on vous dit, répliqua Poirot d'un ton sentencieux. Dans les familles, on se tient les coudes. Je reconnais, d'ailleurs, qu'il n'est pas facile de dire qui était ou n'était pas à Hunter's Close, hier soir, puisque Frieda, la petite bonne allemande, était, je le sais, au cinéma. Il n'est pas tellement aisé de circonscrire les recherches !

— Je ne suis pas de votre avis, reprit Mrs Oliver. Cet... attentat contre vous, à quelle heure a-t-il eu lieu ?

— Très exactement à neuf heures et demie.

— Les Upward, par conséquent, sont hors de cause. De huit à dix heures et demie, j'ai joué aux cartes avec Robin et sa mère.

— Mais...

Poirot n'acheva pas sa phrase. Maureen Summerhayes, un verre à demi plein à la main, venait prendre l'air sur la terrasse. Apercevant Poirot et Mrs Oliver, elle les rejoignit.

— Je suis un peu grise, annonça-t-elle. C'est la faute de ce gin, qui est excellent, et de cette réunion, qui est très réussie, parce que vous en êtes les héros. J'aurais bien aimé écrire, moi aussi ! Malheureusement, je ne sais rien faire de propre !

Courtoisement, Poirot protesta.

— Mais, madame, vous êtes une bonne épouse et une bonne mère de famille !

Maureen hocha la tête.

— Est-ce bien sûr ? J'aime les miens, c'est entendu, mais est-ce que cela suffit ?

Poirot toussota.

— Si je me permettais de vous donner un conseil, madame, savez-vous ce que je vous dirais ? Simplement ceci : une femme qui aime doit soigner le ventre de son mari. C'est essentiel !

Maureen ne comprit pas tout de suite.

— Vous faites allusion à ma cuisine ? dit-elle après quelques secondes de réflexion. Vous avez peut-être raison, mais pour moi, ce qu'on mange et ce qu'on se met sur le dos a si peu d'importance !

Poirot émit un grognement significatif. Maureen vida son verre, resta silencieuse un instant, puis reprit :

— L'autre jour, j'ai lu dans le journal une lettre de femme, une lettre parfaitement stupide. Vous avez, disait-elle, un enfant à qui vous ne pouvez donner que le strict nécessaire. Des gens très riches s'offrent à l'adopter. Accepterez-vous ?... A mon avis, la question est idiote. Votre enfant, si vous pouvez lui donner à manger à sa faim, vous devez le garder avec vous !

Un instant, d'un œil auquel l'alcool conférait une regrettable fixité, elle considéra son verre vide, puis elle poursuivit :

— Je parle en connaissance de cause. Je suis une fille adoptive et j'ai été élevée comme une enfant gâtée par des parents qui n'étaient pas les miens. Je n'ai jamais manqué de rien, mais j'ai toujours souffert de savoir que ma mère n'a pas voulu de moi et qu'elle a pu m'abandonner.

— Il y a, dit Poirot, des sacrifices qu'on fait pour votre bien.

Maureen regarda le détective dans les yeux.

— Je n'en crois rien. Les parents se disent ça pour se trouver des excuses, mais la vérité, c'est qu'ils ont trouvé qu'ils pouvaient fort bien se passer de vous... et c'est justement ça qui vous fait mal !... Dites ce que vous voudrez, on m'offrirait n'importe quoi pour que je renonce à *mes* enfants, je refuserais !

— Et vous auriez raison ! déclara Mrs Oliver.

— Je suis bien de cet avis, dit Poirot.

— Alors, nous sommes d'accord ! s'écria Maureen en riant aux éclats. Dans ces conditions, pourquoi discutons-nous ?

Robin Upward arrivait sur la terrasse.

— Très juste ! lança-t-il. De quoi s'agit-il ?

— Nous parlions d'adoption, répondit Maureen,. Etre un enfant adoptif, ça me fait horreur ! Pas à vous ?

— Si, mais ça vaut quand même mieux que d'être orphelin !

S'adressant à Mrs Oliver, Robin ajouta :

— Vous ne croyez pas, Ariadne, que l'heure serait venue pour nous de nous retirer.

Les invités partirent en groupe. Le docteur Rendell, réclamé par téléphone, avait quitté la réunion depuis quelque temps déjà. L'alcool aidant, la troupe était joyeuse. Quand elle arriva devant la grille de Laburnums, Robin insista pour qu'elle ne se séparât pas encore.

— Entrez un instant ! Vous ferez plaisir à *Madre.* Ses jambes ne lui ont pas permis de venir, mais elle était désolée et elle sera heureuse de savoir ce qu'a été la soirée !

De fait, Mrs Upward parut ravie de cette visite inattendue. Elle réclama des détails.

— Qui y avait-il encore ? Les Wetherby ?

— Non. Mrs Wetherby ne se sentait pas en forme et cette sotte de Deirdre n'a pas voulu venir sans elle.

— Un cas pathologique, dit Robin.

— Non, répliqua Maureen. C'est sa mère !... Il y a vraiment des mères qui étouffent leurs enfants !

Au regard ironique de Mrs Upward, Maureen comprit qu'elle venait de commettre une gaffe.

— Est-ce que je t'étouffe, Robin ? demanda Mrs Upward.

— Bien sûr que non, *Madre* !

Soucieuse de lancer la conversation sur d'autres voies, Maureen, très vite, parla de ses chiens. Les propos prirent rapidement une tournure technique.

— On n'échappe pas aux lois de l'hérédité, déclara Mrs Upward d'un ton péremptoire. Et c'est vrai pour les humains comme pour les chiens !

— Mais, objecta timidement Shelagh Rendell, l'influence du milieu...

Mrs Upward ne la laissa pas aller au bout de sa phrase.

— Je n'y crois pas !... Elle n'est jamais que superficielle. Elle peut donner un certain vernis, mais ce qui compte, c'est ce que nous apportons en naissant, la race, et elle seule !

Shelagh Rendell, rouge d'indignation, protesta :

— Mais c'est injuste !

— La vie est injuste, répliqua Mrs Upward.

— Je suis tout à fait de l'avis de Mrs Upward, dit Johnny Summerhayes d'une voix lente et posée. La race finit toujours par se manifester, je n'en ai jamais douté.

— Ce qui signifie, demanda Mrs Oliver, que tout est écrit ? « Tu seras maudit dans tes enfants jusqu'à la troisième et la quatrième génération... »

Maureen Summerhayes dit doucement :

— La citation est incomplète. La Bible ajoute qu'il sera pardonné à la millième...

Il y eut de nouveau un moment de gêne. Pour le dissiper, on attaqua Poirot.

— Parlez-nous de Mrs Mac Ginty, monsieur Poirot !... Pourquoi n'aurait-elle pas été tuée par cet odieux individu qui logeait chez elle ?

— Pour croire le contraire, monsieur Poirot, vous devez avoir des raisons ! Dites-les-nous !

Poirot souriait, sans répondre. On insistait.

— Si ce n'est pas lui l'assassin, qui est-ce ?

— Oui, qui est-ce ?

Mrs Upward intervint.

— Vous mettez M. Poirot dans l'embarras, dit-elle d'une voix mordante. Il est très probable que ses soupçons portent sur l'un d'entre nous !

— D'entre nous ? Oh !

Poirot regardait Mrs Upward, dans les yeux de qui il croyait discerner comme un défi.

Robin Upward entrait dans le jeu.

— Mais oui, mes enfants, nous sommes tous suspects !

Affectant les manières brusques d'un inspecteur interrogeant un prévenu, il poursuivit :

— Pas d'histoires ! Maureen, où étiez-vous dans la nuit du... Au fait, quelle nuit était-ce ?

— La nuit du 22 novembre, dit Poirot.

— Dans la nuit du 22 novembre.

— Ma foi ! répondit Maureen, je n'en sais rien.

— Après si longtemps, fit remarquer Mrs Rendell, comment voulez-vous qu'on sache ?

— Il se trouve que moi, je sais où j'étais, reprit Robin. Parce que, ce soir-là, j'ai fait une émission à la radio. Je suis allé en voiture à Coalport pour parler devant le micro de *Quelques Aspects du théâtre contemporain.* Je m'en souviens d'autant mieux que j'ai discuté longuement le personnage de la femme de ménage dans *Le Coffret d'argent,* la pièce de Galsworthy, et que je me suis demandé si cette femme de ménage ressemblait à la pauvre Mrs Mac Ginty.

Shelagh Rendell confirma que tout était exact.

— Je me rappelle maintenant, ajouta-t-elle, que vous m'avez dit que, comme c'était le jour de sortie de Janet, votre mère serait seule toute la soirée. Je suis venue pour lui tenir compagnie. Malheureusement, j'ai sonné sans obtenir de réponse.

Mrs Upward fronça le front, réfléchissant.

— Ça ne m'étonne pas ! dit-elle, enfin. Je m'étais mise au lit, parce que j'avais la migraine, et ma chambre donne sur le jardin. La porte fermée, je n'entends rien.

— Le lendemain, poursuivit Shelagh, quand j'ai appris que Mrs Mac Ginty avait été assassinée, j'ai eu un petit frisson rétrospectif, en pensant que je pouvais fort bien avoir en chemin croisé le meurtrier Car, au début, je croyais, comme tout le monde, qu'elle avait été tuée par un chemineau.

Maureen leva la tête.

— J'ai beau chercher, déclara-t-elle, je ne me rappelle pas ce que j'ai fait ce soir-là. Par contre, je me souviens très bien que c'est le boulanger qui nous a appris la nouvelle, le lendemain matin. Il nous a dit : « Mrs Mac Ginty s'est fait faire son affaire !... » Et moi qui me demandais pourquoi elle n'était pas encore arrivée !

Mrs Upward gardait les yeux fixés sur Poirot, que cet examen prolongé ne gênait nullement. Au contraire. Ses idées sur Mrs Upward commençaient à se préciser. C'était une femme très intelligente, égoïste, et vraisemblablement capable de prendre des résolutions impitoyables. Elle ne devait pas connaître le remords.

— Avez-vous des indices, monsieur Poirot.

La question venait de Shelagh Rendell.

— Oui, s'écria Johnny Summerhayes, c'est là ce qui nous intéresse ! Ce que j'aime, dans les romans policiers, c'est cela, le détail qui échappe au lecteur, mais qui permettra au détective de confondre l'assassin ! Aux dernières pages du livre, on se dit : « Mais bien sûr ! J'aurais dû m'en apercevoir ! » et on se donnerait des gifles ! Parlez-nous des indices, monsieur Poirot !

— Oh ! oui, monsieur Poirot, faites-nous ce plaisir.

Tous les visages étaient tournés vers Poirot. Il les regarda, l'un après l'autre. Tous avaient une expression amusée. L'assassinat de Mrs Mac Ginty ? Ces gens-là — à l'exception d'un seul, peut-être — en avaient oublié toute l'horreur. Ils ne pensaient qu'à ces indices, réclamés au nom de tous par Shelagh Rendell d'abord, puis par Johnny Summerhayes. Pour eux, c'était un jeu, comme un autre. *Les indices !*

Poirot hésita un instant, puis brusquement se décida.

— Vous voulez des *indices* ? En voici !

Ce disant, d'un geste théâtral, il jetait sur la table les quatre photos qu'il venait de tirer de sa poche. Ils se précipitèrent pour les regarder.

— Dieu ! qu'elles sont ridicules !

— Vous voyez ces roses ?

— Et ce chapeau !

— Cette petite est d'une laideur effrayante !

— Dire qu'on s'habillait comme ça !

— Cette femme ne devait pas être si mal que ça !

— Mais, ces photos, pourquoi sont-elles des *indices* ?

— Oui, pourquoi ?

— Et ces femmes, qui sont-elles ?

Poirot étudiait les visages, ses yeux allant de l'un à l'autre.

— Vous n'en reconnaissez aucune ? demanda-t-il enfin. Vous n'auriez pas déjà vu quelque part une de ces photos ?

L'attitude de Mrs Upward le décida à s'adresser à elle.

— Je suis sûr que si ! N'est-ce pas, madame ?... Il y a un de ces portraits qui vous rappelle quelque chose.

— C'est-à-dire...

— Lequel ?

Mrs Upward posa l'index sur l'image de la petite Lily Gamboll.

— Cette photo, vous l'avez déjà vue ?... Quand ?

— Il n'y a pas longtemps... Je ne pourrais pas vous dire où, car je ne m'en souviens pas, mais j'ai vu une photo qui ressemblait à celle-ci.

Mrs Upward se tut, réfléchissant. Un long silence suivit, qui fut rompu par Mrs Rendell.

— Ma chère amie, dit-elle, allant à Mrs Upward, je crois qu'il est l'heure de rentrer. Me ferez-vous la joie de venir prendre le thé chez moi un de ces jours ?

— Très volontiers... si Robin veut bien me véhiculer jusque-là !

— Mais bien sûr, *Madre* ! Depuis que je pousse ton fauteuil, j'ai acquis dans les bras une force du tonnerre ! Te souviens-tu de ce jour où nous sommes allés chez les Wetherby par un temps de chien ? Il y avait une boue...

— Ah ! s'écria Mrs Upward.

— Qu'y a-t-il, *Madre* ?

— Rien. Continue !

— Il y avait une boue épouvantable. Les roues patinaient, je glissais, j'ai cru que je ne réussirais jamais à te ramener à la maison !

On rit, puis redevenue très gaie, la petite troupe se retira. Poirot marchait le dernier. Avait-il bien fait de montrer les photos ? Il n'en était pas tellement sûr. Brusquement, il décida de retourner à Laburnums. Invoquant le premier prétexte qui lui vint à l'esprit, un objet oublié, il dit au revoir à tout le monde et remonta vers la villa. Sur la gauche, une fenêtre était ouverte. Dans la pièce, on parlait. Poirot reconnut la voix de Mrs Oliver et celle de Robin. Il pénétra dans la maison et gagna directement, à sa droite, le salon qu'il avait quitté un instant auparavant. Il ouvrit la porte sans bruit. Mrs Upward était assise au coin du feu. Elle avait l'air sombre. Poirot toussota pour signaler sa présence. Elle sursauta.

— Ah ! c'est vous ?... Vous m'avez fait peur !

— Vous m'en voyez désolé, chère madame. Peut-être pensiez-vous que c'était quelqu'un d'autre ?

Laissant la question sans réponse, elle demanda :

— Vous avez oublié quelque chose ?

— Non. Je ne suis revenu que parce que je redoute je ne sais quel danger.

— Pour qui ?

— Pour vous, peut-être. Parce que vous avez reconnu une des photos que j'ai montrées tout à l'heure.

— Dire que je l'ai reconnue, c'est exagéré ! Toutes les vieilles photos se ressemblent...

— Ecoutez-moi bien, madame ! Mrs Mac Ginty, elle

aussi — du moins, je le crois — a reconnu une de ces photos. Et *Mrs Mac Ginty est morte* !

Une lueur d'amusement inattendue s'alluma dans les prunelles de Mrs Upward.

— *Mrs Mac Ginty est morte. Comment est-elle morte ? Le cou tendu comme ça.* C'est à cela que vous faites allusion ?

— Ce que je veux dire, madame, c'est que, si vous savez quelque chose, n'importe quoi, vous feriez mieux de me le dire maintenant. Ce serait plus sûr !

— Mais, mon cher monsieur, les choses ne sont pas si simples ! Je ne suis pas du tout sûre de savoir quoi que ce soit, et, en tout cas, je ne sais rien de précis. La mémoire vous joue parfois de vilains tours et rien n'est trompeur comme un vague souvenir ! Il faut être sûr de ce qu'on avance et on ne peut l'être que si l'on peut répondre aux questions « où ? », « quand ? » et « comment ? »

— J'ai idée que vous êtes en mesure de le faire.

— De plus, il y a d'autres facteurs à considérer... Croyez-moi, monsieur Poirot, il est inutile d'insister ! Je ne précipite jamais mes décisions, je les prends sans consulter personne et je m'accorde toujours le temps de la réflexion. Ma résolution arrêtée, j'agis. Pour le moment, je n'en suis pas encore là.

— Vous aimez le secret, chère madame !

— Jusqu'à un certain point, je le crois. Savoir, c'est pouvoir ! Mais, quand on agit, il faut être sûr de ne pas se tromper... et peut-être me permettrez-vous de vous dire, cher monsieur Poirot, que vous vous faites une image assez inexacte de ce qu'est la vie dans nos campagnes anglaises.

— Si je comprends bien, vous me rappelez que je ne suis qu'un sale « étranger » ?

Mrs Upward sourit.

— Je suis trop bien élevée pour dire des choses pareilles !

— Si vous ne voulez pas vous confier à moi, il y a le commissaire Spence !

— Un policier ? Vous n'y pensez pas, monsieur Poirot ! Pas maintenant, en tout cas !

Poirot haussa les épaules.

— Comme vous voudrez ! Je vous ai prévenue.

Sa conviction était faite : Mrs Upward se rappelait parfaitement quand et où elle avait vu la photographie de la petite Lily Gamboll.

CHAPITRE XIV

1

« Décidément, se dit Poirot, le lendemain matin, nous sommes bien au printemps ! »

Ses craintes de la veille au soir lui paraissaient maintenant ne reposer sur rien. Mrs Upward était une femme de tête, parfaitement capable de veiller sur sa propre sécurité.

Malgré cela, elle l'intriguait, son attitude lui demeurant par certains côtés incompréhensible. Pourquoi entendait-elle « jouer sa partie » toute seule ?

Ces questions, Poirot se les posait en se promenant dans les allées du jardin.

— Monsieur Poirot !

Il se retourna, surpris par cette voix féminine, toute proche, qui l'appelait. Mrs Rendell était devant lui. Il ne l'avait pas entendu venir. Elle souriait, d'un sourire banal, sans signification. Il eut l'impression qu'elle était nerveuse.

— J'espère, dit-elle, que je ne vous dérange pas.

— Nullement, chère madame. Il fait beau, le jardin commence à sentir le printemps et j'ai plaisir à être dehors, Mrs Summerhayes semblant entretenir dans sa maison de perpétuels courants d'air. Il n'y a pas une porte qui ferme et les fenêtres s'ouvrent toutes seules !

— Je ne comprends pas les Summerhayes. Puisqu'ils

n'ont pas le moyen de faire remettre la maison en état, pourquoi ne la vendent-ils pas pour en acheter une plus petite ? Je sais qu'elle est dans la famille depuis des siècles, mais, à l'époque où nous vivons, on ne garde pas les choses par sentimentalité pure !

— Très juste ! De nos jours, on ne fait plus de sentiment.

Du coin de l'œil, Poirot regardait les mains de Mrs Rendell. Elles étaient blanches et très belles, mais les doigts ne cessaient de s'agiter. Nervosité. Poirot attendait. C'était à Mrs Rendell de lui dire pourquoi elle était venue, non à lui de le lui demander. Elle se décida brusquement.

— Monsieur Poirot, dit-elle, j'imagine que, lorsque vous faites... une enquête, vous avez toujours l'air de vous occuper d'autre chose ?

Le sens exact de la question lui échappant, le détective répondit sans se compromettre :

— C'est plus pratique.

— Comme ça, on ne s'étonne pas de vous voir poser des questions... et on ne se méfie pas !

— Voilà !

— Alors, monsieur Poirot, quelle est... la vraie raison de votre présence à Broadhinny ?

Il accueillit la question avec une surprise non dissimulée.

— Mais, chère madame, vous la connaissez ! Je fais une enquête sur l'assassinat de Mrs Mac Ginty.

— Je sais que c'est ce que vous prétendez, mais c'est ridicule !

Poirot haussa les sourcils.

— Vous croyez ?

— Naturellement. Ça ne trompe personne !

— C'est pourtant la vérité.

— Vous ne voulez pas me le dire ?

— Mais vous dire quoi, madame ?

Elle ne répondit pas. Après un silence, elle reprit :

— Monsieur Poirot, je voudrais vous poser une question sur... les lettres anonymes.

— Je vous écoute.

— Elles ne contiennent jamais que des mensonges, n'est-ce pas ?

Prudent, Poirot rectifia :

— Disons qu'elles en contiennent parfois.

— Presque toujours ?

— Ce serait trop généraliser...

Shelagh Rendell protesta d'une voix indignée.

— Du tout ! Il n'y a rien de plus lâche et de plus bas qu'une lettre anonyme !

— Là-dessus, je suis d'accord.

— Et ce que dit une lettre anonyme, on ne peut jamais le croire ! C'est votre avis ?

— C'est là une question à laquelle il est bien difficile de répondre, dit gravement Poirot.

— Pas pour moi ! répliqua Shelagh. Jamais je ne croirai ce que dit une lettre anonyme ! Je sais pourquoi vous êtes ici. Mais ce n'est pas vrai ! Je vous jure que ce n'est pas vrai !

Sur quoi, elle tourna les talons et s'éloigna d'un pas rapide, laissant Poirot assez stupéfait.

Il se demandait ce que tout cela voulait dire. Mrs Rendell disait qu'il n'était pas à Broadhinny pour enquêter sur la mort de Mrs Mac Ginty, que ce n'était là qu'un prétexte et que ses investigations portaient sur tout autre chose. Cela, le pensait-elle vraiment ou affectait-elle seulement de le croire pour duper Poirot ? Le point était à éclaircir. Et qu'est-ce que les lettres anonymes venaient faire là-dedans ? Mrs Rendell serait-elle l'original de la photo que Mrs Upward disait avoir vue « il n'y a pas longtemps » ? Autrement dit, Mrs Rendell était-elle Lily Gamboll ?

La dernière fois qu'on avait entendu parler de Lily

Gamboll, elle se trouvait en Irlande. Fallait-il supposer que le docteur Rendell l'avait rencontrée et épousée, sans rien savoir de son passé ? L'hypothèse était plausible. Lily Gamboll avait appris la sténographie et sa route pouvait fort bien avoir croisé celle du médecin.

Poirot hocha la tête et poussa un soupir. Tout cela semblait possible, mais il lui faillait une certitude.

Le soleil se cacha et une bourrasque balaya le jardin. Poirot eut un frisson et décida de rentrer.

Elle lui manquait, cette certitude. S'il pouvait seulement mettre la main sur l'arme du crime...

Il s'immobilisa. Cette arme à laquelle il songeait, il eut soudain l'impression de l'avoir sous les yeux. Sans trop savoir pourquoi, il en était sûr, *c'était elle* !

2

L'objet, Poirot s'étonna de ne pas l'avoir remarqué plus tôt. Car il avait dû le voir, et plus d'une fois, depuis son arrivée à Long Meadows. Il avait toujours été là, près de la fenêtre, sur le dessus de la petite bibliothèque...

Poirot le prit en main, le soupesa, l'examina de près, puis le leva en l'air, comme pour frapper. Juste à ce moment, Maureen, escortée de ses deux chiens-loups, arriva dans la pièce, en coup de vent, selon son habitude.

— Tiens ! s'écria-t-elle d'une voix rieuse, vous jouez avec le marteau à sucre ?

— C'est un marteau à sucre ?

— Oui... Ça s'appelle comme ça dans certaines provinces, et couteau à sucre dans d'autres... Il n'est pas vilain, n'est-ce pas ? Moi, le petit oiseau m'enchante...

Poirot maniait l'objet avec précaution. Avec sa lame tranchante, l'instrument, très lourd, ressemblait assez à une doloire de tonnelier. Il était en cuivre ouvré, incrusté çà et là de pierres de couleur, les unes bleues, les autres rouges. Au sommet, il y avait un petit oiseau en cuivre rouge, dont les yeux étaient d'un beau bleu turquoise.

Maureen prit le marteau des mains de Poirot.

— Avec ça, dit-elle en souriant, on tuerait n'importe qui comme un rien !

Brandissant l'instrument contre un ennemi imaginaire, elle ajouta :

— Johnny est prévenu ! Le jour où j'en aurai assez de lui, ça ne fera pas un pli ! Un coup de ça et au revoir !

Elle remit le marteau à sa place et poursuivit, le front soucieux :

— A part ça, qu'est-ce que je suis venue faire ici ?... Je ne suis pas fichue de m'en souvenir !... Tant pis ! Je vais toujours aller voir où en est mon pudding.

— Ce marteau, lui demanda Poirot comme elle se dirigeait vers la porte, vous l'avez rapporté des Indes, j'imagine ?

— Pensez-vous ! Je l'ai acheté à Noël, à la vente de charité de Mr le Curé. On apporte ce dont on ne veut plus et on achète quelque chose, en essayant de dénicher un objet qui ne soit pas trop horrible. Ce n'est pas toujours facile. J'ai eu la chance de trouver ce marteau que j'aime bien, à cause du petit oiseau, qui est rigolo, et cette cafetière, dont le bec est assez original.

C'était une cafetière en cuivre martelé. Poirot eut l'impression de l'avoir déjà vue quelque part.

— C'est fabriqué à Bagdad, reprit Maureen. Ou en Perse... Je ne me rappelle plus ce que les Wetherby m'ont dit.

— Ces objets viennent de chez eux ?

— Oui. Leur maison est un véritable bric-à-brac !... Mais je me sauve, monsieur Poirot ! Mon pudding !

Elle partit en courant. La porte claqua derrière elle avec fracas.

Poirot reprit en main le marteau à sucre et s'approcha de la fenêtre pour le mieux examiner. Il repéra sur la lame de petites taches décolorées, à peine visibles. Il se mit à réfléchir, tout en taquinant sa moustache.

Sa décision prise, il monta à sa chambre, emportant le marteau à sucre. Il mit l'objet dans une boîte, qu'il enveloppa de papier et ficela solidement. Puis, son paquet sous le bras, il sortit.

Il était bien sûr que nul ne s'apercevrait de la disparition du marteau à sucre. La maison n'était pas de celles où l'on a la manie de ranger.

3

A Laburnums, la collaboration Robin-Ariadne suivait son cours malaisé.

— Mais, Ariadne, vous ne pouvez pas faire de lui un végétarien ! Ça fera sourire le public !

— Je n'y peux rien. Il a *toujours* été végétarien et il emporte dans tous ses déplacements la petite machine dont il se sert pour râper ses carottes et ses navets.

— Mais, ma chère Ariadne, *pourquoi* ?

— Est-ce que je sais ? répondit Mrs Oliver, une légère irritation dans la voix. Je devais être folle le jour où j'ai inventé cet insupportable personnage, c'est tout ce que je peux dire ! Pourquoi est-il Finlandais, alors que je ne sais rien de la Finlande ? Pourquoi est-il végétarien ? Pourquoi est-il affublé de je ne sais combien de manies ridicules. Tout ça, je l'ignore. C'est comme ça parce que c'est comme ça, voilà tout ! On invente une histoire et, un beau matin, on s'aperçoit qu'on traîne derrière soi un Sven Hjerson de qui l'on ne pourra jamais se débarrasser. Et les gens vous écrivent pour vous dire que c'est un personnage pour lequel vous devez avoir une grande affection ! Ah ! là ! là ! Mais, si je le rencontrais dans la vie, ce maudit végétarien finlandais je le tuerais... et je vous garantis que ce serais un beau crime !

— Vous savez, Ariadne, que ce ne serait peut-être pas une mauvaise idée ! Un Sven Hjerson authentique et vous dans le rôle de l'assassin !... Le crime commis, vous le raconteriez dans un livre qui serait comme votre chant du cygne, un ouvrage qui ne serait publié qu'après votre mort...

— Et qui est-ce qui toucherait les droits d'auteur ! demanda Mrs Oliver, d'un ton sarcastique. Je veux bien tuer, mais je veux encaisser l'argent tout de suite !

— Personne ne comprend ça mieux que moi, soyez tranquille !

Robin se leva et, tout en continuant à parler, se mit à marcher de long en large.

— Quant à Ingrid, elle commence à m'embêter. Après la scène de la cave, qui sera vraiment de tout premier ordre, je ne vois pas comment nous pourrions nous y prendre pour empêcher la scène suivante de marquer un fléchissement...

Mrs Oliver ne répondit pas. Ces préoccupations lui échappaient. Robin la regarda sans tendresse. Mrs Oliver ce matin-là avait changé de coiffure et aplati ses mèches folles pour les plaquer en bandeaux sur son crâne. Avec son front élevé, ses grosses lunettes et son air sévère, elle faisait songer à une maîtresse d'école, un personnage qui rappelait à Robin de tristes souvenirs de sa petite enfance. Appeler ce laideron Ariadne lui paraissait de plus en plus difficile.

Agacé, il déclara qu'il ne se sentait pas en train.

— C'est sans doute, expliqua-t-il, à cause de tout ce gin que j'ai ingurgité hier soir. Si nous laissions tomber le travail pour nous occuper un peu de la distribution ? Si nous pouvons avoir Denis Callory, ce sera merveilleux ! Malheureusement, il est lié par des contrats de cinéma. Jean Bellews sera l'Ingrid idéale, et elle tient au rôle. Pour Eric, comme je vous l'ai dit, je crois que nous ne trouverons pas mieux que Cecil Leech ! Voulez-vous que nous allions ce soir au Little Rep ? Vous me direz ensuite ce que vous pensez de Cecil...

Mrs Oliver accepta la proposition et Robin alla décrocher le téléphone pour appeler Cullenquay.

4

Le temps s'était gâté. De gros nuages noirs s'amoncelaient, qui annonçaient une pluie prochaine. Hercule Poirot sonna à la porte de Hunter's Close. N'obtenant pas de réponse, il recommença. Cette fois, l'attente ne fut pas longue. Deirdre Henderson vint ouvrir.

Elle parut surprise de voir le détective, qui lui demanda si elle pouvait le recevoir.

— Mais... oui ! Entrez donc !

Elle le conduisit dans la petite pièce sombre où il avait déjà pénétré lors de sa visite à Mrs Wetherby. Il reconnut, sur la cheminée, la grosse cafetière qu'il avait déjà vue, sœur aînée de celle, beaucoup plus petite, qui était chez les Summerhayes.

— Je m'excuse de vous avoir tenu si longtemps à

la porte, dit Deirdre. Je suis un peu débordée, aujourd'hui. La bonne allemande s'en va. Nous ne l'avions que depuis un mois. Je crois, d'ailleurs, qu'elle ne s'est placée que pour pouvoir rentrer en Angleterre et y épouser celui qui l'attendait. Elle nous quitte ce soir...

— C'est stupide de sa part !

— N'est-ce pas ?... Mon beau-père prétend qu'elle n'a légalement pas le droit de s'en aller. Mais, que ce soit légal ou non, elle nous quitte pour se marier et nous n'y pouvons rien. Nous n'aurions même pas su qu'elle partait si je ne l'avais surprise en train d'emballer ses affaires. Elle serait sans doute partie ce soir sans nous prévenir...

— Curieuse époque ! dit Poirot.

— N'est-ce pas ?

Deirdre se passa le revers de la main sur le front.

— Je suis fatiguée... Très fatiguée...

— Je le crois sans peine, dit gentiment Poirot.

Elle lui sourit.

— Pourquoi vouliez-vous me voir, monsieur Poirot ?

— Pour vous demander si vous vous souveniez d'un marteau à sucre.

— D'un marteau à sucre ?

Elle semblait ne pas comprendre. Il décrivit l'objet.

— J'y suis ! s'écria-t-elle. Maman l'avait acheté à Bagdad. Nous l'avons porté à une des ventes de charité de Mr le Curé.

— Une des ventes ? Il y en a donc plusieurs ?

— Bien sûr ! Demander de l'argent aux gens, c'est toujours difficile, mais ils trouvent toujours des choses dont ils ne veulent plus !

— Donc ce marteau à sucre est resté chez vous jusqu'à Noël...

Deirdre fronça les sourcils, réfléchissant.

— Non. A Noël, nous avons donné autre chose... Le

marteau à sucre, c'est à la vente de la Fête des Moissons.

— En septembre ou en octobre, par conséquent !

— Fin septembre.

Les yeux de la jeune fille ne fuyaient pas ceux de Poirot. Elle répondait à ses questions d'une voix égale et douce. Son visage, naturellement inexpressif, ne reflétait pas la moindre émotion. Que se passait-il derrière ce front que Poirot regardait ? Rien, peut-être...

— Vous êtes bien sûre, reprit-il, que vous ne vous trompez pas ?

— Oh ! absolument.

Poirot garda le silence. Il attendait. Ce qu'il attendait ne venait pas, il se leva et prit congé.

— Je ne voudrais pas vous importuner plus longtemps...

Deirdre l'accompagna à la porte.

Poirot se dirigea vers la porte, tout en réfléchissant. Il avait recueilli deux témoignages contradictoires, rigoureusement inconciliables, celui de Maureen Summerhayes et celui de Deirdre Henderson. Des deux, laquelle avait dit la vérité ?

Si, ainsi qu'il le croyait, le marteau à sucre était l'arme du crime, le point avait une importance capitale. La Fête des Moissons avait eu lieu à la fin du mois de septembre. Entre cette époque et Noël, le 22 novembre, on avait tué Mrs Mac Ginty. A ce moment-là, à qui le marteau à sucre appartenait-il ? Il fallait absolument le savoir.

Mrs Sweetiman toujours obligeante, fit de son mieux pour renseigner Poirot. Elle avait été aux deux ventes et avait même aidé à l'installation des comptoirs, ce qui n'était pas toujours facile, les gens ayant l'habitude d'apporter leurs dons au dernier moment. Elle ne se souvenait pas d'avoir vu ce marteau à sucre dont Poirot lui parlait. Il y avait tant de choses à ces ventes, et qui parfois partaient si vite ! Cet objet, pourtant, elle n'était pas tellement sûre de ne pas l'avoir vu ! Il lui semblait bien à la réflexion, qu'il avait été vendu cinq shillings, avec une petite cafetière, qui ne pouvait servir que pour la décoration, attendu que le fond était percé. Seulement, était-ce à la vente de Noël ou à une autre, plus tôt ?

Elle était bien incapable de le dire...

Elle accepta le colis de Poirot.

— Recommandé ?

— S'il vous plaît.

Elle transcrivit l'adresse sur son registre. Ses yeux brillaient d'un éclat un peu vif quand elle remit son récépissé au détective.

Poirot quitta le bureau de poste un peu déçu. Le problème restait entier. Maureen Summerhayes était un esprit brouillon, qui confondait tout et pour qui les détails n'avaient aucune importance. Elle pouvait fort bien s'être trompée. Pour elle, la Fête des Moissons, Noël, c'était pareil ! Deirdre Henderson, moins intelligente, mais plus réfléchie, devait être plus sûre de ses dates.

Seulement, pourquoi, après avoir répondu aux questions de Poirot, pourquoi ne lui avait-elle pas demandé *pourquoi il voulait savoir* quand ce marteau à sucre avait été porté à la vente ? Cette question, il l'attendait. Elle s'imposait, presque obligatoire.

Pourtant, Deirdre Henderson ne l'avait pas posée.

CHAPITRE XV

1

Quand Poirot revint à la maison, Maureen, sans quitter sa cuisine, lui annonça qu'on l'avait demandé au téléphone. La chose le surprit.

— On m'a appelé ? Qui ?

— Je ne sais pas, mais j'ai noté le numéro sur un bout de papier que vous trouverez sur la table de la salle à manger.

C'était le 350, à Kilchester.

Poirot décrocha le téléphone et composa le numéro sur le cadran. Presque aussitôt, à l'autre bout du fil une voix féminine répondit !

— Breather and Scuttle, j'écoute !

Espérant qu'il ne se trompait pas, Poirot dit tout de suite :

— Je désirerais parler à miss Maude Williams.

— Un instant s'il vous plaît.

Peu après, une autre voix, un harmonieux contralto cette fois, parvenait aux oreilles du détective.

— Miss Williams à l'appareil !

— Ici, Hercule Poirot. Vous m'avez appelé ?

— Oui... C'est au sujet de cette propriété dont vous m'avez parlé l'autre jour.

— Une propriété ?

L'étonnement de Poirot ne dura que quelques secondes. Maude Williams avait dû lui téléphoner à une heure où elle se trouvait seule dans les bureaux, mais il ne lui était plus possible, maintenant, de parler librement.

— Je crois que j'ai saisi, dit-il. Il s'agit de l'affaire Bentley ?

— Oui. Pouvons-nous faire quelque chose pour vous ?

— Vous voulez nous aider ?

— Oui.

— Et en ce moment, vous n'êtes pas seule dans votre bureau.

— C'est exactement cela.

— Bon !... Ecoutez-moi bien ! Vous voulez vraiment faire quelque chose pour James Bentley ?

— Oui.

— Vous seriez disposée à quitter votre emploi actuel ?

Elle n'eut pas une hésitation.

— Tout de suite !

— Accepteriez-vous de vous placer comme bonne à tout faire chez des gens pas particulièrement sympathiques ?

— Certainement.

— Pourriez-vous être à Broadhinny dès demain ?

— Je crois que je pourrai m'arranger.

— Vous comprenez bien de quoi il s'agit ? Il faudrait vivre dans la maison. Vous savez faire la cuisine ?

— Bien sûr !

— Parfait !... Je serai à Kilchester tout à l'heure. Nous nous retrouverons pour déjeuner au restaurant où nous nous sommes vus l'autre jour.

— Entendu.

Poirot raccrocha, consulta l'annuaire des téléphones et appela Hunter's Close. Ce fut la voix de Mrs Wetherby qui répondit.

— Mes hommages, madame !... Ici, M. Poirot... Vous vous souvenez de moi ?

— C'est-à-dire que...

— Mais si, madame !... M. Hercule Poirot.

— Où avais-je la tête? M. Poirot ! Mais bien sûr !... Pardonnez-moi ! Ma bonne me lâche et je suis très ennuyée...

— C'est justement pour cela que je vous téléphone. J'ai été navré d'apprendre...

— Ces filles qui viennent de l'étranger sont d'une ingratitude ! On leur paie le voyage et elles ne sont pas plus tôt chez vous qu'elles vous quittent !

— C'est simplement monstrueux, déclara Poirot avec conviction, et c'est pourquoi je me suis empressé de vous téléphoner, le hasard me permettant peut-être de vous rendre service. Il se trouve que je connais une jeune fille qui cherche une place de bonne à tout faire. Elle n'est pas, je le crains, très au courant...

— Aujourd'hui, on n'en trouve plus qui sachent leur métier !... Accepte-elle de faire la cuisine ?

— Oui... et elle est bonne cuisinière. Dois-je vous l'envoyer ? Vous pouvez toujours la prendre à l'essai. Elle s'appelle Maude Williams.

— Envoyez-la-moi, monsieur Poirot, je vous en prie ! Je ne sais comment vous remercier. Mon mari est si exigeant et, bien que ma chère petite Deirdre fasse tout ce qu'elle peut, il est tellement de mauvaise humeur quand il y a quelque chose qui ne va pas dans la maison ! Sans doute, on ne peut pas demander à un homme de comprendre combien tout est difficile aujourd'hui, mais...

Mrs Wetherby s'interrompit brusquement. Poirot se rendit compte qu'elle parlait à quelqu'un qui venait d'entrer dans la pièce. Bien que Mrs Wetherby eût placé sa main sur le récepteur, ses propos lui parvinrent très étouffés.

— C'est M. Poirot, le détective... Il connaît quelqu'un pour remplacer Frieda. Non pas une étrangère...

Une Anglaise, Dieu merci ! C'est très gentil à lui de m'avoir appelée... Oh ! mon chéri, pourquoi soulever des objections ? Qu'est-ce que ça peut faire ?... Tu sais comment est Roger !... Et elle sera peut-être très bien !

L'aparté terminé, Mrs Wetherby revint à Poirot pour le remercier encore, de sa voix la plus aimable, et l'assurer de toute sa gratitude. Quand elle eut terminé, Poirot remit l'appareil en place, consulta sa montre et se rendit à la cuisine pour faire savoir à Mrs Summerhayes qu'il était obligé d'aller à Kilchester et ne déjeunerait pas à la maison.

Peu après, il s'en allait, tout heureux d'avoir le meilleur des prétextes pour échapper une fois encore à la cuisine de Maureen.

2

A Laburnums, Mrs Upward avait appris avec déplaisir que Robin se rendrait le soir à Cullenquay avec Mrs Oliver.

— C'est toujours la même chose, Robin ! Quand tu travailles sur une pièce, tu oublies tout !

Robin était désolé.

— Je suis navré, *Madre*. Je n'ai pas songé un instant que c'était le jour de sortie de Janet !

— Ça n'a aucune importance ! répliqua Mrs Upward d'un ton sec.

— Ce n'est pas mon avis ! Je vais téléphoner au Rep pour dire que nous ne viendrons que demain soir.

— Tu n'en feras rien ! Tu as pris tes dispositions pour y aller ce soir, tu iras ce soir.

— Mais je t'assure...

— J'ai dit !

— Si je demandais à Janet de prendre sa soirée un autre jour ?

— Certainement pas ! Elle a le droit, elle aussi, de faire des projets.

— Je suis sûr que ça lui serait égal. Je n'ai qu'à lui expliquer...

— Laisse Janet tranquille ! Et ne parlons plus de ça, veux-tu ? Il est inutile de me faire sentir que je suis une vieille dame impotente et ennuyeuse qui gâche le plaisir des autres.

— Mais, *Madre*...

— N'insiste pas ! Va et amuse-toi bien ! Je sais à qui je demanderai de me tenir compagnie.

— A qui ?

— C'est mon secret.

Mrs Upward, sa bonne humeur recouvrée, ajouta :

— Sois gentil, Robin ! Ne fais pas d'histoires, veux-tu ?

— Je vais téléphoner à Shelagh Rendell...

— Je te remercie, mais, si j'ai des coups de téléphone à donner, je les donnerai moi-même. Ne t'occupe pas de ça ! Prépare le café avant de partir et pose le percolateur près de moi, pour que je n'aie qu'à mettre le courant !... Ah ! Et puis, apporte deux tasses... pour le cas où quelqu'un viendrait me rendre visite !

CHAPITRE XVI

Au *Chat Bleu*, tout en déjeunant, Poirot expliquait à Maude Williams ce qu'il attendait d'elle.

— Ainsi, dit-il quand il lui eut donné toutes ses instructions, vous avez bien compris ce que vous devez chercher ?

Elle répondit d'un mouvement du menton.

— Pour votre bureau, vous vous êtes arrangée ?

Elle rit un peu haut.

— Ma tante est gravement malade. Je me suis envoye un télégramme.

— Bonne idée ! Une dernière recommandation : Broadhinny n'est qu'un village, mais, dans ce village un assassin circule en liberté. C'est dangereux !

— Je devrais me méfier ?

— Oui.

— Je suis de taille à me défendre !

— Une phrase qui aurait sa place dans une anthologie des dernières paroles !

Elle rit de nouveau, franchement amusée. Aux tables voisines, quelques clients tournèrent la tête pour la regarder.

— Pourquoi me dites-vous ça ? reprit-elle. Vous voulez me décourager ?

— Nullement. Mais, quand on propose une mission

à quelqu'un, on se doit de ne pas lui cacher les risques qu'elle comporte.

— Je ne crois pas courir le moindre danger, déclara Maude avec une belle confiance.

— Pour l'instant, ce doit être vrai. Vous connaît-on à Broadhinny ?

Elle réfléchit avant de répondre.

— Non... Non, je ne crois pas.

— Y êtes-vous déjà allée ?

— Une fois ou deux... Pour la maison, bien entendu... La dernière fois, c'était il y a cinq mois...

— Qui avez-vous vu là-bas ?

— J'allais rendre visite à une vieille dame... Mrs Carstairs ou Carlisle, je ne me rappelle plus son nom au juste... Elle envisageait d'acheter une petite propriété par ici et je devais lui remettre quelques papiers et le rapport d'un métreur qui travaille pour nous. Elle habitait chez ces gens chez qui vous êtes.

— A Long Meadows ?

— C'est ça ! Une maison où il y a un tas de chiens...

— Avez-vous vu Mrs Summerhayes et son mari ?

— J'ai été reçue par une femme qui devait être Mrs Summerhayes. C'est elle qui m'a conduite à la chambre de la vieille dame, qui était au lit.

— Croyez-vous que Mrs Summerhayes vous reconnaîtrait ?

— Je ne pense pas. Mais, quand ce serait, qu'est-ce que ça pourrait faire ? Après tout, on a le droit de changer de métier !... D'ailleurs, je vous dis, elle ne m'a même pas regardée. Ces gens-là ne s'aperçoivent même pas que vous existez !

Il y avait dans le ton une amertume qui n'échappa pas à Poirot.

— Avez-vous vu quelqu'un d'autre à Broadhinny ? demanda-t-il.

Elle répondit avec embarras.

— Mon Dieu ! j'ai vu... Mrs Bentley.

— Par hasard ?

— A vrai dire, non. Je lui avais envoyé une carte postale pour lui dire que j'irais à Broadhinny ce jour-là. Je lui donnais rendez-vous, quoi !... Pas pour aller quelque part, vu que c'est un trou où il n'y a ni cinéma, ni café. Nous avons bavardé à l'arrêt de l'autobus, juste avant mon retour.

— C'était avant l'assassinat de Mrs Mac Ginty ?

— Oh ! oui... Pas beaucoup, pourtant. C'est quelques jours plus tard que l'affaire a été dans les journaux.

— Ce jour-là, Mr Bentley ne vous a rien dit de sa logeuse ?

— Il ne me semble pas.

— Vous n'avez parlé à personne d'autre à Broadhinny ?

— A personne... sauf à Mr Robin Upward. Je l'avais entendu à la radio. Je l'ai aperçu qui sortait de sa villa, et, le reconnaissant d'après les photos que j'avais vues de lui, je lui ai demandé un autographe.

— Il vous l'a donné ?

— Oui, et très gentiment. Je n'avais pas mon carnet sur moi et je n'avais à lui présenter qu'une feuille détachée d'un bloc-notes. Il a tiré son stylo de sa poche et il l'a signée.

— Y a-t-il à Broadhinny d'autres personnes que vous connaissez de vue ?

— Les Carpenter, forcément. On ne voit qu'eux à Kilchester. Elle est très élégante et ils ont une voiture splendide. Il paraît qu'il sera aux Communes avant peu...

Poirot étala sur la table les quatre photographies qui, depuis quelques jours, ne quittaient pas la poche intérieure de son veston.

— Là-dedans, est-ce que vous reconnaissez ?... Qu'est-ce qui se passe ?

— C'est Mr Scuttle qui vient de sortir. Je ne savais

pas qu'il était ici et j'espère qu'il ne m'a pas vue avec vous ! Ça pourrait lui sembler louche !... C'est qu'ici on parle beaucoup de vous ! Il y a des gens qui disent que vous venez de Paris et que vous appartenez à la Sûreté.

— C'est assez comique, attendu que je ne suis pas Français, mais Belge.

— Ces photos, qu'est-ce que c'est ?

Maude Williams se pencha en avant pour les examiner.

— Elles ne sont pas d'hier ! dit-elle.

— La plus ancienne date d'une trentaine d'années.

— Les modes de ce temps-là étaient ridicules. Ces pauvres femmes vous ont de ces touches !

— Y en a-t-il une que vous reconnaissiez ?

— Vous parlez des femmes ou des photos ?

— Des deux.

Maude désigna du doigt la photo de Janice Courtland, avec son chapeau « cloche ».

— Cette photo, il me semble que je l'ai déjà vue quelque part, probablement dans un journal, mais je ne saurais dire quand. La petite, là, j'ai dû la voir aussi. Mais où ? Du diable si je le sais !

— Ces quatre photos, expliqua Poirot, ont été publiées dans le *Sunday Comet*, le dimanche qui a précédé la mort de Mrs Mac Ginty.

Maude tourna vivement la tête vers le détective.

— Et elles ont un rapport avec le crime ? C'est pour ça que vous me demandez...

Elle n'acheva pas sa phrase.

— Oui, dit Poirot, c'est pour ça.

Il prit dans l'enveloppe où il conservait les photos une coupure de journal et la tendit à Maude.

— Lisez ça !

C'était l'article du *Sunday Comet*. Elle le lut avec attention. puis elle dit :

— C'est cet article qui vous a mis sur la voie ? Il vous a donné des idées ?

— On ne saurait mieux dire !

— Malgré ça, je ne vois pas...

Elle se tut, réfléchissant. Poirot restait muet. Il tenait à ses idées, parce qu'il s'estimait à sa valeur, mais celles des autres l'intéressaient toujours.

— D'après vous, reprit Maude, une de ces femmes serait actuellement à Broadhinny ?

— Hypothèse plausible, non ?

— Bien sûr que si ! N'importe qui peut être n'importe où...

Maude posa l'index sur le portrait d'Eva Kane, jolie malgré sa pose minaudière.

— Celle-ci doit être vieille maintenant... Elle devrait avoir l'âge de Mrs Upward.

— A peu près.

— Avec une figure comme celle-là et étant ce qu'elle était, elle a dû en entendre, des déclarations d'amour.

— C'est un point de vue, admit Poirot. Vous vous souvenez de l'affaire Craig ?

— Y a-t-il quelqu'un qui puisse ne pas s'en souvenir ? dit Maude Williams. Je n'étais qu'une gosse à l'époque, mais Craig a son effigie au Musée de cires de Mrs Tussaud et les journaux ne ratent pas une occasion de parler de lui. Chaque fois qu'il y a un beau crime, pour faire des comparaisons, on rappelle l'affaire Craig. Celle-là, j'ai bien idée qu'on ne l'oubliera jamais !

Poirot n'en laissa rien voir, mais il lui sembla que la jeune fille avait prononcé ces dernières phrases sur un ton dont la tristesse l'intriguait.

CHAPITRE XVII

Avec l'impression d'être complètement « perdue », Mrs Oliver essayait de se faire toute petite dans le coin d'une loge d'artistes, minuscule et surpeuplée. Elle était entourée de jeunes gens qui se démaquillaient, la figure luisante de vaseline, et qui, de temps à autre, insistaient pour qu'elle bût un verre d'une bière tiède qui ne la tentait pas.

Mrs Upward, toute sa bonne humeur revenue, avait pressé le départ de Robin et de Mrs Oliver : ils devaient être au théâtre au lever du rideau. Robin avait pris toutes les dispositions nécessaires pour que, durant son absence, rien ne manquât au confort de sa mère et par deux fois, au dernier moment, alors qu'il étaient déjà dans la voiture, il était retourné à la villa pour s'assurer que tout irait bien.

La seconde fois, il était revenu, un sourire ironique aux lèvres.

— *Madre* était en train de composer un numéro sur le cadran du téléphone. Elle n'a pas voulu me dire qui elle appelait, mais je parierais que je le sais !

— Moi aussi ! avait dit Mrs Oliver.

— Dites, pour voir !

— Hercule Poirot.

— Je crois que vous ne vous trompez pas. Elle veut

le faire parler, mais elle ne veut pas qu'on le sache. C'est une femme qui adore avoir ses petits secrets !... Pour la pièce de ce soir, je vous rappelle, ma chère Ariadne, que je tiens essentiellement à ce que vous me donniez votre opinion sincère sur Cecil... Si vous ne le voyez pas dans le rôle d'Eric, bien entendu, je n'insisterai pas !

Inutile de dire que Cecil Leech ne correspondait pas du tout à l'idée que Mrs Oliver se faisait du personnage d'Eric. Mrs Oliver l'avait constaté sans surprise. La pièce elle-même lui avait plu. Durant toute la représentation, pourtant, elle avait redouté ce « tour dans les coulisses », dont elle savait qu'il devait suivre inévitablement. Elle se rendait compte qu'elle n'avait que trop raison.

Robin, lui, était dans son élément. Il avait coincé Cecil Leech et, le tenant prisonnier dans une encoignure, il lui débitait un interminable discours, sans laisser à l'autre le temps de placer un mot. Mrs Oliver avait trouvé Cecil fort antipathique et elle lui préférait de beaucoup un certain Michaël, celui-là même qui lui parlait en ce moment. Il avait la langue bien pendue et, malgré les interventions occasionnelles d'un autre comédien qu'on appelait Peter, la conversation se réduisait à un monologue de Michaël. L'homme, d'ailleurs, ne manquait ni d'esprit, ni de malice.

— C'est très gentil à Robin d'être venu ! disait-il. Il s'est fait prier, mais on a fini par le voir. Evidemment, il ne fait pas ce qu'il veut ! Il est sous la coupe d'une femme terrible. Alors, on lui pardonne !... Seulement, ce n'est pas la peine d'être brillant comme il l'est si c'est pour se sacrifier sur l'autel du matriarcat ! Il y a des femmes épouvantables. Ce n'est pas votre avis ? Vous savez ce qu'elle a fait au pauvre Alex Roscoff ? Elle l'a couvé pendant près d'un an, jusqu'au jour où elle a découvert qu'il n'était pas du tout un émigré russe... Bien sûr, il lui avait raconté des histoires et nous savions tous qu'il la faisait marcher, mais, après tout, qu'est-ce que ça fait pourvu qu'on rigole ?... Bref, quand elle a su qu'il était tout simplement le fils d'un petit tailleur de l'East End, elle l'a laissé tomber. Sec !... Viré en moins de deux ! Moi, qu'est-ce que vous voulez, j'ai horreur des snobs ! Pas vous ?... Notez qu'Alex a été très heureux de lui échapper ! D'après lui, il y á des moments oû elle est effrayante... Un peu cinglée, à ce qu'il dit... Elle pique de ces colères !... Dis donc, Robin ! Nous parlons de ta merveilleuse *Madre* ! Dommage qu'elle n'ait pas pu venir ce soir ! Mais tu as rudement bien fait d'amener Mrs Oliver... Une femme épatante ! Tous les beaux crimes qu'elle a inventés !

Un homme d'un certain âge, au visage sombre et mélancolique, s'empara de la main de Mrs Oliver et la pressa longuement dans une large paume, moite et grasse.

— Comment vous remercier, madame ? dit-il d'une voix de basse profonde. Plusieurs fois, vous m'avez sauvé la vie !... Oui, plusieurs fois...

Ils sortirent en bande pour se rendre dans un cabaret, où l'on continua à « parler théâtre » tout en buvant de la bière. Quand Mrs Oliver monta dans la voiture pour rentrer à Broadhinny, elle était épuisée. A peine installée, elle ferma les paupières et s'endormit.

Elle ne rouvrit les yeux qu'à l'arrivée.

— Je vais garer la voiture, lui dit Robin. Ne m'attendez pas ! La porte n'est pas fermée à clé.

Mrs Oliver gravit le perron, poussa la porte en entra. Dans la villa, rien n'était allumé. Elle déplora ce manque d'égards, imputable sans aucun doute à une volonté d'économie fâcheuse chez une personne riche. Dès le vestibule, une odeur agréable frappa ses narines, celle d'un parfum de grand luxe. Mrs Oliver, une seconde, se demanda si elle était bien à Laburnums. A tâtons, elle trouva le bouton d'électricité. Elle le tourna. La lumière jaillit.

Par la porte entrouverte du salon, Mrs Oliver aperçut un pied et une jambe. Ainsi, Mrs Upward ne s'était pas couchée ! Le sommeil avait dû la prendre dans son fauteuil et, dans le noir, elle ne s'était pas réveillée.

Mrs Oliver alla à la porte et fit la lumière dans le salon.

— Nous...

Le reste de la phrase ne sortit pas. Mrs Oliver porta la main à sa gorge. Elle aurait voulu crier, appeler au secours. Les sons ne passaient pas ses lèvres.

— Robin ! murmura-t-ellé. Robin !...

Il ne vint qu'un long moment plus tard. Elle entendit son pas sur les marches du perron. Il sifflotait. Affolée, elle se précipita à sa rencontre.

— N'entrez pas, Robin !... N'entrez pas !... Votre mère... Votre mère est morte... et je crois qu'on l'a assassinée !

CHAPITRE XVIII

1

— Du beau travail ! dit le commissaire Spence.

Il avait l'air fort mécontent. Poirot l'écoutait, grave et calme.

— On l'a étranglée, poursuivit-il. Avec une écharpe de soie, une écharpe à elle, celle-là même qu'elle portait. On la lui a jetée autour du cou et on a serré. Le procédé est simple, rapide et efficace. C'était celui des Thugs, aux Indes. La victime ne se débat pas et elle ne crie pas. La pression s'exerce sur l'artère carotide.

— Pour tuer comme ça, il faut des connaissances spéciales ?

— Pas nécessairement. Il n'y a qu'à se renseigner. Pratiquement, ça ne présente pas de difficultés. Surtout si la victime ne se méfie pas... et c'était le cas !

Poirot approuva de la tête.

— Quelqu'un qu'elle connaissait ?

— Sûrement. Elle a pris le café avec son assassin. Il y avait deux tasses sur la table, la sienne et celle de... l'autre.

— La seconde soigneusement essuyée, j'imagine ?

— Oui. Mais le rouge à lèvres ne s'en va pas facilement. Il en restait des traces.

— Il s'agirait donc d'une femme ?

— Oui. Vous vous y attendiez ?

— Plutôt.

Il y eut un silence.

— Mrs Upward, reprit Spence, a reconnu la photo de Lily Gamboll. Pour moi, il y a une relation entre ce second crime et l'assassinat de Mrs Mac Ginty.

— C'est mon avis.

— Mrs Upward a profité d'une occasion. Son fils et Mrs Oliver étant absents, elle a appelé au téléphone une certaine personne et lui a demandé de venir chez elle. C'est bien comme ça que vous voyez les choses ? Elle jouait au détective.

— Il y a de ça, probablement. Elle savait quelque chose et, par curiosité, elle voulait en savoir plus. Elle ne se rendait pas compte que le jeu était dangereux. Je l'avais prévenue, mais, comme on dit en France, il n'est pire sourd...

— Avant de se mettre en route, Robin Upward est retourné auprès de sa mère. Elle allait téléphoner. A qui ? Elle n'a pas voulu le lui dire. Il a pensé que ce devait être *à vous*.

— Malheureusement, ce n'était pas à moi. Qui a-t-elle bien pu appeler ? Vous avez une idée là-dessus ?

— Aucune. Avec l'automatique, allez chercher !

— La bonne ?

— Elle ne sait rien. Elle est rentrée vers dix heures et demie, par la porte de derrière, et elle a tout de suite gagné sa chambre, qui est à côté de la cuisine. La maison étant plongée dans l'obscurité, elle s'est dit que Mrs Upward était allée se coucher et que les autres n'étaient pas encore rentrés.

— Elle était au service de Mrs Upward depuis longtemps ?

— Non, guère plus de deux ans. Elle est sourde et plutôt « ronchon ». J'ai l'impression qu'elle en fait le moins possible en grognant le plus possible.

Un de ses hommes vint informer le commissaire qu'une « jeune dame » demandait à le voir « au sujet de l'affaire d'hier soir ».

— Faites-la entrer !

C'était Deirdre Henderson. Elle était plus pâle qu'à l'ordinaire. Spence se leva pour l'accueillir et lui offrit un fauteuil, sur le bord duquel elle s'assit avec la gaucherie d'une élève appelée dans le bureau de la directrice. Spence s'efforça de la mettre à l'aise.

— Vous voulez me parler de l'affaire d'hier soir ? Je suppose qu'il s'agit de Mrs Upward ?

— Oui. C'est bien vrai qu'on l'a assassinée ? On me l'a dit à la poste et chez le boulanger. Naturellement, maman assure que ce n'est pas possible...

— J'ai bien peur qu'elle ne se trompe. Il s'agit bien d'un meurtre. Vous savez quelque chose ?

— Oui.

Après un court silence, elle ajouta :

— *Je suis allée chez elle.*

Le ton de Spence changea, de façon presque imperceptible. Il se fit plus aimable encore, *dangereusement* plus aimable.

— Vous êtes allée à Laburnums ? Vers quelle heure ?

— Je ne pourrais pas le dire exactement. Entre huit heures et demie et neuf heures, probablement vers neuf heures. En tout cas, après le dîner. Elle m'avait demandé de venir.

— Elle vous avait téléphoné ?

— Oui. Robin et Mrs Oliver étant au théâtre à Cullenquay, elle devait passer la soirée seule et elle m'invitait à prendre une tasse de café avec elle.

— Et vous y êtes allée ?

— Oui.

— Et vous avez pris le café... avec elle ?

Deirdre secoua la tête.

— Non. J'ai sonné, on ne m'a pas répondu... Alors,

comme la porte n'était pas fermée, je suis entrée dans le vestibule. Tout était éteint. Surprise, j'ai appelé « Mrs Upward », une fois ou deux, puis, comme on ne me répondait pas, je suis partie en me disant que, probablement, il y avait eu erreur.

— Erreur ? Comment ça ?

— J'ai pensé que peut-être elle était allée au théâtre avec eux.

— Sans vous prévenir ?

— Evidemment, ça me paraissait bizarre !

— Vous n'avez pas songé à une autre explication ?

— C'est-à-dire que je me suis dit que Frieda avait sans doute mal pris le message. C'était une Allemande, elle ne comprend pas toujours ce qu'on lui dit, et, en plus hier soir, comme elle nous quittait, elle était très énervée.

— Donc, vous êtes partie ?

— Oui.

— Et vous êtes rentrée chez vous directement ?

— Oui... C'est-à-dire que j'ai été faire un petit tour de promenade. Il faisait si bon !

Spence se leva.

— Eh bien ! miss Henderson, je vous remercie. Vous avez eu raison de venir me trouver.

— J'ai pensé que je ne pouvais pas faire autrement. Maman n'était pas de mon avis...

— Non ?

— Mais je me suis dit que ça valait mieux.

— Effectivement, ça valait mieux !

Spence reconduisit la jeune fille jusqu'à la porte, puis revint s'asseoir. Après avoir pianoté un moment sur la table, il dit, les yeux fixés sur Poirot.

— Elle n'avait pas de rouge à lèvres.

— Elle n'en met jamais.

— A notre époque, c'est exceptionnel... et plutôt étrange.

— Ce n'est pas une fille comme les autres, Spence... Intellectuellement, elle a quinze ans.

— D'autre part, reprit Spence, elle ne se parfume pas, du moins à ce qu'il m'a semblé. Mrs Oliver est formelle : elle a senti dans le vestibule l'odeur d'un parfum de luxe. Déclaration confirmée par Robin Upward, qui ajoute que ce parfum n'était aucun de ceux dont usait sa mère.

— Pour moi, dit Poirot, Deirdre Henderson ignore les parfums.

— Je le crois aussi. A la voir, on dirait le capitaine de l'équipe de hockey d'un collège de filles... Pourtant, elle doit avoir plus de trente ans.

— Aucun doute.

— Elle serait arriérée ?

Poirot réfléchit avant de répondre.

— C'est vite dit ! A mon avis, ce n'est pas si simple que ça ?

Spence se gratta le nez.

— Ça ne colle pas ! dit-il. Pas de rouge à lèvres, pas de parfum et une mère parfaite. La mère de Lily Gamboll, ayant été impliquée, à Cardiff, dans une rixe après boire, alors que la petite avait neuf ans, je ne vois pas comment Deirdre Henderson pourrait être Lily Gamboll. *Pourtant*, c'est à elle que Mrs Upward a téléphoné hier soir !... C'est un fait, ça, et nous devons en tenir compte. Alors ?

— *Quid* du rapport du médecin légiste ?

— Il n'y a pas grand-chose à en tirer. Le bonhomme ne veut pas s'engager. Il se borne à dire qu'elle était certainement morte à neuf heures et demie.

— De sorte qu'elle pouvait fort bien être morte quand Deirdre Henderson est arrivée à la villa ?

— Elle l'était, si Deirdre nous dit la vérité. J'ajoute que, si elle ment, elle est rudement forte !... Sa mère lui aurait déconseillé de venir nous trouver. Vous croyez que c'est à retenir, ça ?

— Pas spécialement, déclara Poirot après réflexion. Dans une situation comme celle-là, Mrs Wetherby devait normalement dire à sa fille : « Surtout, ne bouge pas ! » C'est une femme qui tient par-dessus tout à sa tranquillité.

Spence poussa un soupir.

— Au total, nous avons une suspecte : Deirdre Henderson. Si elle n'est pas coupable, le coup a été fait par quelqu'un qui est venu à Laburnums avant elle, une femme qui met du rouge et qui se parfume...

— Quand vous enquêterez...

Spence coupa la parole à Poirot.

— Quand j'enquêterai ?... Mais j'enquête ! Discrètement, pour le moment, parce que je ne veux effaroucher personne, mais activement quand même. Seulement, ce n'est pas facile ! Eve Carpenter, qu'est-ce qu'elle faisait hier soir ? Et Shelagh Rendell ? Qu'est-ce que vous pariez qu'elles n'ont pas bougé de chez elles ? Carpenter, ça, je le sais, était à une réunion politique.

— Eve ! dit Poirot d'un air songeur. Il y a une mode pour les prénoms... Aujourd'hui, on ne rencontre presque plus d'Eve. Par contre, les Eve ne manquent pas...

Spence suivait sa pensée.

— Eve Carpenter peut se payer des parfums de grand luxe. Il faudra absolument savoir au juste d'où elle sort. Des veuves de guerre à la flan, j'en ai déjà vu !... C'est tellement pratique ! Vous vous amenez quelque part en grand deuil, vous racontez que vous pleurez un soldat mort en héros, ça suffit ! Personne n'ira vous poser de questions !

Passant à un autre sujet, il poursuivit :

— Pour ce qui est de votre marteau à sucre, puisqu'il paraît que c'est un marteau à sucre, vous avez mis dans le mille ! C'est vraisemblablement l'arme avec laquelle Mrs Mac Ginty a été assassinée. Il y a bien eu du sang dessus. On l'a lavé, bien sûr, mais, avec les réactifs actuels, on peut opérer sur des quantités microscopiques. J'ajoute que c'était bien du sang humain. Une nouvelle raison de suspecter la jeune Deirdre Henderson...

— N'oubliez pas qu'elle affirme que ce marteau à sucre a été donné au curé pour la vente de bienfaisance organisée par lui à la fin de septembre !

— Affirmation contredite par Mrs Summerhayes, qui déclare formellement que c'est à la vente de Noël qu'elle l'a acheté.

— Formellement, dit Poirot d'un ton las, c'est inexact. Mrs Summerhayes est une personne charmante, mais il ne faut pas lui demander plus qu'elle ne peut donner. Elle n'a ni ordre ni méthode, et ses souvenirs ne sont jamais précis. D'autre part, ne perdez pas de vue qu'à Long Meadows — je suis bien placé pour le savoir — portes et fenêtres ne sont jamais fermées. N'importe qui peut entrer, prendre ce dont il a besoin, s'en aller avec et ne le rapporter que beaucoup plus tard, nul ne s'en apercevra. Supposons qu'un jour Mrs Summerhayes ait cherché ce marteau à sucre et qu'elle ne l'ait pas trouvé, elle se sera dit que son mari avait dû le prendre pour tuer un lapin ou pour couper du bois, et elle ne lui aura même pas demandé plus tard ce que l'objet avait pu devenir. Dans cette maison-là, on utilise ce qui vous tombe sous la main, on ne range rien, on ne se souvient de rien. Moi, s'il me fallait vivre comme ça, je deviendrais fou. Eux, ça n'a pas l'air de les gêner.

Spence se leva.

— Une bonne chose, dit-il, c'est que James Bentley ne sera pas exécuté avant que cette nouvelle affaire ne soit éclaircie. Nous avons maintenant ce que nous souhaitions : du temps !

— Il semble, ajouta Poirot, se levant à son tour, que maintenant que nous en savons un peu plus, je ne serais pas fâché de revoir James Bentley.

2

James Bentley n'avait guère changé. Il était peut-être un peu plus maigre, ses mains s'agitaient peut-être un peu plus nerveusement encore, mais, pour le reste, il restait toujours le même décourageant personnage.

Choisissant ses mots avec soin, Poirot lui annonça que de nouveaux témoignages avaient remis en question bien des choses, qu'on rouvrait le dossier de l'affaire et que, par conséquent, l'espoir était permis.

James Bentley parut à peine intéressé.

— Tout ça ne servira à rien !... Qu'est-ce qu'on pourrait trouver de nouveau.

— Vos amis travaillent ferme...

— Mes amis ?

Bentley haussa les épaules.

— Je n'ai pas d'amis !

— Vous ne devriez pas dire ça ! répliqua Poirot. Je vous en connais au moins deux.

— Deux ? Je serais curieux de savoir qui !

Il y avait dans le ton plus d'incrédulité que de curiosité.

— Pour commencer, dit Poirot, il y a le commissaire Spence...

— Spence ? Celui qui m'a fait arrêter ? Pour un peu, je rirais !

— Vous auriez tort. Ce n'est pas drôle. Vous avez

la chance que Spence soit un officier de police consciencieux et prenant son métier à cœur. Il aime être sûr que son coupable est le bon.

— Il en est bien assez sûr !

— Il se trouve justement que non. C'est pourquoi, je le répète, il est votre ami.

— Des amis de ce genre-là !...

Poirot attendit. James Bentley, malgré tout, était un homme. Il ne pouvait être entièrement dépourvu de curiosité. De fait, il dit bientôt :

— Et mon second ami, ce serait ?

— Maude Williams.

— Maude Williams ? Qui est-ce ?

— Une jeune fille qui travaillait chez Breather and Scuttle.

— Ah ! c'est cette miss Williams-là !

— Exactement.

— En quoi mon affaire l'intéresse-t-elle ?

Poirot, qui par moments trouvait la personnalité de Bentley exaspérante, se domina.

— Miss Williams, répondit-il, s'intéresse à votre affaire parce qu'elle est convaincue que vous êtes innocent.

— Qu'est-ce qu'elle en sait.

— Elle vous connaît.

Bentley grommela.

— Dans un certain sens, c'est vrai, mais elle me connaît mal.

— Vous travailliez dans la même maison et il vous est de temps en temps arrivé de déjeuner ensemble. C'est exact ?

Bentley en convint, comme à regret. Poirot poursuivit :

— Vous n'êtes jamais sortis ensemble ?

— Si, une fois. Nous sommes allés nous promener dans les dunes.

Cette fois, Poirot ne se contint plus.

— Mais, sacré nom d'une pipe ! s'écria-t-il, on croirait que je veux vous faire avouer je ne sais quel forfait ! Vous êtes allé vous promener avec une jolie fille. Ce n'est pas un crime, que je sache, et il n'y a pas de quoi avoir honte ! Au contraire. Et je ne vois pas pourquoi vous avez fait semblant de ne pas la connaître quand j'ai prononcé son nom !

James Bentley avait rougi.

— Il faut comprendre, dit-il. Je n'ai jamais fréquenté beaucoup de jeunes filles et, d'autre part, miss Williams n'est pas... très comme il faut. Oh ! elle est très gentille, très aimable, très sympathique. Mais je ne peux pas m'empêcher de penser que maman l'aurait trouvée commune !

— Ce qui compte, répliqua Poirot, c'est comment vous la trouviez, *vous*.

James Bentley redevint écarlate.

— Sa façon de se coiffer, ses vêtements... Bien sûr, maman était peut-être vieux jeu, mais...

Il n'acheva pas sa phrase.

— Il ne s'agit pas de ça ! reprit Poirot. Elle vous plaisait ?

— Elle a toujours été très gentille avec moi, répondit Bentley avec embarras, mais elle ne m'a jamais vraiment *compris*. Elle était toute petite quand sa mère est morte. Alors...

— A partir du jour où vous avez perdu votre emploi, vous ne vous êtes plus vus. Pourtant, si je suis bien renseigné, vous vous êtes rencontrés une fois, à Broadhinny ?

James Bentley semblait navré d'avoir à s'expliquer là-dessus.

— Oui, dit-il. Elle avait affaire à Broadhinny. Elle m'a envoyé une carte, me donnant rendez-vous. Je ne vois pas pourquoi. Si nous avions été très liés.

— Quoi qu'il en soit, ce rendez-vous, vous y êtes allé ?

— Oui. Je ne voulais pas me montrer malpoli.

— Et vous l'avez conduite au cinéma ?

James Bentley protesta, comme scandalisé.

— Oh ! non, pas du tout !... Nous avons simplement bavardé, pendant qu'elle attendait l'autobus.

— Pauvre gosse ! murmura Poirot. Elle a dû bien s'amuser.

— Vous oubliez que je n'avais pas d'argent. Pas un centime !

— C'est juste. C'était quelques jours avant l'assassinat de Mrs Mac Ginty, n'est-ce pas ?

— Oui, le lundi. Elle a été tuée le mercredi.

— Autre chose, dit Poirot. Mrs Mac Ginty prenait le *Sunday Comet*, n'est-ce pas ?

— Oui.

— Ce journal, il vous est arrivé de le lire ?

— Elle me l'offrait quelquefois, mais je l'acceptais rarement. Maman n'aimait pas ces journaux du dimanche.

— Cette semaine-là, avez-vous vu le *Sunday Comet* ?

— Non.

— Mrs Mac Ginty, qui, elle, l'avait lu, ne vous a pas parlé d'un article qui l'aurait particulièrement intéressée ?

— Oh ! que si ! Et longuement encore ! Ça n'en finissait pas !

Inattendue, la réponse avait surpris Poirot, qui reprit :

— Ça n'en finissait pas ? Voilà qui est intéressant ! Et que vous a-t-elle dit, monsieur Bentley ? Rappelez vos souvenirs ! La chose en vaut la peine.

— Je ne sais plus guère ce qu'elle m'a raconté. Il s'agissait d'une vieille affaire criminelle, l'affaire Craig... ou une autre, je ne saurais rien affirmer. Elle disait qu'il y avait à Broadhinny une personne qui avait été mêlée à cette histoire. Je me demande bien ce que ça pouvait lui faire !

— Cette personne, elle vous a dit qui elle était ?

— Il me semble qu'elle parlait de cette femme dont le fils écrit des pièces.

— Elle l'a nommée ?

— Non. Comment voulez-vous que je me souvienne ? Il y a si longtemps de ça !

— Tâchez de vous rappeler, je vous en supplie ! Vous voulez être libre, oui ?

— Libre ?

— Oui, *libre* !

— Ma foi, je crois...

— Alors, souvenez-vous ! *Répétez-moi exactement ce que Mrs Mac Ginty vous a dit.*

— Eh bien ! il me semble qu'elle m'a dit qu'elle connaissait « une personne terriblement fière qui en rabattrait fichtrement si on savait tout »... Ça, ce sont ses propres paroles... Je me souviens aussi d'une phrase, à propos d'une vieille photo : « On ne croirait jamais que c'est la même femme ! »

— Et pourquoi êtes-vous sûr que c'est de Mrs Upward qu'elle parlait ?

— Je ne peux pas dire que j'en suis sûr. C'est une impression que j'ai eue... Elle m'avait parlé de Mrs Upward, je l'avais écoutée en pensant à autre chose et je n'ai recommencé à faire attention à ce qu'elle disait qu'au moment où elle qualifia cette personne de « terriblement fière ». Mais, après réflexion, je ne sais réellement pas de qui elle parlait. Elle était tellement bavarde !

— Personnellement, dit Poirot, je ne crois pas qu'il s'agissait de Mrs Upward, mais de quelqu'un d'autre... Après un soupir, il ajouta :

— Ce qui me consterne, c'est de penser que si jamais vous êtes pendu, ce sera parce que vous ne prêtiez pas suffisamment d'attention aux discours de Mrs Mac Ginty !...

— Oui, mais ne me demandez pas ce qu'elle me racontait ! Vous n'avez pas l'air de vous douter, monsieur Poirot, qu'à l'époque j'étais surtout soucieux de savoir comment je mangerais le lendemain ! J'avais de quoi être inquiet.

— Et aujourd'hui, vous croyez que vous n'avez pas de quoi l'être ? Mrs Mac Ginty vous a-t-elle parlé de Mrs Carpenter, qui était alors Mrs Selkirk, ou de Mrs Rendell ?

— Carpenter, c'est bien le type qui habite la villa neuve qui est tout en haut de la colline ? Il était fiancé à Mrs Selkirk. Celle-là, Mrs Mac Ginty ne pouvait pas la voir ! Je ne sais d'ailleurs pas pourquoi.

— Et les Rendell ?

— Autant que je me souvienne, elle ne m'a jamais parlé d'eux.

— Ni des Wetherby ?

— Ceux-là, elle ne les aimait pas. Elle tenait Mrs Wetherby pour insupportable, capricieuse et fantasque. Quant à Wetherby, jamais il ne lui adressait la parole. « Un mot de lui, en bien ou en mal, disait-elle, on peut toujours attendre !... » Elle pensait que c'était une maison où tout le monde était malheureux.

Poirot examinait son interlocuteur avec une attention nouvelle. La voix de James Bentley, tout à l'heure morne et indifférente, rendait un son nouveau. Bentley ne se contentait plus de rapporter ce qu'il pouvait se rappeler des propos de Mrs Mac Ginty, il évoquait des souvenirs qui paraissaient lui appartenir en propre. La pensée qu'il livrait était la sienne. Il songeait à Hunter's Close, à la vie qu'on y menait. Il était sorti de son apathie ordinaire.

— Vous les connaissiez ? demanda doucement Poirot.

— A proprement parler, non. Un jour, le chien de miss Deirdre s'est pris la patte dans un piège. Elle ne pouvait pas le dégager. Alors, je l'ai aidée...

Poirot se souvint de ce que Mrs Oliver lui avait rapporté de sa conversation avec Deirdre Henderson.

— Ensuite, vous avez parlé ?

— Oui. Elle m'a dit que sa mère avait été malheureuse. Elle adorait sa mère.

— Et vous lui avez parlé de la vôtre ?

— Oui.

Poirot garda le silence. Il attendait.

— La vie est cruelle et injuste, reprit James Bentley. Il y a des gens de qui on dirait qu'ils n'ont pas le droit d'être heureux.

— C'est vrai, dit Poirot.

— Du bonheur, elle ne devait pas en avoir eu beaucoup, miss Wetherby.

— Henderson, corrigea Poirot.

— J'avais oublié. En effet, elle m'a dit qu'elle avait un beau-père. Elle, c'est Deirdre Henderson.

— Deirdre... Deirdre des Douleurs... Un joli prénom... Mais, à ce qu'on m'a dit, pas une très jolie fille...

James Bentley rougit jusqu'aux oreilles.

— Moi, dit-il lentement, je la trouvais plutôt bien.

CHAPITRE XIX

— Maintenant, tu vas m'écouter !

Edna renifla. Mrs Sweetiman ne pouvait guère que se répéter. La conversation durait depuis longtemps déjà et elle tournait en rond. Mrs Sweetiman avait dit vingt fois la même chose, presque en termes identiques. Edna avait reniflé énormément, pleurniché de temps en temps et opposé aux arguments de Mrs Sweetiman deux phrases, toujours les mêmes : « Je ne peux pas faire ça ! Papa m'écorcherait vive ! »

Elle les redit une fois encore.

— C'est possible ! répliqua Mrs Sweetiman, mais un meurtre est un meurtre, quand on a vu quelque chose, on l'a vu, et il n'y a pas à sortir de là ! Ce que tu as de mieux à faire...

Mrs Sweetiman s'interrompit pour aller au-devant de Mrs Wetherby, qui venait acheter de la laine et des aiguilles à tricoter.

— Il y a longtemps que nous n'avons eu le plaisir de vous voir, madame ! dit-elle, tout en fouillant dans ses cartons.

— C'est vrai ! répondit Mrs Wetherby. Je n'ai pas été très bien ces temps-ci. Le cœur, vous savez...

Avec un profond soupir, elle ajouta :

— Je dois rester allongée presque tout le temps.

— Il paraît que vous avez une nouvelle bonne ? reprit Mrs Sweetiman.

— Oui. Elle n'est pas trop maladroite et elle fait assez bien la cuisine, mais elle a une allure impossible ! Elle se décolore les cheveux et porte des jupes collantes qui sont d'une indécence !...

Mrs Sweetiman donna son sentiment sur les femmes de chambre d'aujourd'hui, tout à fait indignes de celles d'autrefois, puis, tandis que Mrs Wetherby choisissait ses aiguilles, elle dit :

— C'est terrible, n'est-ce pas, ce qui est arrivé à Mrs Upward ?

— Terrible, c'est le mot ! On hésitait à m'apprendre la nouvelle. Quand je l'ai sue, j'ai eu des palpitations épouvantables. Je suis d'une telle sensibilité !

— On m'a dit que le coup avait été très rude pour le jeune Mr Upward. Heureusement, cette dame qui écrit était là, qui a pu lui donner un sédatif. Maintenant, il est à Long Meadows. Il paraît qu'il ne pouvait pas rester à la villa... et ce n'est pas moi qui lui donnerais tort !.. Janet Groom est retournée chez sa nièce et c'est la police qui a les clés. La dame qui fait des livres est rentrée à Londres, mais elle reviendra pour l'enquête.

Mrs Sweetiman, qui se flattait d'être bien informée, était ravie de donner tous ces renseignements à Mrs Wetherby, qui les enregistrait avec une profonde satisfaction intérieure, la curiosité l'ayant attirée à la poste plus peut-être que le besoin de faire quelques emplettes.

— Ce qui tombe sous le sens, dit-elle en payant ses achats, c'est que le village est maintenant *dangereux*. Un fou, un maniaque, circule en liberté dans Broadhinny et, dès la tombée de la nuit, des patrouilles devraient parcourir les rues. Quand je pense que ma chère petite Deirdre était dehors ce soir-là, qu'elle aurait pu être attaquée et tuée, elle aussi, je tremble de peur !

Elle ferma les yeux, comme si elle allait se trouver mal. Mrs Sweetiman la regarda avec intérêt, mais sans inquiétude. De fait, rouvrant les paupières, Mrs Wetherby reprit :

— Les gens ne devraient plus sortir le soir et devraient fermer et verrouiller leurs portes. Vous savez qu'à Long Meadows rien n'est jamais fermé, même la nuit ? Mrs Summerhayes laisse la porte de derrière et les fenêtres du salon ouvertes pour que ses chiens et ses chats puissent entrer et sortir. A mon avis, c'est de la folie pure ! Mais elle dit qu'elle a toujours fait comme ça et que, lorsque les cambrioleurs sont bien résolus à vous rendre visite, ce n'est pas une porte fermée qui les arrêtera !

— Je ne vois d'ailleurs pas ce qu'un cambrioleur irait chercher à Long Meadows, ajouta Mrs Sweetiman avec un sourire entendu.

Mrs Wetherby rit avec elle, puis se retira. Mrs Sweetiman revint à Edna.

— Comme je te le disais, un assassinat est un assassinat et ce qu'on doit faire, on doit le faire ! Il faut dire la vérité et advienne que pourra !

— Mais papa me tuerait !

— Je lui parlerai.

— Il me tuerait, je vous dis !

— Celle qu'on a tuée, c'est Mrs Upward ! Elle est morte et tu as vu quelque chose que la police ignore. Tu travailles à la poste, tu es fonctionnaire et tu as donc des devoirs. Le premier de tous, c'est d'aller trouver Bert Hayling...

Edna se remit à sangloter.

— Aller trouver Bert ?... Mais ce n'est pas possible ! Comment voulez-vous ? Tout le village serait au courant demain !

Mrs Sweetiman hésita.

— Alors, il y a ce monsieur étranger...

— Un étranger ? Jamais !

— Là, tu as peut-être raison...

Une voiture s'arrêta devant la poste. Des freins grincèrent. Le visage de Mrs Sweetiman s'éclaira.

— Ça, dit-elle, c'est le major Summerhayes. Tu vas tout lui raconter et il te dira ce que tu dois faire !

— Je ne pourrai jamais.

Edna protestait encore, mais plus mollement.

Johnny Summerhayes entra, porteur de trois énormes boîtes en carton.

— Salut ! lança-t-il d'une voix joyeuse. J'espère, chère madame, que mes paquets ne seront pas trop lourds !

— Nous allons voir ça !

Son office rempli, Mrs Sweetiman, tandis que Summerhayes léchait ses timbres, lui annonça qu'elle serait heureuse de lui demander un conseil.

— Volontiers ! dit-il.

Il était toujours touché de cette confiance que lui témoignaient les villageois de Broadhinny. Ils le connaissaient peu personnellement, mais, parce que son père, son grand-père et nombre de ses aïeux, avaient avant lui habité Long Meadows, ils le considéraient comme le guide vers lequel ils devaient tout naturellement se tourner lorsqu'ils se trouvaient dans l'embarras.

— C'est au sujet d'Edna, précisa Mrs Sweetiman.

Edna renifla. Summerhayes tourna la tête vers elle.

— Ah ? dit-il. Et qu'est-ce qui ne va pas ?

— C'est à propos de Mrs Upward. Le soir du meurtre, Edna a vu quelque chose...

Johnny Summerhayes regarda Mrs Sweetiman, puis ses yeux se portèrent sur Edna.

— Et qu'est-ce que tu as vu, Edna ?

Edna commença à pleurnicher. Mrs Sweetiman se décida à parler à sa place.

— Naturellement, dit-elle, on a raconté bien des choses. Il y a du vrai et il y a du faux, mais il y a un fait qu'on ne discute pas : ce soir-là, il y a une dame qui est allée boire le café avec Mrs Upward. Vous êtes d'accord ?

— Je crois que c'est exact.

— Je suis certaine que c'est vrai ! Je le tiens de Bert Hayling.

Albert Hayling était l'agent de police local et Summerhayes le connaissait bien.

— Bon, dit-il.

— Mais ce qu'on ne sait pas, reprit Mrs Sweetiman, c'est qui était cette dame ! Or, *Edna l'a vue.*

Johnny Summerhayes arrondit les lèvres, comme pour émettre un petit sifflement admiratif, puis s'adressant directement à Edna, il demanda :

— Elle entrait ou elle sortait ?

— Elle entrait.

Le sentiment de son importance lui déliant la langue, elle ajouta :

— J'étais de l'autre côté de la route, sous les arbres, juste au tournant. Je l'ai bien vue. Elle a ouvert la grille, elle est allée à la porte, elle a attendu un moment, puis elle est entrée.

Summerhayes avait froncé le sourcil. Ses traits se détendirent.

— Il n'y a pas de problème, dit-il. C'était miss Henderson. La police est au courant. Miss Henderson elle-même lui a parlé de sa visite.

Edna secoua la tête.

— Ce n'était pas miss Henderson.

— Alors, qui était-ce ?

— Je n'en sais rien. Je n'ai pas vu sa figure. Je ne l'ai vue que de dos, mais ce n'était pas miss Henderson.

— Comment peux-tu le savoir, puisque tu n'as pas vu son visage ?

— Je le sais, parce que c'était une blonde. Miss Henderson est brune.

Johnny Summerhayes restait sceptique.

— Il faisait très noir. Je me demande comment tu as pu distinguer la couleur de ses cheveux...

— Il y avait de la lumière sous le porche et elle se trouvait juste dessous. Elle avait un manteau sombre et pas de chapeau... Et elle était blonde autant qu'on peut l'être, ça, j'en suis sûre !

Summerhayes regarda Edna. Son visage avait pris une expression de gravité chez lui exceptionnelle.

— Quelle heure était-il ?

— Je ne sais pas exactement.

— Tu le sais à peu près ! Dis-le !

Edna renifla, puis elle dit :

— Il n'était pas neuf heures... J'aurais entendu l'horloge de l'église... Et il était passé huit heures et demie.

— Entre huit heures et demie et neuf heures, donc. Et cette dame est restée longtemps ?

— Je ne sais pas. Je n'ai pas attendu. En tout cas, je n'ai pas entendu de cris...

— Eh bien ! dit gravement Summerhayes, il n'y a qu'une chose à faire : il faut aller raconter ça à la police.

Edna fondit en larmes.

— Papa m'écorchera vive !... Vous verrez si ce n'est pas vrai !

Brusquement, tournant les talons, elle fila vers la pièce de derrière et disparut.

— Je vais vous expliquer, dit Mrs Sweetiman, répondant à l'interrogation muette de Summerhayes. Edna s'est conduite comme une sotte qu'elle est, et elle a un père qui est sévère. Un peu trop, peut-être... Bien que ça, on ne peut jamais dire ! Avec les filles d'aujourd'hui... Bref, elle fréquentait un gentil garçon de Cullavon et son père voyait ça d'un bon œil. On pensait que le mariage ne tarderait pas, mais Reg ne se pressait pas... et vous savez comment sont les filles, Edna s'est mise à voir Charlie Masters...

— Masters ? Qui travaille chez Cole ?

— Oui, l'ouvrier agricole. Un homme marié, qui a deux enfants et qui court le jupon que c'en est une honte ! Edna est folle, c'est ce que je dis ! Naturellement, dès que le père a été au courant, il a mis fin à ça !... Du moins, c'est ce qu'elle avait raconté à son père... Parce qu'en réalité elle était sortie pour retrouver Masters. C'est lui qu'elle attendait, à leur rendez-vous habituel. Il n'est pas venu, soit que sa femme ait réussi à le garder à la maison ou qu'il soit allé courir ailleurs. Edna l'a attendu un bout de temps, puis elle est partie. Voilà ce qu'il en est ! Vous comprenez qu'il lui est difficile d'aller expliquer qu'elle était là-bas, alors qu'elle aurait dû depuis longtemps avoir pris l'autobus de Cullavon !

Johnny Summerhayes acquiesça du chef. Renonçant à se demander par quel miracle une fille aussi dépourvue de séduction qu'Edna pouvait avoir retenu l'attention de deux hommes, il examina la situation du point de vue pratique.

— Elle ne veut pas avoir affaire à Bert Hayling ? demanda-t-il.

— Non.

— Je comprends que ça la gêne. Pourtant, il faut que la police soit mise au courant !

— C'est ce que je lui ai dit et répété !

Summerhayes réfléchit un instant.

— Il me semble, dit-il enfin, qu'on peut arranger ça. On doit pouvoir faire en sorte qu'Edna ne témoigne pas à l'enquête et que son nom ne soit même pas prononcé. L'important est que la police ait l'information, nul n'a besoin de savoir de qui elle la tient. Je pourrais appeler Spence au téléphone et lui demander de faire un saut jusqu'ici... ou, mieux encore, conduire la jeune Edna à Kilchester dans ma voiture. On l'entendra là-bas et personne n'en saura rien. Je vais téléphoner à Spence pour lui annoncer notre visite.

Quelques instants plus tard, Edna montait dans la camionnette de Summerhayes, qui prenait la route de Kilchester.

CHAPITRE XX

Hercule Poirot était à Kilchester, dans le bureau du commissaire Spence. Renversé dans un fauteuil, les yeux fermés et les mains jointes, doigts écartés, il réfléchissait. Installé à sa table, Spence expédiait la besogne quotidienne. Son courrier signé, ses instructions données au sergent, il regarda silencieusement Poirot pendant une demi-minute, puis il dit :

— Alors, monsieur Poirot, vous dormez ?

Le détective ouvrit les yeux.

— Je pense.

— Bonne chose ! J'ai oublié de vous demander comment s'était passé votre entretien avec James Bentley ?

Le visage de Poirot se renfrogna.

Effectivement, c'était à Bentley qu'il pensait quand Spence avait interrompu ses réflexions. Elles étaient assez amères. Par amitié pour un officier de police qu'il tenait en particulière estime, il acceptait de s'occuper d'une affaire dont il ne devait tirer aucun bénéfice matériel et, au lieu d'avoir à démontrer l'innocence de quelque belle jeune fille ou, à défaut, d'un garçon sympathique, il lui fallait voler au secours d'un homme qui ne lui était nullement reconnaissant des efforts qu'il faisait pour lui épargner la corde, d'un personnage qui paraissait parfaitement indifférent à son destin et qui était plutôt « un cas pathologique » qu'autre chose.

— Notre conversation, dit Poirot, n'a pratiquement rien donné. Les souvenirs de Bentley sont vagues et imprécis, il ne se rappelle rien qui puisse nous servir. Tout ce qu'il a pu me dire de façon un peu certaine, c'est que Mrs Mac Ginty avait lu dans le *Sunday Comet* un article qui l'avait vivement impressionnée et qu'elle lui avait parlé d'une personne vivant à Broadhinny et qui fut mêlée à une vieille affaire criminelle.

— Quelle vieille affaire ?

— Notre ami ne le sait pas très bien. Il m'a cité l'affaire Craig, mais il n'en est pas sûr... et, l'affaire Craig semblant bien être la seule dont il ait jamais entendu parler, il n'est pas tellement surprenant qu'il ne se soit souvenu que de celle-là. Il n'est affirmatif que sur un point : la personne en question était une femme. Il m'a même cité les mots exacts de Mrs Mac Ginty, disant qu'elle connaissait « une personne terriblement fière qui en rabattrait fichtrement si on savait tout ».

— Vous dites « fière » ?

— Oui. Un mot qui dit bien ce qu'il veut dire, n'est-ce pas ?

— Et elle n'a rien ajouté qui permettrait de donner un nom à cette personne « terriblement fière » ?

— Bentley a avancé le nom de Mrs Upward... Mais je ne vois pas bien pourquoi !

— Peut-être, dit Spence, parce qu'il y avait chez elle un côté nettement autoritaire. Mais ce ne pouvait être Mrs Upward, puisqu'elle est morte, et morte pour la même raison que Mrs Mac Ginty : parce qu'elle avait reconnu la photographie de quelqu'un.

Poirot hocha tristement la tête.

— Je l'avais prévenue.

Spence reprit, une légère irritation dans la voix :

— Lily Gamboll ! Question d'âge, il n'y a que deux

possibilités : Mrs Rendell et Mrs Carpenter. J'écarte la petite Henderson. Celle-là, on sait d'où elle vient !

— On ne sait donc pas d'où viennent les deux autres ? demanda Poirot.

Spence haussa les épaules.

— Vous savez ce qu'il en est ! La guerre a tout bouleversé. Les archives de l'école de redressement, où avait été envoyée Lily Gamboll ont été détruites par un bombardement. Allez savoir ce qu'elles contenaient !... Pour les gens, c'est pareil ! On ne peut plus rien vérifier. Prenez Broadhinny, par exemple. Les seuls sur lesquels nous soyons vraiment renseignés, ce sont les Summerhayes, parce que la famille est dans le pays depuis plus de trois cents ans, et Guy Carpenter, parce qu'il appartient à une dynastie de grands industriels. Les autres ? Ils sont... comment dire ? insaisissables, fuyants. Rendell est un médecin authentique, nous savons où il a fait ses études et pris ses grades, nous savons où il a exercé, mais nous ignorons tout de sa famille. Sa femme, une Irlandaise, serait de la région de Dublin. Eve Selkirk, aujourd'hui Eve Carpenter, était une jolie veuve de guerre. Veuve de qui ? Allez chercher !... Les Wetherby ont beaucoup roulé à travers le monde, ici un jour, là le lendemain, ailleurs le surlendemain. Pourquoi ces déplacements continuels ? Je n'en sais rien. Avaient-ils une raison particulière d'être tout le temps par voies et par chemins ? Je l'ignore. Je ne dis pas que nous ne pourrions pas nous renseigner, et très complètement, mais ça demanderait du temps, beaucoup de temps. D'eux-mêmes, les gens préfèrent ne rien dire.

— Sans doute, dit Poirot, parce qu'ils ont souvent des choses à cacher. Seulement, il ne s'agit pas forcément d'un crime.

— Bien sûr ! Mais, que ce soit un petit scandale oublié ou simplement une origine modeste dont ils ont la sottise de rougir, ce qu'ils veulent cacher, ils le dissimulent bien et, pour découvrir ce que c'est, les recherches sont difficiles.

— Mais elles aboutissent...

— Avec le temps, oui. Pour en revenir à Lily Gamboll, si elle est à Broadhinny, elle ne peut être que Shelagh Rendell ou Eve Carpenter. Je les ai interrogées toutes les deux, en leur disant que c'était là une simple formalité. Toutes les deux, elles m'ont déclaré n'avoir pas bougé de chez elles, le soir du crime. Et elles étaient seules, comme par hasard ! Mrs Carpenter m'a dit ça en me regardant d'un air candide. Mrs Rendell, elle, était assez nerveuse. Mais elle l'est toujours plus ou moins, et ça ne prouve rien ! De plus, il faut y aller mollement, parce que, si l'une des deux *est vraiment* coupable, l'autre est nécessairement innocente !

— En outre, Guy Carpenter est un notable du pays et il pourrait bien, un de ces jours, aller s'asseoir aux Communes !

— Ça, dit Spence d'une voix ferme, s'il était coupable ou seulement complice, ça ne suffirait pas à le sauver !

— Je le sais. Seulement, il faudrait *une certitude.*

— Oui. En tout cas, nous sommes bien d'accord ? Ou c'est Mrs Rendell ou c'est Eve Carpenter !

Poirot soupira.

— Non... Je ne peux pas dire ça... Il y a d'autres possibilités.

— Lesquelles ?

Poirot ne répondit pas tout de suite. Après un moment de silence, il dit, sur le ton de la conversation de salon :

— Mon cher Spence, pourquoi les gens conservent-ils des photos ?

— Est-ce que je sais ? C'est comme si vous me demandiez pourquoi les gens gardent des tas de vieilleries qui ne leur serviront jamais à rien. Ils les gardent parce qu'ils les gardent, voilà tout !

— Jusqu'à un certain point, c'est assez vrai. Il y a des gens qui ne jettent rien et d'autres qui se débarrassent de tout ce dont ils n'ont plus besoin. Question de tempérament. Mais c'est de photos que je parle ! Pourquoi les gens gardent-ils des *photos* ?

— Parce qu'ils n'aiment pas jeter, comme je viens de vous le dire. Ou bien parce que ça leur rappelle des souvenirs...

— Voilà ! s'écria Poirot. *Ça leur rappelle des souvenirs !* Et, une fois encore, je demande : Pourquoi une femme conserve-t-elle une photo d'elle, prise au temps où elle était jeune ? La première réponse qui me vient à l'esprit, c'est celle-ci : par vanité. Elle a été jolie et cette photo l'aide à s'en souvenir, la réconforte quand son miroir lui renvoie une image qui la consterne. Quand elle montre sa photo à ses amis, elle dit : « A dix-huit ans, j'étais comme ça ! » et elle pousse un soupir... Vous êtes d'accord ?

— Oui, certainement.

— Donc, réponse numéro un : par vanité. Réponse numéro deux : par sentimentalité.

— Ce n'est pas la même chose ?

— Pas tout à fait. Parce que, dans ce cas, il peut s'agir de la photo de quelqu'un d'autre... Une mère garde le portrait de ses enfants quand ils étaient tout petits, un fils ou une fille le portrait de sa mère, surtout si elle est morte jeune. « Voici maman quand elle était jeune... »

— Je commence, mon cher Poirot, à voir où vous voulez en venir.

— Troisième raison, *par haine*. Qu'en pensez-vous ?

— Par haine ?

— Mais oui !... Pour entretenir en soi une volonté de vengeance. Quelqu'un vous a fait du mal, vous conservez sa photo pour être sûr que vous n'oublierez pas !

— Ce serait le cas dans l'affaire qui nous occupe ?

— Pourquoi pas ?

— Vous avez une idée, Poirot ? Laquelle ?

Poirot toussota.

— Les journaux n'impriment pas toujours que des choses véridiques. Le *Sunday Comet* a écrit qu'Eva Kane avait été engagée par les Craig comme gouvernante des enfants. Est-ce exact ?

— Oui. Mais il me semblait que nous avions admis vous et moi, que c'était Lily Gamboll que nous recherchions !

Poirot se redressa dans son fauteuil.

— Examinez la photo de Lily Gamboll, Spence ! On ne peut pas dire que cette fille-là est jolie. Avec ces dents qui avancent et ces énormes lunettes, elle est positivement horrible. Cette photo, donc, personne ne l'a gardée pour la première des raisons que nous avons énumérées. Aucune femme ne tirerait vanité d'un tel portrait. Shelagh Rendell et Eve Carpenter sont jolies, toutes les deux, celle-ci plus encore que celle-là. Si cette photo représentait l'une d'elles, il y a longtemps que celle-ci l'aurait déchirée pour la faire disparaître à tout jamais !

— Je ne dis pas qu'il n'y a pas du vrai là-dedans.

— La première de nos trois raisons est donc écartée. Voyons la seconde ! Y avait-il quelqu'un pour aimer Lily Gamboll, à l'époque où cette photo a été prise ? J'ai l'impression que, sachant ce que nous savons, nous pouvons répondre non. Elle était venue la dernière dans une famille déjà trop nombreuse et on s'était empressé de la confier à sa tante, sans doute la seule personne qui eût pour elle quelque affection. La tante est morte, vous savez comment. Notre seconde raison n'est donc pas plus à retenir que la première. Reste la troisième ! La photo a-t-elle été conservée par quelqu'un qui haïssait Lily Gamboll ? J'en doute. La tante assassinée n'avait pas de mari, pas d'amis tenant beaucoup à elle ; je ne crois pas que quelqu'un se soit trouvé pour se dire qu'il fallait absolument qu'elle fût vengée.

— Une minute, Poirot ! Si je comprends bien, vous êtes en train de m'expliquer que, cette photo, *personne* n'avait la moindre raison de la garder ?

— Exactement.

— Pourtant, quelqu'un l'a gardée ! Mrs Upward l'avait déjà vue !

— *L'avait-elle vue ?*

— Mais, fichtre de fichtre ! Poirot, c'est vous-même qui me l'avez dit ! Elle l'avait vue ! Elle vous l'avait dit !

— Elle me l'avait dit, c'est exact ! répondit Poirot. Mais Mrs Upward était une femme assez secrète par certains côtés. Je lui ai montré les photos et il en est une qu'elle a reconnue. Seulement, pour une raison que j'ignore, elle a voulu garder pour elle seule ce qu'elle venait de découvrir. Quand je lui ai demandé quelle photo elle reconnaissait délibérément elle m'en a montré une autre, une qui n'était pas la *bonne.*

— Mais pourquoi ?

— Probablement pour ne pas être gênée dans son action.

— Un chantage ? Ça m'étonnerait ! Veuve d'un grand industriel, elle était très riche.

— Je ne pensais pas à un chantage. Je croirais plutôt que, cette personne reconnue, elle l'aimait bien et ne tenait nullement à divulguer son secret. Mais, *curieuse,* elle voulait pourtant avoir une conversation avec elle, afin sans doute d'éclaircir un point qui la tracassait, vous devinez lequel. Elle voulait savoir si ladite personne était pour quelque chose dans la mort de Mrs Mac Ginty. C'était ça, selon toute probabilité.

— De sorte que nous restons avec les trois autres photos ?

— Vous l'avez dit ! Mrs Upward s'était promis d'entrer en contact avec la femme en question à la première occasion. Celle-ci se présenta quand Robin et Mrs Oliver se rendirent à Cullenquay.

— *Et elle a téléphoné à Deirdre Henderson !* Ce qui remet dans le coup non pas seulement Deirdre Henderson, *mais aussi sa mère* !

Avec un soupir découragé, hochant la tête, le commissaire ajouta :

— Il n'y a pas à dire, monsieur Poirot, vous aimez compliquer les choses !

CHAPITRE XXI

Mrs Wetherby rentra chez elle d'un pas étonnamment alerte pour une femme que l'on s'accordait à considérer comme à peu près impotente. La grille franchie, elle se remit à tirer la jambe et c'est en se traînant qu'elle gagna son salon, où elle s'écroula sur un canapé. Il lui fallut sonner longtemps, et par deux fois, pour obtenir que sa nouvelle soubrette vînt aux ordres. Maude Williams parut enfin, un plumeau à la main mais très élégante dans son tablier à fleurs.

— Vous m'avez appelée, madame ?

— Oui, et plus longtemps que je ne voudrais. Quand je sonne, il faut accourir tout de suite. Je puis avoir besoin de soins immédiats.

— Je suis désolée, madame. J'étais en haut.

— Je le sais. Vous étiez dans ma chambre Je vous ai entendu marcher et ouvrir des tiroirs. J'ai horreur qu'on fouine dans mes affaires, vous ferez bien de vous en souvenir !

— Mais, madame, j'étais simplement en train de ranger !

— N'espérez pas que je vais vous croire ! vous êtes toutes les mêmes et, je le répète, je ne veux pas de ça ! Je me sens très lasse. Miss Deirdre est à la maison ?

— Miss Deirdre est allée promener le chien.

— La petite sotte ! elle savait pourtant que je pourrais avoir besoin d'elle. Battez-moi un œuf dans du lait, avec un peu de cognac, et apportez-le-moi !

— Il ne reste plus que trois œufs pour le petit déjeuner de demain...

— Quelqu'un se passera d'œuf, voilà tout !... Allez ! Ne restez pas là à me regarder !... Et puis, maquillez-vous un peu plus discrètement ! Vous ne savez pas de quoi vous avez l'air !

Un chien aboya dans le vestibule. Deirdre, tout essoufflée, entra dans le salon comme Maude Williams en sortait.

— Qu'est-ce que tu lui as dit ? demanda la jeune fille à sa mère. Elle avait l'air furieux !

— Je l'ai remise à sa place, c'est tout !

— Oh ! ma chère petite maman, nous en sommes déjà là ! On ne va encore pas pouvoir la garder...

— Naturellement, tu ne vois que ça ! Qu'elle m'ait répondu avec insolence ça ne compte pas !... Enfin ! Sois tranquille, je ne vous ennuierai plus longtemps !

Mrs Wetherby ferma les yeux, haleta avec application et murmura :

— J'ai trop marché.

— Tu n'aurais pas dû sortir, maman chérie. Si tu m'avais prévenue...

— Je pensais que le grand air me ferait du bien... Tout ça n'a pas grande importance, va !... On ne tient plus guère à vivre quand on est une charge pour tout le monde !

— Mais tu n'es pas une charge pour personne, maman ! Si je ne t'avais plus, je mourrais !

— Tu es une brave petite fille !

Après un long soupir, Mrs Wetherby ajouta, d'une voix mourante :

— J'ai tort de tant parler. Laisse-moi reposer !

— Je vais voir où en est Maude avec son lait de poule.

Deirdre sortit en courant, bousculant une table et heurtant du coude un petit dieu en bronze qui tomba sur le plancher. Mrs Wetherby ouvrit les yeux, dit à mi-voix : « Quelle maladroite ! » puis referma les paupières.

Peu après, Mr Wetherby entrait dans le salon. Il s'arrêta à la porte, regardant sa femme. Elle ouvrit les yeux.

— Ah ! c'est toi !

— Oui. Je me demandais ce qui se passait ! Il est impossible de lire tranquillement dans cette maison.

— C'est Deirdre qui rentrait, avec le chien.

Mr Wetherby se baissa pour ramasser le petit dieu hindou.

— Elle devrait faire un peu plus attention !

— Que veux-tu ? Elle est maladroite.

— A son âge, c'est ridicule ! Et elle ne pourrait pas empêcher ce chien de nous casser les oreilles ?

— Je lui parlerai, Roger.

— Qu'elle vive ici, soit ! mais alors, qu'elle tienne un peu compte de notre tranquillité et qu'elle ne se comporte pas comme si la maison lui appartenait ?

— Tu préférerais peut-être qu'elle s'en aille ?

A travers ses paupières mi-closes, Mrs Wetherby guettait la réaction de son mari.

— Non, dit-il, bien sûr que non ! Sa place est avec nous. Je lui demande seulement d'être moins bruyante et moins brusque.

Après un silence, il reprit :

— Tu es sortie ?

— Je suis allée à la poste.

— Toujours rien de neuf à propos de la pauvre Mrs Upward ?

— Rien. La police ne sait toujours pas qui l'a tuée.

— A-t-elle seulement trouvé le mobile du crime ? Qui hérite d'elle ?

— Son fils, j'imagine.

— Oui, pour moi, le coup a été fait par un chemineau. Tu devrais dire à ta nouvelle bonne de bien veiller à tenir la porte d'entrée toujours fermée et de mettre la chaîne de sûreté dès que le soir commence à tomber. Ces gens ont toutes les audaces...

— Chez Mrs Upward, on n'aurait rien pris.

— Curieux.

— Tandis que, chez Mrs Mac Ginty, il y avait eu vol...

— Mrs Mac Ginty ?... Ah ! oui, la femme de ménage ! Je ne vois pas le rapport avec Mrs Upward.

— Elle travaillait chez elle.

— Ne dis pas de sottises, Edith !

Mrs Wetherby ferma de nouveau les yeux.

Elle ne les rouvrit qu'un peu plus tard, quand Maude Williams lui apporta son lait de poule.

CHAPITRE XXII

1

Hercule Poirot prit un taxi pour rentrer à Broadhinny.

Il se sentait fatigué, ainsi qu'il lui arrivait souvent quand il avait beaucoup réfléchi, mais assez satisfait. Son puzzle n'était pas encore en place, mais il avait l'impression qu'il le terminerait avant peu. Quelques pièces le tracassaient encore. Il finirait bien par découvrir où elles allaient.

A la sortie de Kilchester, sa voiture croisa la camionnette de Summerhayes, qui venait en sens inverse. Le détective, encore absorbé dans ses pensées, remarqua qu'il y avait quelqu'un à côté de Johnny, qui conduisait.

Dès son arrivée à Long Meadows, Poirot gagna le salon. Il alla à son fauteuil préféré, le meilleur, et s'y installa confortablement, après avoir posé sur le canapé la grande bassine pleine d'épinards que Mrs Summerhayes avait oubliée sur le siège. Poirot ferma les yeux.

Il entendait le faible clic-clac d'une machine à écrire dans la chambre du premier étage, juste au-dessus de lui. C'était Robin Upward, peinant sur sa pièce. Il avait expliqué à Poirot qu'il en était à sa troisième version.

— Je n'arrive pas à lier deux idées ensemble, avait-il dit, mais je m'impose de continuer à travailler. Je sais que c'est ce que *Madre* aurait voulu.

Une excuse commode, souvent invoquée, les morts n'étant plus là pour protester. Probablement valable, d'ailleurs, dans le cas de Robin Upward. Très fière de lui, Mrs Upward croyait au génie dramatique de son fils...

Poirot sursauta, arraché à ses réflexions par Maureen Summerhayes, qui venait d'entrer dans la pièce, en coup de vent selon son habitude.

— Je ne sais pas ce qui a bien pu arriver à Johnny, dit-elle. Il est allé porter des paquets à la poste et il devrait être rentré depuis longtemps. Je ne suis pas inquiète, mais j'aurais besoin de lui pour réparer la porte du poulailler...

L'idée vint bien à Poirot de proposer ses services, mais il la chassa. Ses obligations d'homme du monde passaient après ses devoirs de détective. Deux crimes l'occupaient, sur lesquels il devait encore réfléchir.

— Avec ça, reprit Maureen, je ne peux pas remettre la main sur cette feuille que nous a envoyée le ministère de l'Agriculture ! J'ai cherché partout... Du diable si je sais où j'ai pu la fourrer !

Elle inspecta le bureau, bousculant tout, puis ouvrit les tiroirs, fourgonnant dans leur contenu, dont une bonne partie s'éparpilla sur le plancher, sans qu'elle y prît garde. Poirot la regardait faire avec consternation. Finalement, elle poussa un cri de triomphe :

— La voilà !

Dix secondes plus tard, elle avait quitté la pièce. Poirot poussa un soupir de soulagement et se disposa à reprendre sa méditation. Il lui fallait procéder avec ordre et méthode...

Il fronça le sourcil, distrait par tous ces objets disparates qu'il apercevait, épars sur le parquet. Il tourna légèrement son fauteuil de côté pour ne plus les voir.

Ces saletés qu'il savait à deux pas de lui l'empêchaient de réfléchir. Il y avait là, par terre, des bobines de fil, des chaussettes, des lettres, de vieux magazines, de la cire à cacheter, des photos, un pull-over...

N'y tenant plus, Poirot se leva pour tout remettre dans les tiroirs. Il terminait quand la sonnerie du téléphone se déclencha. Il courut à l'appareil.

— Allô ?

— Allô ! C'est vous, Poirot ? Ça tombe bien ! C'est justement vous que je voulais !

C'était le commissaire Spence.

— Du nouveau ? demanda Poirot.

— Oui. J'ai idée qu'il vous faudra renoncer à ce roman que vous m'avez conté tout à l'heure. Nous avons un témoin : une petite qui travaille à la poste de Broadhinny. Summerhayes vient de nous l'amener. L'autre soir, elle était juste en face de la villa. Elle a vu une femme y entrer, entre huit heures et demie et neuf heures, et ce n'était pas Deirdre Henderson, mais une blonde. Nous nous retrouvons donc où nous en étions : Eve Carpenter ou Shelagh Rendell. Laquelle des deux ? C'est la question, et la seule !

Poirot ouvrit la bouche pour répondre, puis la ferma sans avoir rien dit. Tranquillement, il remit le récepteur en place. Il le reprit presque aussitôt, sur un nouvel appel de la sonnerie.

— Allô ?

— Je désirerais parler à M. Poirot.

— C'est moi.

— J'avais reconnu votre voix. Ici, Maude Williams. Pouvez-vous me retrouver à la poste dans un quart d'heure ?

— Entendu ! J'y serai.

Poirot posa l'appareil, alla prendre son chapeau dans le vestibule et sortit. En cours de route, il rencontra, sortant de Laburnums, un des hommes du commissaire Spence, le sergent Fletcher.

— Bonjour, monsieur Poirot !

— Bonjour, sergent !

Fletcher arborait un large sourire.

— Je viens de Laburnums, expliqua-t-il. Le commissaire m'avait demandé d'y faire un petit tour, histoire de voir si nous n'avions pas négligé un détail quelconque. On ne sait jamais, hein ?... Il pensait surtout à un petit bureau, que nous avions examiné, mais dont un tiroir secret... Il a dû lire des romans d'espionnage, ces temps-ci... Bref, il n'y avait pas de tiroir secret ! Seulement, pendant que j'y étais, j'ai jeté un coup d'œil dans la bibliothèque. Quelquefois, les gens oublient une lettre dans le bouquin qu'ils lisent...

— Et vous avez trouvé quelque chose ? demanda Poirot.

— Oui. Ce n'est pas une lettre, mais j'ai idée que c'est intéressant quand même... Regardez !

Il dégagea du journal qui l'enveloppait le livre qu'il tenait à la main et le tendit au détective.

— C'est un vieux bouquin, mais regardez la page de garde !

On y lisait un nom, écrit au crayon : *Evelyn Hope.*

Poirot restitua le livre au sergent, qui reprit :

— Vous ne croyez pas que c'est intéressant ? Ce nom-là, pour le cas où vous ne vous en souviendriez pas, c'est celui...

— Je sais, dit Poirot. Celui qu'a pris Eva Kane lorsqu'elle a quitté l'Angleterre.

— De sorte que j'ai bien l'impression que, lorsque Mrs Mac Ginty a reconnu quelqu'un dans les photos du *Sunday Comet,* celle qu'elle a reconnue, c'est bel et bien Mrs Upward ! Ça complique plutôt les choses !

— Aucun doute là-dessus ! déclara Poirot d'un ton convaincu. Je puis vous certifier que, lorsque vous aurez fait part de votre trouvaille à Spence, il s'arrachera les cheveux ! C'est une certitude !

— Espérons qu'il n'ira pas jusque-là !

Poirot ne répondit pas et reprit sa route. Les choses décidément, allaient de mal en pis. Rien ne tenait debout dans cette histoire où il devenait impossible de seulement échafauder une hypothèse !

Il pénétra dans le bureau de poste. Maude Williams était là, qui examinait des modèles de tricot. Poirot ne lui parla pas et alla au guichet des timbres. Quand Maude eut choisi ce qu'elle voulait, Mrs Sweetiman vint à Poirot, qui lui acheta quelques vignettes. Il sortit peu après Maude, la rattrapa presque immédiatement et se mit à marcher à ses côtés.

Mrs Sweetiman, qui s'était approchée de la fenêtre, fit une grimace dégoûtée et murmura, écœurée :

— Ces étrangers ! Tous pareils ! Un homme qui pourrait être son grand-père !

2

— Alors, dit Poirot, vous avez quelque chose à me dire ?

— Je ne sais pas si c'est important, mais quelqu'un a essayé de s'introduire, par la fenêtre, dans la chambre de Mrs Wetherby.

— Quand ?

— Ce matin. *Elle était sortie*, et la petite aussi, qui était allée promener le chien. L'autre empaillé était enfermé dans son bureau, comme toujours. Moi, normalement, j'aurais dû être dans la cuisine, mais, comme l'occasion me semblait bonne, j'étais montée pour fouiner un peu dans la chambre de Mrs Wetherby.

Quand j'ai ouvert la porte, j'ai vu un homme, grimpé sur une échelle appliquée à l'extérieur. Il essayait d'ouvrir la fenêtre, mais elle était fermée au loquet. Il m'a aperçue tout de suite et vous pensez qu'il n'a pas attendu pour se laisser glisser en bas. L'échelle était celle du jardinier, qui s'en sert pour tailler le lierre. Il n'est pas là en ce moment.

— L'homme, qui était-ce ? Vous pourriez le décrire ?

— Je n'ai fait que l'entrevoir et je n'ai même pas vu sa figure !

— Mais vous êtes sûre que c'était un homme ?

Maude réfléchit un instant.

— Il avait un vieux chapeau de feutre et des vêtements d'homme... Mais, bien sûr, ce pouvait être une femme...

— Intéressant, dit Poirot, très intéressant... A part ça, rien d'autre ?

— Pas encore ! Vous n'imaginez pas toutes les vieilleries que cette femme-là peut conserver ! A croire qu'elle est cinglée ! Ce matin, je ne l'ai pas entendu rentrer et elle m'a accusée de fureter dans ses affaires. Ah ! elle n'est pas tendre ! La prochaine fois, je la tue ! C'est une chipie et si jamais quelqu'un a bien mérité d'être zigouillé, c'est bien elle !

Doucement, Poirot prononça un nom :

— Evelyn Hope...

Maude tourna vivement la tête vers lui.

— Vous dites ?

— Vous connaissez ce nom-là ?

— Mon Dieu !... oui. C'est celui que cette Eva je-ne-sais-plus-quoi a pris quand elle est partie pour l'Australie. Je l'ai vu dans le journal... dans le *Sunday Comet*.

— Le *Sunday Comet* a dit bien des choses, mais il n'a pas imprimé ce nom-là. La police l'a trouvé écrit sur la page de garde d'un livre, chez Mrs Upward.

— Ainsi, s'écria Maude, *c'était bien elle* !... Et elle n'était *pas morte là-bas* ! Michaël avait raison.

— Michaël ?

— Je n'ai pas le temps de vous expliquer. Je suis déjà en retard. J'ai un rôti dans le four...

Elle partit en courant. Poirot, immobile, la regarda s'éloigner.

A la poste, Mrs Sweetiman, le nez collé à la vitre, se demandait si le vieil homme n'avait pas fait à la jeune femme des propositions déshonnêtes...

3

De retour à Long Meadows, Poirot retira ses souliers et chaussa des pantoufles. Elles manquaient de chic, il était le premier à en convenir, mais elles étaient confortables et ses pieds commençaient à le faire souffrir.

Il se réinstalla dans le meilleur fauteuil du salon, ferma les yeux et se mit à réfléchir.

Il avait négligé certaines petites choses. Il fallait voir si elles n'avaient pas leur place dans le puzzle. Les pièces, il devait les avoir toutes. Restait à les disposer...

Il revit Maureen, un verre à la main, posant une certaine question, puis Mrs Oliver, lui racontant la soirée au théâtre de Cullenquay. Michaël ? Il était presque sûr qu'elle avait parlé d'un Michaël. Il songea à Eva Kane, gouvernante des enfants Craig...

Evelyn Hope...

Mais bien sûr, c'était ça ! *Evelyn Hope !*

CHAPITRE XXIII

1

Eve Carpenter entra chez les Summerhayes par la première porte qu'elle rencontra — c'était là un usage solidement établi et les familiers passaient aussi volontiers par les fenêtres que par les portes — et elle se mit à la recherche d'Hercule Poirot. Quand elle l'eut trouvé, elle s'accorda à peine le temps de lui dire bonjour et, sans préambule, en vint tout de suite à ce qui l'amenait.

— Monsieur Poirot, dit-elle, vous êtes détective, et même bon détective, à ce qu'il paraît. Parfait ! Je loue vos services.

— Et s'ils ne sont pas à louer ? objecta Poirot. Il ne faudrait pas me prendre pour un taxi !

— Vous êtes détective privé et, les détectives privés, on les paie. C'est exact ?

— C'est l'habitude.

— C'est bien ce que je pensais ! Soyez tranquille, vous serez payé, et largement !

— Mais pour quoi faire ?

— Pour me protéger contre la police. Ces gens-là ont perdu la raison ! Ils ont l'air de croire que c'est moi qui ai tué Mrs Upward, ils fouinent partout, ils me posent toutes sortes de questions... J'en ai assez ! Ils me rendront folle !

Poirot regarda la jeune femme. Il devait y avoir du vrai dans ce qu'elle disait. Elle semblait avoir vieilli de plusieurs années en quelques semaines. Sous ses yeux, des cercles bistres dénonçaient des nuits sans sommeil. D'une main qui tremblait fâcheusement, elle alluma une cigarette.

— Il faut que ça finisse ! reprit-elle.

— Mais, madame, que pourrais-je faire ?

— Il ne doit tout de même pas être impossible de me débarrasser d'eux ! Si Guy était un homme, ce serait déjà fait ! Il ne me laisserait pas persécuter...

— Alors qu'il ne fait rien ?

— Je ne lui ai rien dit, répondit-elle d'une voix lasse. Lui, il ne voit qu'une chose : nous devons faire tout ce que nous pouvons pour aider la police dans sa tâche. Pour *lui*, bien sûr, c'est parfait ! Le soir du crime, il était à je ne sais quelle maudite réunion politique !

— Et vous, où étiez-vous ?

— Chez moi. J'ai passé la soirée à écouter la radio.

— Si vous pouvez le prouver...

— Mais comment le prouver ? J'ai offert aux Croft une somme fabuleuse pour qu'ils déclarent qu'effectivement ils m'avaient vue, installée devant mon poste de radio. Ces deux sales bêtes ont refusé !

— La proposition était, de votre part, fort maladroite.

— Je ne vois pas pourquoi. Leur témoignage aurait tout arrangé...

— Vous croyez ?... A l'heure qu'il est, et par votre faute, vos domestiques sont probablement convaincus que c'est vous qui avez tué Mrs Upward.

— De toute façon, j'avais déjà payé Croft pour...

— Pour ?

— Non, rien.

— J'insiste. N'oubliez pas que vous me demandez mon assistance !

— Il s'agit d'une chose sans importance. Croft, ce soir-là, a pris pour moi une communication téléphonique.

— De Mrs Upward ?

— Oui. Elle me priait d'aller la voir dans la soirée.

— Mais vous dites que vous n'avez pas bougé de chez vous !

— Pourquoi serais-je allée chez elle ? C'était une vieille femme impossible et je ne vois pas pourquoi j'aurais été m'ennuyer en sa compagnie ! Je n'ai pas songé une minute à répondre à son invitation.

— A quelle heure ce coup de téléphone a-t-il été donné ?

— Je ne saurais le dire exactement, mais c'est pendant que j'étais dehors, c'est-à-dire entre cinq et six. C'est Croft qui a pris la communication.

— Et vous lui avez donné de l'argent pour qu'il oublie le message. Pourquoi ?

— Ne posez donc pas de questions stupides ! Je ne tenais pas à être mêlée à l'affaire, voilà tout !

— Et, par là-dessus, vous lui avez encore offert de l'argent pour qu'il vous donne un alibi ! Après tout cela, qu'est-ce que vous vous figurez qu'ils pensent, les Croft ?

— Ça m'est bien égal !

— Ça intéresserait peut-être un jury !

Elle demanda, étonnée :

— Vous parlez sérieusement ?

— Tout à fait !

— Il croirait mes domestiques, et pas moi ?

Poirot la regarda, lui aussi passablement surpris. Elle était belle, mais stupide. Elle avait des yeux magnifiques, très grands, très bleus, mais elle était myope.

— Pourquoi ne portez-vous pas des verres, madame ? demanda-t-il d'un ton paisible. Vous en auriez besoin.

— Des verres ? J'en mets quelquefois. Enfant, j'en avais toujours...

— Et vous aviez aussi, pour vos dents, un appareil de redressement ?

Stupéfaite, elle dit :

— C'est exact, mais où voulez-vous en venir ?... Je reconnais que j'étais fort laide...

— C'était l'avis de votre mère ?

Elle répliqua, d'une voix acide :

— Je ne me souviens pas de ma mère et nous sommes loin du sujet. Acceptez-vous ma proposition ?

— Je regrette, mais je suis dans l'obligation de la refuser.

— Et pourquoi donc ?

— Parce que j'ai déjà, en cette affaire, à défendre les intérêts de James Bentley.

— James Bentley ?... Vous parlez de ce simple d'esprit qui a assassiné une femme de ménage ? Qu'est-ce qu'il a à faire avec la mort de Mrs Upward ?

— Rien... peut-être.

— Alors, c'est une question d'argent ? Dites votre prix !

— C'est là votre grande erreur, madame ! Pour vous, tout se chiffre et tout s'achète. Vous avez de l'argent et vous croyez que, seul, l'argent compte !

— Je n'en ai pas toujours eu, dit Eve Carpenter.

Poirot hocha la tête.

— Je m'en doutais.

Comme se parlant à lui-même, il ajouta :

— Ça explique bien des choses... et ça en excuse quelques-unes !

2

Eve Carpenter partie, Poirot reprit le cours de ses réflexions.

Ainsi, Mrs Upward avait appelé au téléphone non seulement Deirdre Henderson, mais aussi Evelyn Carpenter. Et personne d'autre ? C'était à voir...

Maureen entra, en trombe comme toujours.

— Cette fois, j'ai perdu mes ciseaux ! J'en ai trois paires et je ne suis pas fichue de mettre la main sur une seule !

Elle se précipita sur le bureau et Poirot assista à la répétition d'une scène dont il commençait à avoir l'habitude. En un instant, une bonne partie du contenu des tiroirs se retrouva sur le plancher. Maureen poussa un cri de joie et, ses ciseaux récupérés, disparut. Presque automatiquement, Poirot se leva et entreprit de réparer les dégâts. Un bâton de cire à cacheter, quelques feuilles de papier blanc, une corbeille à ouvrage réintégrèrent les tiroirs. Puis, des photos...

Poirot, soudain, s'immobilisa, les yeux fixés sur celle qu'il tenait à la main.

Ayant entendu des pas dans le couloir, il courut vivement au canapé et glissa la photo sous un coussin, sur lequel il était lui-même assis depuis une demi-seconde quand Maureen fit sa réapparition dans la pièce.

— Où diable ai-je laissé ma bassine d'épinards ?

— Mais ici, madame !

Ce disant, Poirot montrait la bassine, posée à côté de lui sur le canapé. Maureen éclata de rire, reprit son bien, puis s'inquiéta du confort de Poirot.

— Pourquoi restez-vous là, monsieur Poirot ? C'est le plus mauvais siège de toute la maison ! Tous ses ressorts sont cassés...

— Je le sais, madame. Je... j'admire cette toile magnifique qui est au mur, juste en face de moi.

Maureen tourna la tête vers le portrait. C'était celui d'un officier de marine avec accessoires, télescope compris.

— C'est la seule bonne peinture qu'il y ait ici, dit-elle. Elle pourrait bien être de Gainsborough...

Avec un soupir, elle ajouta :

— Malheureusement, ce portrait, Johnny ne veut pas le vendre. C'est son arrière-grand-père et je crois bien qu'il a coulé avec son navire, après s'être conduit en héros, ainsi qu'il sied. Johnny est terriblement fier de lui.

— Oui, dit Poirot, il y a différentes choses dont votre mari peut être fier.

3

Il était trois heures lorsque Poirot arriva chez le docteur Rendell.

Il avait mangé du lapin bouilli extraordinairement fade, avec des pommes de terre mal cuites, il avait bu une demi-tasse de café boueux et n'était pas de trop bonne humeur.

La porte lui fut ouverte par la vieille Mrs Scott. Il demanda à voir Mrs Rendell.

Elle était au salon en train d'écouter une émission de radio, et Poirot crut remarquer qu'elle était assez étonnée de sa visite. Elle semblait sur ses gardes et, cette fois encore, donnait l'impression d'avoir peur de Poirot. De lui ou de ce qu'il représentait.

— Madame, dit Poirot, je suis ici parce que je désirerais vous poser une question.

— Une question ? Mais... volontiers !

— Mrs Upward vous a-t-elle téléphoné le jour de sa mort ?

— Oui.

— A quelle heure ?

— C'est Mrs Scott qui a pris la communication. Il était autour de six heures, je crois.

— Mrs Upward vous priait de vous rendre chez elle dans la soirée ?

— C'est cela. Mrs Oliver et Robin allaient à Kilchester, c'était le jour de sortie de Janet, Mrs Upward serait seule et elle me demandait de venir lui tenir compagnie.

— Avait-elle fixé une heure ?

— Neuf heures ou après.

— Et vous êtes allée chez elle ?

— J'en ai eu l'intention, mais, je ne sais comment cela s'est fait, ce soir-là, après le dîner, je me suis endormie. Je ne me suis réveillée qu'à dix heures et j'ai pensé qu'il était trop tard...

— Vous n'avez pas parlé à la police du coup de téléphone de Mrs Upward ? dit Poirot.

Elle le regarda avec de grands yeux étonnés.

— Vous croyez que j'aurais dû le faire ? Puisque je n'étais pas allée chez elle...

Elle ajouta :

— Et puis, peut-être que je me sentais un peu coupable ! Si je ne l'avais pas laissée seule ce soir-là, peut-être serait-elle encore en vie aujourd'hui...

Il y eut un silence.

— *De quoi avez-vous peur, madame ?*

La question était directe. Mrs Rendell battit des cils, et dut, avant de répondre, reprendre sa respiration.

— Peur ? Mais je n'ai pas peur !

— Vous avez peur, madame.

— Vous plaisantez !... De quoi aurais-je peur ?

— Qui sait ?... *De moi*, peut-être !

Elle ne répondit pas. Une fugitive expression de surprise passa sur son visage, puis, lentement, Mrs Rendell leva la tête, comme pour défier Poirot du regard.

CHAPITRE XXIV

— Et nous restons en plein cirage ! dit Spence.

Poirot protesta gentiment :

— Mais non, mais non...

— Allons donc ! s'écria Spence. Chaque fois que nous récoltons un renseignement, les choses se compliquent un peu plus ! Voici maintenant que vous me racontez que Mrs Upward a donné ce jour-là *trois* coups de téléphone, pour demander à trois femmes de venir passer la soirée avec elle ! Pourquoi trois ? Est-ce que cela signifie qu'elle ne savait pas elle-même laquelle des trois était Lily Gamboll ? Ou devons-nous comprendre qu'il ne s'agit pas du tout de Lily Gamboll ? C'est comme ce bouquin sur lequel on a écrit le nom d'Evelyn Hope ! Il donnerait sérieusement à penser que Mrs Upward et Eva Kane n'étaient qu'une seule et même personne...

— Ce qui corroborerait ce que James Bentley nous a dit des confidences à lui faites par Mrs Mac Ginty.

— Je croyais qu'il n'était pas sûr du tout de l'identité de la personne dont elle lui avait parlé.

— En effet. Mais demander à James Bentley d'être sûr de quelque chose, c'est exiger l'impossible ! Il ne prêtait aux propos de Mrs Mac Ginty qu'une oreille distraite. Malgré cela, s'il a eu comme il nous l'a dit, l'impression que c'est de Mrs Upward qu'elle lui parlait, il est très probable que cette impression correspondait à la réalité.

— Les dernières informations que nous avons reçues d'Australie — car c'est en Australie qu'elle est allée, en définitive, et non aux Etats-Unis — semblent établir que la « Mrs Hope » en question est morte là-bas, il y a vingt ans.

— On me l'a déjà dit.

— Vous savez tout, n'est-ce pas, Poirot ?

Poirot négligea la pointe et dit :

— A un bout, donc, nous avons « Mrs Hope », morte en Australie. Et à l'autre ?

— A l'autre, nous avons Mrs Upward, épouse d'un riche manufacturier de la région de Leeds, lequel mourut peu après qu'elle lui eut donné un fils. L'enfant étant de santé délicate, avec des prédispositions à la tuberculose, la veuve, après la mort de son mari, a presque constamment vécu à l'étranger.

— Ce roman, quand commence-t-il ?

— Quatre ans après qu'Eva Kane eut quitté l'Angleterre. Upward avait rencontré quelque part à l'étranger celle qui devait devenir sa femme et l'avait ramenée en Angleterre, après son mariage.

— De sorte que Mrs Upward *pouvait* fort bien être Eva Kane. Comment s'appelait-elle, de son nom de jeune fille ?

— Hargraves, paraît-il. Mais un nom, qu'est-ce que ça signifie ?

— Je suis bien de votre avis ! Eva Kane, ou Evelyn Hope, peut être morte en Australie, l'hypothèse est vraisemblable, mais il se peut aussi qu'après s'être arrangée pour mourir là-bas elle ait trouvé le moyen de ressusciter sous le nom de Hargraves et de faire un beau mariage.

— Admettons ! dit Spence. Admettons aussi qu'elle

a conservé une vieille photo d'elle-même et que cette photo, Mrs Mac Ginty l'a vue. Cela posé, nous sommes obligés de penser que, *c'est elle* qui a tué Mrs Mac Ginty !

— Il n'y a rien d'impossible. Ce soir-là, Robin Upward faisait une émission de radio. Mrs Rendell dit qu'elle est allée à la villa et qu'elle n'a pas réussi à se faire entendre. Et n'oublions pas que Mrs Sweetiman nous a dit que, d'après Janet Groom, Mrs Upward était loin d'être aussi impotente qu'elle voulait le faire croire.

— Tout cela est très joli, Poirot, mais il reste que *Mrs Upward elle-même a été tuée,* après avoir reconnu une photographie. D'après ce que vous dites, vous paraissez tout prêt à admettre que les deux crimes ne sont pas liés !

— Je n'ai pas dit ça. Ils le sont bel et bien !

— Alors, j'abandonne !

— La clé du problème, c'est Evelyn Hope.

— Evelyn Carpenter ? C'est ça votre idée ? *Il ne s'agit pas de Lily Gamboll,* mais de la fille d'Eva Kane !... Mais, voyons, Poirot, elle n'aurait pas tué sa propre mère !

— Non. Il n'est pas question de parricide.

— Ce que vous pouvez être agaçant, mon cher Poirot ! Continuez et vous allez me dire que Lily Gamboll, Eva Kane, Janice Courtland et Vera Blake vivent *toutes les quatre* à Broadhinny, et ça nous fera quatre suspectes !

— Nous en avons plus que ça. Eva Kane était la gouvernante des petits Craig, ne l'oubliez pas !

— Qu'est-ce que ça peut nous faire ?

— Ces petits Craig, combien étaient-ils ?

— Deux, je crois. Un garçon et une fille.

— Que sont-ils devenus ?

— Des parents se sont chargés d'eux...

— Et voilà donc deux personnes encore dont nous devons tenir compte, deux personnes qui peuvent fort bien avoir conservé une vieille photo, pour la troisième des raisons que je vous ai énumérées : le désir de se venger.

— Je ne crois pas ça...

Poirot poussa un soupir.

— L'hypothèse reste pourtant à considérer. Je crois savoir la vérité, mais il y a encore un fait qui me déconcerte terriblement...

— Je ne peux pas dire que j'en suis fâché !

— Dites-moi, mon cher Spence... Eva Kane a bien quitté l'Angleterre avant l'exécution de Craig ?

— C'est exact.

— Et, à ce moment-là, elle attendait un bébé ?

— Oui.

— Quel imbécile je suis ! s'écria Poirot. Tout cela est tellement limpide ! Vous ne trouvez pas ?

C'est cette dernière question qui faillit provoquer un troisième crime qui se serait déroulé, celui-là, dans les bureaux mêmes de la police de Kilchester : l'assassinat d'Hercule Poirot par le commissaire Spence.

2

— Je désirerais parler à Mrs Ariadne Oliver personnellement.

Obtenir la célèbre romancière au téléphone n'était pas chose facile, Poirot en fit l'expérience. Il lui fallut négocier durant quelques minutes avant d'entendre à l'autre bout une voix courroucée en laquelle il reconnut tout de suite celle de Mrs Oliver.

— Alors, demandait-elle, qu'est-ce que vous me voulez ? Vous ne pouviez pas attendre ? J'ai une idée de roman magnifique. Un crime commis dans une boutique de tailleur...

— Peut-être, dit Poirot, mais il s'agit de quelque chose d'autrement important...

— *Pas pour moi !* Car, mon idée, je la perdrai si je n'écris pas immédiatement le sénario de mon roman...

Poirot coupa la parole à sa correspondante et lui posa d'un ton impératif, quelques questions auxquelles elle répondit assez vaguement.

— Oui... C'est un petit théâtre de répertoire, mais j'ai oublié son nom... Les acteurs ? Je ne me souviens pas. Il y avait un certain Cecil je-ne-sais-comment... Et aussi un Michaël, avec lequel j'ai échangé quelques mots...

— Bravo ! C'est tout ce que je voulais savoir.

— Mais pourquoi Cecil et Michaël vous intéressent-ils ?

— Ne vous inquiétez pas, chère madame, et retournez à votre boutique de tailleur !

Poirot ajouta quelques mots de remerciement un peu plus aimables, posa le récepteur et sourit à Spence.

— Il ne me reste plus, dit-il, qu'à interviewer un jeune acteur, prénommé Michaël, qui joue les « utilités » au Repertory Theatre, à Cullenquay. Espérons seulement que ce Michaël est bien le bon !

— Mais pourquoi diable... ?

Habilement, Poirot, d'une question imprévue, apaisa la colère naissante du commissaire.

— Savez-vous mon cher ami, ce que nous appelons un secret de Polichinelle ?

Spence fronça le sourcil.

— C'est une leçon de français ?

— Un secret de Polichinelle, c'est un secret qui est à la portée de tout le monde et c'est pour cette raison même que les gens qui ne le connaissent pas n'entendent jamais parler de lui. Quand on s'imagine que vous savez une chose, personne ne vous la dit !

Le commissaire Spence serra les poings.

— Comment je réussis à ne pas vous étrangler, dit-il simplement, c'est ce que je ne comprendrai jamais !

CHAPITRE XXV

L'enquête du *coroner* était terminée. Le verdict fut celui qu'on attendait : meurtre par une personne inconnue ou plusieurs.

Après l'audience, quelques-uns de ceux qui y avaient assisté se retrouvèrent à Long Meadows, sur l'invitation de Poirot.

Soucieux du décor, Poirot avait pris la peine de mettre lui-même un peu d'ordre dans la vaste pièce du rez-de-chaussée où devait se tenir la réunion qu'il avait décidée. Des fauteuils et des chaises avaient été disposés en demi-cercle, les chiens de Maureen avaient été écartés et enfermés, non sans difficulté, et Hercule Poirot avait soigneusement choisi, tout au fond de la pièce, l'endroit d'où il prononcerait ce qu'il lui était difficile d'appeler autrement qu'une conférence.

Il s'éclaircit la gorge et commença :

— Mesdames, messieurs...

Il marqua une pause avant de poursuivre. La suite fut assez inattendue, presque ridicule :

— *Mrs Mac Ginty est morte. Comment est-elle morte ? Un genou en terre, comme ça !*

» *Mrs Mac Ginty est morte. Comment est-elle morte ? Le bras tendu, comme ça !*

» *Mrs Mac Ginty est morte. Comment est-elle morte ? Comme ça...*

Debout face à son auditoire, Poirot jouit de la stupéfaction des uns et des autres, puis il reprit :

— Rassurez-vous ! je ne suis pas fou. Si je vous cite ces vers enfantins, c'est parce que la plupart d'entre vous les connaissant, pour les avoir chantés en jouant quand ils étaient petits. Mrs Upward, qui ne les avait pas oubliés, elle non plus, me les avait rappelés dans une version comportant une menue variante. Elle disait, elle : « *Mrs Mac Ginty est morte. Comment est-elle morte ? Le cou tendu comme ça !* » Mrs Upward a tendu le cou et, comme Mrs Mac Ginty, elle est morte.

» Pour que mon exposé soit complet, il me faut maintenant revenir en arrière. Mrs Mac Ginty a été assassinée et le crime a été attribué à un certain James Bentley, qui a été arrêté, jugé et condamné. Pourtant, il n'est pas encore exécuté. Bien qu'il y ait contre Bentley de sérieuses présomptions de culpabilité, le commissaire Spence a des doutes : il se demande si l'homme n'est pas innocent. Il me parle de l'affaire, je comprends ses inquiétudes et je viens m'installer à Broadhinny pour répondre à une double question : *Qui* a tué Mrs Mac Ginty et *pourquoi* ?

» Je n'entrerai pas dans le détail d'une histoire qui serait longue et compliquée. Je me contenterai de vous signaler que c'est un banal flacon d'encre qui me mit sur la bonne piste et que j'eus la chance d'accorder une certaine attention à un journal, le *Sunday Comet*, que Mrs Mac Ginty avait lu le dimanche précédant sa mort que vous connaissez maintenant aussi bien que moi.

» Mrs Mac Ginty reconnut, dans une de ces photos, l'une de ses patronnes — elle allait en journée chez les uns et les autres — et elle signala le fait à James Bentley, qui l'écoutait à peine. La chose lui parut sans intérêt, mais il me confia plus tard qu'il avait bien eu l'impression que Mrs Mac Ginty lui avait dit avoir vu une photo toute semblable chez Mrs Upward et que c'était à Mrs Upward qu'elle pensait en lui parlant d'une personne « terriblement fière qui en rabattrait fichtrement si on savait tout ». Nous ne pouvons, certes, nous en rapporter uniquement à ce seul témoignage, mais il est certain que Mrs Upward, qui était assez autoritaire, pouvait passer pour « fière », au sens où Mrs Mac Ginty entendait le mot.

» Ainsi que vous le savez — quelques-uns d'entre vous étaient là et la chose a été racontée aux autres — j'ai, un jour, montré ces photos au cours d'une réunion chez Mrs Upward. L'expression de surprise que je remarquai sur la physionomie de Mrs Upward me donna à penser qu'elle avait reconnu quelqu'un dans une de ces photos. Je le lui dis. Elle convint que je ne me trompais pas, admettant qu'elle avait déjà vu une photo ressemblant à une de celles qui étaient là, mais ajoutant qu'elle ne se souvenait plus où. Je lui demandai de quelle photo il s'agissait. Elle posa le doigt sur celle de la petite Lily Gamboll, mais, je m'empresse de le préciser, cette photo-là n'était pas celle qu'elle avait *reconnue*. Mrs Upward, pour des raisons personnelles, voulait garder sa découverte pour elle seule et, délibérément elle cherchait à m'égarer.

» Mais *elle ne pouvait tromper l'assassin*. Il savait, lui, quelle photo Mrs Upward avait reconnue. Je ne vous ferai pas languir. Cette photo, c'était celle d'Eva Kane, une femme qui fut étroitement mêlée à l'une des « causes célèbres », de ce temps, la fameuse affaire Craig. Le lendemain, Mrs Upward était assassinée, comme Mrs Mac Ginty, et pour la même raison.

» Avant la mort de Mrs Upward, trois femmes, avaient reçu un coup de téléphone à peu près identique : Mrs Rendell, Mrs Carpenter et miss Henderson. A chacune d'elles, on transmettait un message de Mrs Upward, qui faisait savoir que, devant passer la soirée seule — sa domestique prenait un jour de congé et son fils se rendait à Cullenquay, avec Mrs Oliver — elle serait heureuse que sa correspondante vînt lui tenir compagnie après le dîner.

» Pourquoi *trois* coups de télphone ? Mrs Upward savait-elle *où* elle avait vu la photo d'Eva Kane ? Se souvenait-elle de l'avoir vue, sans pouvoir se rappeler où ? Quel était ce qu'on pourrait appeler le caractère commun des trois femmes en question ? Je n'en trouvai qu'un : *leur âge.* Elles ont toutes, une trentaine d'années.

» J'imagine que vous avez lu l'article du *Sunday Comet.* On y trouve, entre autres choses, quelques lignes touchantes sur l'avenir de la fille d'Eva Kane. Les trois femmes que Mrs Upward invitait à venir chez elle ce soir-là étaient, toutes trois, d'un âge qui pourrait être celui de la fille d'Eva Kane. On pouvait assurer que vivait à Broadhinny une jeune femme qui était la fille de Craig, le célèbre meurtrier, et d'Eva Kane, sa maîtresse, assurer également que cette jeune femme irait jusqu'aux pires extrémités pour éviter que fût révélé le secret de sa naissance. On pouvait même supposer qu'elle était allée jusqu'à tuer deux fois. Après la mort de Mrs Upward, n'avait-on pas trouvé sur la table deux tasses dans lesquelles on avait bu et n'y avait-il pas, sur l'une d'elles, de légères traces de rouge à lèvres ?

» Revenons maintenant aux trois femmes qui reçurent ces messages téléphonés. Mrs Carpenter déclare qu'elle jugea inutile de se déranger et qu'elle n'alla pas à Laburnums ce soir-là ; Mrs Rendell dit qu'elle avait l'intention de se rendre chez Mrs Upward, mais qu'elle s'est endormie dans son fauteuil ; miss Henderson, enfin, assure qu'elle est bien allée à Laburnums, mais que rien n'était allumé dans la maison et que, désespérant de se faire entendre, elle est rentrée chez elle.

» Cela, c'est ce que ces trois femmes nous disent. Seulement, il y a aussi un témoin, la jeune Edna, qui affirme de la façon la plus formelle qu'elle a vu une femme blonde entrer dans la maison. Et puis, il y a cette tasse, marquée de rouge à lèvres et, autre fait dont il faut tenir compte, ce parfum qui flottait dans l'air, un parfum élégant et coûteux qui semble être celui de Mrs Carpenter.

— Vous en avez menti ! s'écria Eva Carpenter. Ce ne pouvait être mon parfum ! Je ne suis jamais allée là-bas ! Jamais !

Tournée vers son mari, elle ajouta :

— Des mensonges pareils, Guy, on ne peut rien contre eux ?

Blême de rage, Guy Carpenter pointa sur Poirot un index accusateur.

— Vous saurez, monsieur Poirot, qu'il y a une loi sur la diffamation ! J'ai des témoins : toutes les personnes qui sont ici.

— C'est de la diffamation, répliqua Poirot, que de dire que Mrs Carpenter se sert d'un certain parfum, et aussi d'un certain rouge à lèvres ?

– Vous êtes ridicule ! lança Eva Carpenter. Mon parfum, *n'importe qui* peut en répandre n'importe où.

Un sourire s'épanouit sur le visage de Poirot.

— Vous l'avez dit, madame, *n'importe qui* ! Ruse grossière, évidemment. Si grossière même que, dans le cas qui nous occupe, elle est allée à l'encontre de son but : elle m'a, comme on dit, donné des idées. A cause de ce parfum, j'ai réfléchi sur ces traces de rouge à lèvres restées sur une tasse. Ces traces, il aurait été très facile de les faire disparaître. On pouvait laver la tasse — on avait tout le temps et la maison était vide — ou même, au besoin, l'emporter. On ne le fit pas. Je me suis demandé pourquoi. Réponse : parce qu'on voulait donner à comprendre qu'une femme était passée par là, que le crime avait été commis *par une femme*. De fait, trois femmes avaient été, si j'ose dire, convoquées, par téléphone, mais non point directement par Mrs Upward. On avait, *de sa part*, transmis des messages. Aucune des trois personnes intéressées n'avait entendu au bout du fil la voix même de Mrs Upward. On pouvait donc supposer que les messages en question n'émanaient pas de Mrs Upward, mais de quelqu'un qui tenait à ce *qu'une femme, n'importe laquelle*, celle-ci, celle-là ou une autre, fût accusée du crime. De nouveau, je me demandai pourquoi. Une seule réponse restait possible : parce que l'assassin de Mrs Upward n'était pas une femme, mais *un homme*.

Poirot promena son regard sur son auditoire. Sa dernière phrase n'avait provoqué aucune réaction sensible. Il poursuivit :

— J'avais donc établi un premier point : l'assassin de Mrs Upward était un homme et c'était également *un homme* qui avait tué Mrs Mac Ginty. Un homme mais lequel ? Comme Mrs Mac Ginty, Mrs Upward était morte à cause d'une photographie, on pouvait le supposer avec la quasi-certitude d'être dans le vrai. Cette photo, qui la détenait ? C'était la première question, complétée par cette autre : pourquoi la gardait-on ?

» On peut penser que cette photo fut, à l'origine, conservée pour des raisons d'ordre sentimental. Mrs Mac Ginty... supprimée, il n'était pas nécessaire de la détruire. Mais il en allait tout autrement après le second crime. La photo apparaissait comme indiscutablement liée au meurtre. Elle devenait dangereuse à conserver. Vous serez tous d'accord avec moi, j'imagine, pour conclure qu'il fallait la détruire et qu'elle fût donc détruite ?

Toutes les têtes s'inclinèrent en signe d'assentiment.

— Eh bien ! reprit Poirot, *la photo n'a pas été détruite* ! Je le sais, pour la bonne raison que je l'ai trouvée !... Je l'ai trouvée ici même, il y a quelques jours. Elle était dans un des tiroirs de ce bureau que vous voyez là, contre le mur...

Tirant de sa poche la photo jaunie d'une jeune femme qui pressait sur sa joue une gerbe de roses, il ajouta :

— Cette photo, la voici ! C'est celle d'Eva Kane. Au verso, il y a deux mots écrits au crayon...

Tournée vers Maureen Summerhayes, qu'il accusait du regard, il dit :

— Faut-il vous les lire ?... C'est : « *Ma mère !* »

Stupéfaite, elle balbutia :

— Je ne comprends pas. Jamais je n'ai...

— Mais non, madame Summerhayes, vous ne comprenez pas. Pour garder cette photo après le second crime, il ne pouvait y avoir que deux raisons. La première, d'ordre rigoureusement sentimental. Ne vous sentant point coupable, vous pouviez, *vous*, conserver cette photo. Un jour, chez Mrs Carpenter, vous nous avez dit vous-même que vous étiez une enfant adoptive. Avez-vous jamais su le véritable nom de votre mère ? J'en doute. Mais ce nom, quelqu'un le connaissait, quelqu'un qui a l'orgueil du nom qu'il porte, quelqu'un qui s'accroche à la vieille demeure familiale, quelqu'un qui est fier de ses ancêtres et de son lignage. Cet homme aimerait mieux mourir que de laisser savoir aux étrangers, et plus encore à ses enfants, que Maureen Summerhayes, sa femme, est la fille d'Eva Kane et de Craig, l'assassin. J'ai dit qu'il aimerait mieux mourir... Mais en quoi cela l'avancerait-il ? Nous ne dirons donc pas qu'il envisage de se tuer, mais plutôt qu'il est prêt à tuer...

Johnny Summerhayes se leva et coupa la parole à Poirot.

— Vous n'avez pas l'impression que vous dites des inepties ? demanda-t-il d'une voix calme et presque aimable. Vous savourez le discours que vous nous infligez et vous échafaudez avec délectation des hypothèses qui ne reposent sur rien ! Car ce ne sont que des hypothèses ! Quand vous venez raconter que ma femme...

Brusquement, sa colère éclata.

— Vous êtes un salopard !

Il avait bondi vers Poirot, qui rompit d'un pas, cependant que le commissaire Spence s'interposait.

— Du calme, monsieur Summerhayes, du calme !

Summerhayes se ressaisit. Il haussa les épaules et dit :

— Excusez-moi !... Mais cette histoire est absolument ridicule ! *N'importe qui* peut mettre une photographie dans un tiroir !

— C'est exactement ce que je dis ! s'écria Poirot. Seulement, ce qu'il y a d'intéressant au sujet de cette photo, c'est qu'on ne trouve sur elle aucune trace de doigts, aucune empreinte. Or il devrait y en avoir. Si Mrs Summerhayes avait conservé ce portrait, elle l'aurait fait en toute innocence et, par conséquent, nous aurions dessus ses empreintes à elle !

Mrs Summerhayes protesta.

— Il faut que vous soyez fou ! Cette photo, je ne l'ai jamais vue de ma vie !... Sauf une fois, chez Mrs Upward, le jour où vous nous l'avez montrée !

— Il est fort heureux pour vous, déclara Poirot, que je sache que vous dites la vérité. Cette photo a été placée dans le tiroir *quelques minutes seulement avant d'y être trouvée par moi.* Ce matin-là, le contenu de ce tiroir fut par deux fois éparpillé, plus ou moins complètement, sur le plancher. Par deux fois, je remis tout en place. La première fois, la photo *n'était pas* dans le tiroir ; la seconde fois, elle y était. On l'y avait mise dans l'intervalle... et *cet « on » je sais qui c'est !*

Poirot parlait maintenant sur un ton très différent de celui sur lequel il avait commencé. Il n'était plus un petit homme ridicule, avec une moustache absurde et des cheveux teints, mais un chasseur qui, ayant forcé son gibier, ne va pas tarder à l'abattre.

— Les deux crimes, poursuivit-il, ont été commis *par un homme* et le mobile est le plus simple qui soit : l'argent. On a trouvé chez Mrs Upward un livre sur la page de garde duquel se lit le nom d'*Evelyn Hope*, nom qui est celui que prit Eva Kane lorsqu'elle quitta l'Angleterre. S'appelant Evelyn, elle donna ce même prénom à son enfant quand il vint au monde, on peut raisonnablement le supposer. *Mais Evelyn est un prénom masculin aussi bien qu'un prénom féminin.* Pourquoi avions-nous tenu pour établi que l'enfant d'Eva Kane était une fille ? Probablement parce que l'article du *Sunday Comet* le donnait à penser. Mais, en fait, le *Sunday Comet* n'affirmait pas ! Romançant l'histoire d'Eva Kane, il insistait, quitte à imaginer un peu, sur les détails propres à émouvoir le lecteur, et une fille, en la circonstance, servait mieux ses intentions qu'un garçon. Mais comment le *Sunday Comet* eût-il connu le sexe de l'enfant, puisque celui-ci ne vint au monde qu'après qu'Eva Kane eut quitté l'Angleterre ? Le *Sunday Comet* m'a aiguillé sur une fausse piste. Heureusement, j'ai réparé mon erreur par la suite...

» Evelyn Hope, le fils d'Eva Kane, vient en Angleterre Garçon d'un certain talent, il attire l'attention d'une dame fort riche, qui ne sait rien de lui que ce qu'il a bien voulu lui raconter. Un gentil petit roman, d'ailleurs, dont l'héroïne, sa mère, est une jeune danseuse, morte de tuberculose dans une clinique parisienne. La dame a récemment perdu le seul fils qu'elle eut. Elle décide qu'à l'avenir son jeune protégé portera son nom. *Mais, en réalité, vous vous appelez bien Evelyn Hope, n'est-ce pas, monsieur Upward ?*

Robin Upward ricana.

— Bien sûr que non ! Je ne comprends rien à votre histoire !

— Vous ne pouvez nier, reprit Poirot d'un ton ferme. Il y a des gens qui vous connaissent sous votre véritable nom, le nom d'Evelyn Hope, porté sur la page de garde du livre trouvé chez Mrs Upward ; il est bien de votre écriture, de même que les mots « *ma mère* » qui se trouvent au dos de la photo. Cette photo, Mrs Mac Ginty l'a vue un jour, en faisant le ménage, et elle a remarqué les deux mots que vous aviez écrits derrière. Après avoir lu l'article du *Sunday Comet*, elle vous a parlé de cette photo, dont elle croyait que *c'était un portrait de jeunesse de Mrs Upward*, rien ne lui ayant jamais donné à penser que Mrs Upward n'était pas réellement votre mère. Vous avez pris peur. Que cette histoire vînt aux oreilles de Mrs Upward et vous perdiez tout ! Mrs Upward avait des idées très arrêtées sur l'hérédité. Jamais elle n'aurait consenti à avoir pour enfant adoptif le fils d'un assassin célèbre, jamais non plus elle ne vous aurait pardonné de lui avoir menti à propos de votre identité. Un jour ou l'autre, Mrs Mac Ginty parlerait. Il fallait à tout prix la réduire au silence. J'imagine que vous lui avez fait, ce jour-là, un petit cadeau en la priant d'être discrète. Et le lendemain soir, vous rendant à votre émission de radio, vous vous êtes arrêté chez elle et vous l'avez tuée !... *Comme ça !*

Poirot, d'un brusque mouvement, avait empoigné, sur le dernier rayon de l'étagère, le marteau à sucre et il l'agitait, menaçant, au-dessus de la tête de Robin Upward. Il paraissait si disposé à lui fracasser le crâne que les femmes poussèrent des cris. Robin Upward hurla de terreur.

— Non !... Non !... Je ne voulais pas la tuer !... Je le jure ! Je l'ai tuée par accident.

Poirot posa son arme.

— Après le crime, reprit-il, vous avez nettoyé le marteau à sucre et vous l'avez rapporté ici, à l'endroit même ou vous l'aviez pris. Heureusement, la science permet aujourd'hui de déceler les traces de sang, alors qu'on s'est efforcé de les faire disparaître, et elle permet aussi de faire « revenir » des empreintes digitales qu'on se flatte d'avoir effacées...

— Je vous répète que je ne voulais pas la tuer !... D'ailleurs, est-ce qu'on est responsable quand on a l'assassinat dans le sang ?... Je n'ai pas choisi mon père et vous ne pouvez pas me pendre !

— Vraiment ? murmura entre ses dents le commissaire Spence. Nous verrons bien !

Puis, à haute voix, de son ton le plus officiel, il dit :

— Monsieur Upward, il est de mon devoir de vous prévenir que tout ce que vous direz désormais...

CHAPITRE XXVI

— Je ne vois vraiment pas, monsieur Poirot, comment vous en êtes venu à suspecter Robin Upward.

Poirot, qui adorait les explications, regarda avec sympathie les visages tournés vers lui.

— J'aurais dû, dit-il, le soupçonner beaucoup plus tôt. Le mot de l'énigme, il était dans une phrase que Mrs Summerhayes prononça devant moi, chez Mrs Upward. Ce jour-là, s'adressant à Robin Upward, elle dit : « Etre un enfant adoptif, ça me fait horreur ! Pas à vous ?... » *Pas à vous ?* Il y avait tout dans cette petite question. J'aurais dû comprendre qu'elle n'avait de sens, qu'elle ne pouvait avoir de sens, que si Mrs Upward n'était pas réellement la mère de Robin.

» Sans doute parce qu'elle avait entendu parler sans bienveillance de jeunes hommes brillants, vivant aux crochets de dames riches et mûrissantes, Mrs Upward tenait, de façon presque maladive, à ce que nul ne sût que Robin n'était pas son fils. La vérité n'était connue que de très peu de gens : les comédiens de la petite troupe théâtrale dont Robin faisait partie quand elle l'avait rencontré pour la première fois. Ayant longtemps vécu à l'étranger, elle n'avait que peu d'intimes en Angleterre et elle avait pris soin de s'installer très loin de son Yorkshire natal. Quand elle retrouvait des amis d'autrefois, elle se gardait de les mettre au courant et leur laissait croire que le Robin d'aujourd'hui était le même Robin qu'ils avaient connu enfant.

» Quelque chose pourtant m'avait frappé dès ma première visite à Laburnums. L'attitude de Robin à l'égard de Mrs Upward n'était ni celle d'un enfant gâté, ni celle d'un fils aimant, mais bien plutôt celle d'un « client » au sens latin du terme, vis-à-vis de son protecteur. Le mot *madre*, qu'il employait, rendait un son assez faux, un son de théâtre. Quant à Mrs Upward, encore que visiblement elle aimât beaucoup Robin, elle le traitait, sans s'en rendre compte, comme s'il lui avait appartenu pour avoir été acheté et payé.

» Quoi qu'il en soit, voici donc Robin Upward confortablement installé dans une belle villa et disposant de la bourse de *madre* pour financer ses entreprises artistiques et littéraires. La vie est belle. Survient Mrs Mac Ginty, qui a reconnu la photo qu'il garde dans un tiroir, cette photo au dos de laquelle il a écrit les mots « ma mère ». Sa mère, il a raconté à Mrs Upward que c'était une danseuse de ballet, enlevée très jeune par la tuberculose. Mrs Mac Ginty, qui n'a aucune raison de supposer que Mrs Upward n'est pas la mère de Robin, croit naturellement qu'elle vient de découvrir une très vieille photo de Mrs Upward. A-t-elle songé à un chantage, au vrai sens du mot ? Je ne le crois pas, mais je pense qu'elle s'est dit qu'on lui ferait bien « un gentil cadeau » pour la remercier de ne pas aller colporter dans le village des choses, même anciennes, qui n'auraient pas fait plaisir à une femme aussi « fière » que Mrs Upward.

» Seulement, Robin Upward ne veut pas être à la merci des bavardages de Mrs Mac Ginty. Il confisque le marteau à sucre, dont Mrs Summerhayes dit parfois en riant qu'il ferait une arme parfaite pour un beau crime, et, le lendemain soir, se rendant à Coalport où il doit parler à la radio, il fait halte devant la petite maison de Mrs Mac Ginty. Elle ne se méfie pas, elle le fait entrer, il la tue. Il sait où elle range ses économies, personne ne l'ignore à Broadhinny, il simule un cambriolage et cache l'argent hors de la maison. Soupçonné, Bentley est arrêté. Robin Upward a supérieurement manœuvré, tout va bien !

» Mais un beau jour, j'exhibe quatre photographies et Mrs Upward s'aperçoit que celle d'Eva Kane est identique au portrait qu'elle connaît de la mère de Robin, la ballerine. Elle a besoin de temps pour réfléchir. Il s'agit d'un crime. Serait-il possible que Robin... Non ! Elle se refuse à le croire.

» A quel parti aurait-elle fini par s'arrêter ? Nous l'ignorons. Ce que nous savons, par contre, c'est que Robin entend ne pas courir de risques. Il élabore une mise en scène : la soirée à Cullenquay, les coups de téléphone, la tasse à café sur laquelle on trouvera des trace de rouge à lèvres qu'il a pris dans le sac à main d'Eve Carpenter, le parfum aussi, qu'il a acheté et qui est celui dont se sert Eve Carpenter. Ce travail de metteur en scène, il le fignole et, le moment venu, les choses vont très vite. Tandis que Mrs Oliver l'attend dans la voiture, Robin retourne par deux fois à l'intérieur de la maison. Le meurtre ne lui demande que quelques secondes. Mrs Upward morte, il dispose rapidement ses accessoires et rejoint Mrs Oliver. Il est tranquille. Il héritera la fortune de Mrs Upward, qui a fait un testament en sa faveur, et il ne sera même pas soupçonné, l'enquête ne pouvant manquer d'établir tout de suite que le crime a été commis par *une femme*. Comme il en viendra ce soir-là trois à la villa, la police n'aura que l'embarras du choix ! Nous savons que ce fut bien ce qui se passa.

» Mais, comme tous les criminels, Robin s'exagérait ses talents. Non seulement il y avait à Laburnums un livre dans lequel on devait trouver écrit de sa main, son nom véritable, mais il y avait aussi la photo qui devait le perdre. Il eût été indiqué de faire disparaître le premier — il n'y pensa pas — et de détruire la seconde. Pourquoi la garda-t-il. Uniquement, je crois, parce qu'il pensait qu'elle lui serait utile pour compromettre de façon définitive la femme qu'il entendait faire « payer » à sa place.

» Celle-là, je crois qu'il avait d'abord décidé que ce serait Mrs Summerhayes et que c'est pour cela que, quittant la villa, il vint s'installer à Long Meadows. Le choix était adroit le marteau à sucre venait d'ici et Mrs Summerhayes, de qui il savait qu'elle avait été adoptée, aurait sans doute beaucoup de mal à prouver qu'elle n'était pas la fille d'Eva Kane.

» Pourtant, quand Deirdre Henderson eut déclaré qu'elle était entrée dans la villa, il changea d'avis : Deirdre ferait une coupable excellente Afin d'aller mettre la photo dans les affaires de Deirdre, il essaya de s'introduire dans la maison à l'aide d'une échelle oubliée par le jardinier. La tentative échoua, la fenêtre par laquelle il voulait entrer étant fermée au loquet Alors, revenant directement ici, il reprit son idée première et cacha dans un tiroir, dont il ne pouvait, malheureusement pour lui, deviner que j'avais les meilleures raisons du monde de savoir ce qu'il contenait et ce qu'il ne contenait pas.

» Je savais donc pourquoi la photo était dans le tiroir, et aussi qui l'y avait mise Ce ne pouvait être que la seule personne qui se trouvait dans la maison, celle que j'avais entendu frapper à la machine, juste au-dessus de ma tête. Le nom d'Evelyn Hope figurant sur la page de garde du livre saisi à Laburnums, Evelyn Hope ne pouvait être que Mrs Upward... ou Robin.

» Ce prénom d'Evelyn m'avait dirigé sur une mauvaise voie. Je le rapprochai de celui de Mrs Carpenter.

qui s'appelle Eve. Mais *Evelyn est un nom qui se donne tout aussi bien aux garçons qu'aux filles.* Je me rappelai ce que Mrs Oliver m'avait dit de la soirée à Cullenquay. Le jeune comédien avec lequel elle avait parlé était très exactement la personne dont j'avais besoin pour établir le bien-fondé de ma théorie, à savoir que Robin n'était pas le fils de Mrs Upward. Ses propos prouvaient que cet acteur savait à quoi s'en tenir sur la question et aussi sur la façon dont Mrs Upward traita un de ses protégés qui eut le tort de la tromper sur ses origines.

» A franchement parler, j'aurais dû découvrir la vérité beaucoup plut tôt. Seulement, une certaine erreur de raisonnement constituait pour moi un sérieux handicap. Je croyais que quelqu'un avait délibérément essayé de me jeter sur la voie du chemin de fer, à la gare de Kilchester et que ce quelqu'un était le meurtrier de Mrs Mac Ginty. Or, de tous les habitants de Broadhinny, Robin Upward était le seul qui *n'avait pu,* à ce moment-là, se trouver à la gare de Kilchester ! En réalité, je fus tout simplement bousculé par le panier de quelque paysan, j'en suis maintenant convaincu. Mon tort fut de ne pas m'en aviser plus rapidement. Robin Upward, à vrai dire, se croyait bien trop sûr de lui pour me craindre. Heureusement, car nous n'avions contre lui que des preuves bien minces...

Poirot se tut.

Une voix s'éleva, celle de Mrs Oliver.

— Si je vous ai bien compris, dit la romancière, Robin aurait tué sa mère alors que j'étais dans l'auto, devant la villa, et je ne me serais doutée de rien ? Mais c'est impossible ! Il n'aurait pas eu le temps.

— Ne croyez pas cela ! répondit Poirot. On se trompe beaucoup sur ces questions de temps. Un changement de décors, c'est vite fait quand le matériel est bien préparé...

Mrs Oliver poussa un soupir.

— J'étais dans la voiture et je n'ai rien deviné !

— Il se peut, dit Poirot avec un sourire, que votre fameuse intuition féminine prenne parfois un jour de congé...

CHAPITRE XXVII

— Je ne retournerai pas chez Breather and Scuttle, déclara Maude Williams. D'ailleurs, c'est une sale boîte !

— Et puis, elle ne vous intéresse plus !

— Que voulez-vous dire, monsieur Poirot ?

— Pourquoi êtes-vous venue travailler par ici ?

— Puisque vous êtes si malin, vous devez le savoir !

— J'ai ma petite idée là-dessus.

— Et qu'est-ce que c'est, cette idée ?

Poirot contemplait les beaux cheveux de Maude Williams.

— Je me suis montré très discret, dit-il. On a tenu pour acquis que la femme blonde qui est entrée chez Mrs Upward était Mrs Carpenter et que celle-ci ne niait le fait que parce qu'elle avait peur. La culpabilité de Robin Upward étant démontrée, on n'a pas insisté sur ce point. Que Mrs Carpenter se soit rendue à la villa, comme Deirdre Henderson, ça n'a aucune importance ! Cela dit, je ne crois pas qu'elle y soit allée. La femme qu'Edna a aperçue, miss Williams, je pense que *c'était vous* !

— Moi ? Pourquoi ?

Poirot répondit par une succession de questions.

— Pourquoi Broadhinny vous intéressait-il tellement ? Pourquoi, lorsque vous y êtes allée, avez-vous demandé un autographe à Robin Upward, vous qui n'êtes nullement du type « collectionneuse de signatures » ? Que saviez-vous des Upward ? Comment saviez-vous qu'Eva Kane était morte en Australie et qui vous avait révélé le nom qu'elle avait pris après avoir quitté l'Angleterre ?

Maude Williams ouvrit son sac à main.

— Vous n'êtes pas mauvais pour les devinettes, dit-elle. Mais je n'ai rien à cacher...

D'un portefeuille fatigué, elle tira une coupure de journal qu'elle déplia. Elle tendit le papier à Poirot. C'était un portrait d'Eva Kane, celui-là même qu'il connaissait. Quatre mots, écrits à l'encre, barraient l'image dans toute sa largeur : « Elle a tué maman. »

Il rendit la coupure à Maude Williams.

— Je m'en doutais, dit-il. Vous vous appelez Craig ?

— Oui. J'ai été élevée par de vagues cousins, qui ont été très gentils pour moi, mais, quand maman est morte, j'étais déjà assez grande pour comprendre. Une enfant, ça se rend compte de bien des choses. *Elle* c'était un démon. Elle avait ensorcelé mon père, un faible, et c'est lui qui devait finalement porter toute la responsabilité du crime, mais j'ai toujours cru que, ce crime, c'était *elle* qui l'avait commis ! Evidemment, après l'assassinat, il s'était fait son complice, mais ce n'est pas pareil... Quoi qu'il en soit, je m'étais toujours promis de découvrir *ce qu'elle était devenue...* J'ai demandé à des détectives de la rechercher. Ils ont retrouvé sa trace en Australie et m'ont appris qu'elle était morte, laissant un fils, du nom d'Evelyn Hope.

» L'affaire était « classée ». Mais un peu plus tard, alors que j'avais décidé de ne plus penser à tout cela, un de mes copains, un acteur, me parla d'un certain Evelyn Hope, récemment arrivé d'Australie, qui écrivait des pièces et se faisait appeler Robin Upward. Ça m'intéressa... Un jour, on me montra Robin Upward. Il était *avec sa mère.* J'en conclus que, contrairement à ce que je croyais, Eva Kane n'était pas morte. Elle était riche et elle jouissait de la vie !

» Je cherchai donc du travail par ici. Qu'est-ce qui me poussait ? La curiosité, d'abord. Et puis aussi, je le reconnais, un vague désir de prendre ma revanche, d'une façon ou d'une autre... J'en étais là quand vous m'avez raconté l'histoire de James Bentley. Pour moi, aucun doute ! Eva Kane recommençait. Elle était bien Mrs Upward et c'était Mrs Upward qui avait tué Mrs Mac Ginty. Le jour où j'ai appris, par Michaël West, qu'elle serait seule chez elle, Robin et Mrs Oliver devant aller au théâtre à Cullenquay, je décidai d'aller la voir... Pourquoi exactement ? Je ne le sais pas bien. J'avais sur moi un petit revolver, acheté pendant la guerre. Avais-je l'intention de la tuer ou seulement celle de lui faire peur ? Honnêtement, je n'en sais rien...

» Bref, je suis allée à la villa. La porte n'étant pas fermée. Je suis entrée... et je l'ai vue. Elle était morte... Assise dans son fauteuil, la figure toute rouge et boursouflée... Je l'ai regardée et j'ai compris, à ce moment-là, que jamais je n'aurais eu assez de cran pour la tuer. Et puis, je me suis dit que j'aurais bien de la peine à expliquer ma présence si on me trouvait là, qu'il valait mieux qu'on ne sût jamais que j'étais venue et qu'il ne fallait pas m'attarder. La nuit était froide et j'avais des gants. Je savais donc que je ne laisserais derrière moi aucune empreinte et je ne pensais pas que quelqu'un m'avait aperçue. Je suis partie. C'est tout.

Après un court silence, elle ajouta :

— Qu'est-ce que vous allez me faire ?

— Rien, dit Hercule Poirot. Je vous souhaite bonne chance dans la vie, c'est tout !

EPILOGUE

Hercule Poirot et le commissaire Spence achevaient leur repas au restaurant de la *Vieille Grand-mère.* Le café servi, Spence se renversa dans son fauteuil et exhala le soupir satisfait du monsieur qui a bien dîné.

— Heureuse conclusion d'une vilaine affaire ! dit-il en souriant. Je le répète, mon cher Poirot, vous avez été merveilleux !

Il but une gorgée de café et reprit :

— Une chance que ce jeune Robin ne se soit pas rendu compte que nos preuves étaient bien minces ! Un bon avocat les aurait pulvérisées ! Heureusement notre homme a perdu la tête et, sans plus attendre, y est allé d'une confession complète ! Une fameuse chance pour nous !

— Une chance, si l'on veut ! rectifia Poirot. Cette confession, j'avais manœuvré pour la provoquer. Je lui avais donné à penser que j'accusais Mrs Summerhayes. Brusquement, il s'aperçoit que c'est à lui que j'en ai et il réagit comme je l'espère : il s'effondre. De plus, c'est un couard et il était convaincu que j'allais lui administrer un coup de ce marteau à sucre que j'agitais au-dessus de sa tête. Rien de tel que de faire peur aux gens pour les amener à dire la vérité !

— Alors, dit Spence, nous avons eu de la chance que le major Summerhayes ne vous ait pas fait peur ! Je ne m'attendais pas à le voir bondir sur vous et je suis arrivé juste à temps ! Il ne vous en veut plus ?

— Nous sommes les meilleurs des amis. J'ai offert un livre de cuisine à Mrs Summerhayes et je lui ai moi-même montré comment on fait l'omelette. Ah ! c'est une maison dans laquelle j'aurai beaucoup souffert !

Poirot soupira et ferma les yeux.

— Le plus clair de toute cette histoire, reprit Spence, c'est que le vieux proverbe a raison qui dit que tout le monde a quelque chose à cacher ! Prenez l'exemple de Mrs Carpentier ! Elle a été à deux doigts d'être arrêtée, avec une inculpation de meurtre à la clé. Tout dans son comportement donnait à penser qu'elle était coupable. Et pourquoi ? Je vous le demande !

— Non, dit Poirot, c'est moi qui vous le demande.

Spence sourit.

— Oh ! c'est l'histoire classique du passé pas très reluisant, dont on préfère ne pas se vanter. Entraîneuse dans une boîte de nuit, elle eut beaucoup d'amis et elle n'était pas plus veuve de guerre que moi quand elle vint s'installer à Broadhinny. L'homme avec qui elle était mariée de la main gauche l'avait quittée, mais naturellement ce n'est pas ce qu'elle raconta à Guy Carpenter, dont on ne saurait dire comment il aurait pris la chose. La pauvre femme a commencé à mourir de peur à partir de l'instant où nous avons cherché à savoir exactement d'où venaient les distingués de Broadhinny.

Spence vida sa tasse de café, ricana doucement et poursuivit :

— Les Wetherby, c'est autre chose ! Une maison qui paraît sinistre. Des gens qui ont l'air de se haïr. Une fille malheureuse, sacrifiée. Et derrière tout ça qu'y a-t-il ? Rien de bien terrible. La question d'argent, simplement.

— Simplement ?

— Mais oui ! La petite a une jolie fortune personnelle, qui lui vient d'une de ses tantes. La mère la lâche le moins possible, parce qu'elle tremble à l'idée que la fille pourrait avoir envie de se marier. Et le beau-père la déteste, parce que c'est avec son argent à elle qu'on paie les factures ! Lui, c'est un raté et un type pas intéressant. Quant à Mrs Wetherby, malgré ses manières doucereuses, c'est une chipie !

— D'accord là-dessus ! dit Poirot d'un air satisfait. Je suis content que la petite ait de la fortune. Ça lui facilitera les choses pour épouser James Bentley.

Spence ne cacha pas son étonnement.

— Deirdre Henderson va épouser James Bentley ? Qui est-ce qui vous a dit ça ?

— Personne, répondit Poirot. C'est une décision que j'ai prise. Je n'ai rien à faire ces temps-ci, je vais m'occuper de ce mariage. Les intéressés ne sont pas encore prévenus, mais je sais qu'ils s'aiment. Si je les abandonne à eux-mêmes, il ne se passera rien. Mais ils ont à compter avec Hercule Poirot ! Vous verrez ça ! Ça va ronfler !

— Ça ne vous gêne pas trop de vous occuper des affaires d'autrui !

— Singulier reproche de la part d'un commissaire de police !

— Bien répondu, Poirot !... Tout de même, James Bentley est un pauvre type !

— C'est un pauvre type, je n'en disconviens pas !... Pour le moment, il est désolé... Désolé, alors qu'il vient d'apprendre qu'il ne sera pas pendu !

— Drôle de corps !

— Comme vous dites !... Et, malgré ça, il s'est trouvé deux femmes pour s'intéresser à son sort !

— Oui. Et j'aurais cru qu'à la sortie vous l'auriez aiguillé sur Maude Williams.

— Il est libre de son choix, dit Poirot, et je ne lui forcerai pas la main. Mais, à mon humble avis l'élue sera Deirdre Henderson. Il y a chez Maude Williams trop d'énergie, trop de vitalité. Avec elle, il se retirerait un peu plus encore dans sa coquille.

— Vous avez sans doute raison !... En tout cas, je vous vois du pain sur la planche ! Les jeunes gens mis en présence, la mère de Deirdre défendra son bien.

— Elle va vous combattre, toutes griffes dehors !

Poirot lissa sa moustache.

— Ça m'amusera ! J'ai eu affaire à des adversaires autrement redoutables. Qu'est-ce que vous diriez d'un cognac ?

— Pourquoi pas ?

Poirot passa la commande.

— Ah ! s'écria Spence, je savais bien que j'avais encore quelque chose à vous dire. Vous vous souvenez des Rendell ?

— Evidemment.

— Eh bien ! en nous renseignant sur eux, nous avons découvert quelque chose d'assez curieux. Lorsque la première Mrs Rendell est morte, à Leeds, la police a reçu des lettres anonymes accusant Rendell d'avoir empoisonné sa femme. Je sais que ça ne prouve rien... Elle avait été soignée par un médecin de réputation inattaquable, celui-ci avait jugé la mort parfaitement naturelle et il n'a pas été ouvert d'enquête. On ne pouvait rien reprocher à Rendell. Rien de positif du moins... Les deux époux avaient souscrit des assurances sur la vie, au bénéfice du survivant, mais ce sont des choses qui se font... Je le répète, il n'y avait rien contre Rendell. Et pourtant... Qu'en pensez-vous ?

Poirot revoyait par la pensée Mrs Rendell et cette peur inexplicable qui se lisait dans ses yeux. Il songeait à ces questions qu'elle lui avait posées sur les lettres anonymes, à certaines phrases aussi qu'elle avait prononcées devant lui.

— Je croirais volontiers, dit-il, que la police n'a pas été seule à recevoir des lettres anonymes.

— On en aurait envoyé à Mrs Rendell ?

— Je le pense. Quand je me suis installé à Broadhinny, elle a cru que c'était à son mari que j'en avais et que l'affaire Mac Ginty n'était pour moi qu'un prétexte. Et je crois bien qu'il a eu la même idée... Mais oui ! Ça explique tout ! C'est Rendell qui a essayé de me pousser sous le train, à la gare de Kilchester !

— Vous croyez qu'il pourrait faire à sa seconde femme le même coup qu'à la première ?

— Je crois surtout qu'elle fera bien de ne jamais s'assurer sur la vie au bénéfice de son époux. Bien sûr, s'il se rend compte que la police le tient à l'œil, il restera tranquille...

— On peut voir à ça, dit Spence.

Poirot porta son verre à la hauteur de ses yeux.

— A la santé de Mrs Oliver.

— Pourquoi pensez-vous à elle tout à coup ?

— Une idée comme ça. Pour moi, elle s'identifie à ce qu'on appelle, et ça m'amuse toujours, « l'intuition féminine ».

— Ah ?

Il y eut un silence, puis Spence dit d'un ton grave :

— Le procès de Robin Upward commence la semaine prochaine. Je suis un peu inquiet, Poirot. Je me demande...

Poirot sursauta.

— Ah ! non, Spence ! Vous n'allez pas me dire que maintenant vous vous demandez si Robin Upward est vraiment coupable ! Nous n'allons pas recommencer !

Spence rassura Poirot d'un sourire.

— Non, heureusement !... Celui-là *c'est bien un assassin* ! Vous n'avez donc pas remarqué qu'il est crâneur comme pas un ?

Liste alphabétique complète des

Romans d'Agatha Christie

(Masque et Club des Masques)

	Masque	Club des masques
A.B.C. contre Poirot	263	296
L'affaire Prothéro	114	36
A l'hôtel Bertram	951	104
Allô ! Hercule Poirot?	1175	284
Associés contre le crime	1219	244
Le bal de la victoire	1655	561
Cartes sur table	274	364
Le chat et les pigeons	684	26
Le cheval à bascule	1509	514
Le cheval pâle	774	64
Christmas Pudding		42
(Dans le Masque : Le retour d'Hercule Poirot)		
Cinq heures vingt-cinq	190	168
Cinq petits cochons	346	66
Le club du mardi continue	938	48
Le couteau sur la nuque	197	135
Le crime de l'Orient-Express	169	337
Le crime du golf	118	265
Le crime est notre affaire	1221	228
La dernière énigme	1591	530
Destination inconnue	526	58
Dix brèves rencontres	1723	578
Dix petits nègres	299	402
Drame en trois actes	366	192
Les écuries d'Augias	913	72
Les enquêtes d'Hercule Poirot	1014	96
La fête du potiron	1151	174
Le flambeau	1882	584
Le flux et le reflux	385	235
L'heure zéro	349	439
L'homme au complet marron	69	124
Les indiscrétions d'Hercule Poirot	475	142
Je ne suis pas coupable	328	22
Jeux de glaces	442	78
La maison biscornue	394	16
La maison du péril	157	152
Le major parlait trop	889	108
Marple, Poirot, Pyne et les autres	1832	583
Meurtre au champagne	342	449
Le meurtre de Roger Ackroyd	1	415
Meurtre en Mésopotamie	283	28
Le miroir du mort		94
(dans le Masque : Poirot résout trois énigmes)		

	Masque	Club des masques
Le miroir se brisa	815	3
Miss Marple au club du mardi	937	46
Mon petit doigt m'a dit	1115	201
La mort dans les nuages	218	128
La mort n'est pas une fin	511	90
Mort sur le Nil	329	82
Mr Brown	100	68
Mr Parker Pyne	977	117
Mr Quinn en voyage	1051	144
Mrs Mac Ginty est morte	458	24
Le mystère de Listerdale	807	60
La mystérieuse affaire de Styles	106	100
Le mystérieux Mr Quinn	1045	138
N ou M?	353	32
Némésis	1249	253
Le Noël d'Hercule Poirot	334	308
La nuit qui ne finit pas	1094	161
Passager pour Francfort	1321	483
Les pendules	853	50
Pension Vanilos	555	62
La plume empoisonnée	371	34
Poirot joue le jeu	579	184
Poirot quitte la scène	1561	504
Poirot résout trois énigmes	714	
(Dans le Club : Le miroir du mort)		
Pourquoi pas Evans?	241	9
Les quatre	134	30
Rendez-vous à Bagdad	430	11
Rendez-vous avec la mort	420	52
Le retour d'Hercule Poirot	745	
(Dans le Club : Christmas Pudding)		
Le secret de Chimneys	126	218
Les sept cadrans	44	56
Témoin à charge	1084	210
Témoin indésirable	651	2
Témoin muet	377	54
Le train bleu	122	4
Le train de 16 h 50	628	44
Les travaux d'Hercule	912	70
Trois souris...	1786	582
La troisième fille	1000	112
Un cadavre dans la bibliothèque	337	38
Un deux trois	359	1
Une mémoire d'éléphant	1420	469
Un meurtre est-il facile?	564	13
Un meurtre sera commis le...	400	86
Une poignée de seigle	500	40
Le vallon	361	374
Les vacances d'Hercule Poirot	351	275

Les Reines du Crime

Nouvelles venues ou spécialistes incontestées, les grandes dames du roman policier dans leurs meilleures œuvres.

BLACKMON Anita
1912 On assassine au Richelieu
1956 On assassine au Mont-Lebeau *(avril 89)*

BRAND Christianna
1877 Narcose
1920 Vous perdez la tête

CANNAN Joanna
1820 Elle nous empoisonne

CHRISTIE Agatha
(86 titres parus, voir catalogue général)

DISNEY Dorothy C.
1937 Carnaval

DISNEY D.C. & PERRY G.
1961 Des orchidées pour Jenny *(juin 89)*

EBERHARDT Mignon
1825 Ouragan

KALLEN Lucille
1816 Greenfield connaît la musique
1836 Quand la souris n'est pas là...

LEE Gypsy Rose
1893 Mort aux femmes nues
1918 Madame mère et le macchabée

LE FAUCONNIER Janine
1639 Le grain de sable
1915 Faculté de meurtres *(Prix du Festival de Cognac 1988)*

LONG Manning
1831 On a tué mon amant
1844 L'ai-je bien descendue ?

McCLOY Helen
1841 En scène pour la mort
1855 La vérité qui tue

McGERR Pat
1903 Ta tante a tué

McMULLEN Mary
1921 Un corps étranger

MILLAR Margaret
723 Son dernier rôle
1845 La femme de sa mort
1896 Un air qui tue
1909 Mortellement vôtre
1928 Le territoire des monstres

MOYES Patricia
1824 La dernière marche
1856 Qui a peur de Simon Warwick ?
1865 La mort en six lettres
1914 Thé, cyanure et sympathie

NATSUKI Shizuko
1861 Meurtre au mont Fuji

NIELSEN Helen
1873 Pas de fleurs d'oranger

RENDELL Ruth
1451 Qui a tué Charlie Hatton ?
1501 Fantasmes
1521 Le pasteur détective
1532 L'analphabète
1582 Ces choses-là ne se font pas
1616 Reviens-moi
1629 La banque ferme à midi
1649 Le lac des ténèbres
1688 Le maître de la lande
1806 Son âme au diable
1815 Morts croisées
1834 Une fille dans un caveau
1851 Et tout ça en famille...
1866 Les corbeaux entre eux
1951 Une amie qui vous veut du bien *(mars 89)*
1965 La danse de Salomé *(juil. 89)*

RICE Craig
1835 Maman déteste la police
1862 Justus, Malone & Co
1870 Malone et le cadavre en fuite
1881 Malone est à la noce
1899 Malone cherche le 114
1924 Malone quitte Chicago
1962 Malone met le nain au violon *(juin 89)*

RUTLEDGE Nancy
1830 La femme de César

SEELEY Mabel
1871 D'autres chats à fouetter
1885 Il siffle dans l'ombre

SIMPSON Dorothy
1852 Feu le mari de madame

THOMSON June
1857 Finch se jette à l'eau
1886 Plus rude sera la chute
1900 Sous les ponts de Wynford
1948 Dans la plus stricte intimité *(fév. 89)*

YORKE Margaret
1958 Morte et pas fâchée de l'être *(mai 89)*

Les Maîtres du Roman Policier

Première des collections policières en France, Le Masque se devait de rééditer les écrivains qu'il a lancés et qui ont fait sa gloire.

ANDREOTA Paul
1935 La pieuvre *(avril 89)*

ARMSTRONG Anthony
1859 Dix minutes d'alibi

ARMSTRONG Charlotte
1740 L'étrange cas des trois sœurs infirmes
1767 L'insoupçonnable Grandison

BEEDING Francis
238 Le numéro gagnant

BERKELEY Anthony
1793 Le club des détectives
1880 Une erreur judiciaire
1911 Le gibet imprévu

BIGGERS Earl Derr
1730 Le perroquet chinois

BOILEAU Pierre
252 Le repos de Bacchus *(Prix du Roman d'Aventures 1938)*
1774 Six crimes sans assassin
1938 La pierre qui tremble

BOILEAU-NARCEJAC
1748 L'ombre et la proie
1829 Le second visage d'Arsène Lupin
1849 Le secret d'Eunerville
1868 La poudrière
1889 La justice d'Arsène Lupin

BONETT J. & E.
1916 Mort d'un lion

BRUCE Leo
261 Trois détectives
1788 Sang-froid

CARR John Dickson
719 Passe-passe *(juillet 89)*
1274 Impossible n'est pas anglais
1735 Suicide à l'écossaise
1785 Le sphinx endormi
1794 Le juge Ireton est accusé
1799 On n'en croit pas ses yeux
1802 Le marié perd la tête
1843 Les yeux en bandoulière
1850 Satan vaut bien une messe
1863 La maison du bourreau
1876 La mort en pantalon rouge
1883 Je préfère mourir
1891 Le naufragé du Titanic
1898 Un fantôme peut en cacher un autre
1906 Meurtre après la pluie
1910 La maison de la terreur
1917 L'homme en or
1919 Service des affaires inclassables
1923 Trois cercueils se refermeront...
1926 Patrick Butler à la barre
1934 La flèche peinte
1940 Le lecteur est prévenu
1944 Le gouffre aux sorcières *(janv. 89)*
1946 La police est invitée *(fév. 89)*
1950 Mort dans l'ascenseur *(mars 89)*
1954 Les meurtres de Bowstring *(avril 89)*
1957 Le retour de Bencolin *(mai 89)*
1960 Le meurtre des mille et une nuits *(juin 89)*

CRISPIN Edmund
1839 Un corbillard chasse l'autre
1935 Prélude et mort d'Isolde

DARTOIS Yves
232 L'horoscope du mort

DIDELOT Francis
1784 Le coq en pâte

DISNEY Doris Miles
1811 Imposture

DOYLE Sir Arthur Conan
124 Une étude en rouge
1738 Le chien des Baskerville

ENDRÈBE Maurice Bernard
1758 La pire des choses

FAIR A.A.
1745 Bousculez pas le magot
1751 Quitte ou double
1770 Des yeux de chouette
1905 Le doigt dans l'œil
1913 Les souris dansent
1941 L'heure hache

FAST Julius
1901 Crime en blanc

GARDNER Erle Stanley
1797 La femme au masque

GASPAR José da Natividade
457 Les corps sans âme
597 Congrès gastronomique *(mai 89)*

GERRARD Paul
1945 La chasse au dahu *(fév. 89)*
1964 La javanaise *(juil. 89)*

GOODIS David
1823 La police est accusée

GRAFTON C.W.
1927 Feu mon beau-frère

HALL G. Holliday
1892 L'homme de nulle part
HEYER Georgette
297 Pourquoi tuer un maître d'hôtel?
484 Noël tragique à Lexham Manor
HUXLEY Elspeth
1764 Safari sans retour
IRISH William
1875 Divorce à l'américaine
1897 New York blues
JEFFERS H. Paul
1807 Irrégulier, mon cher Morgan
KASSAK Fred
1932 On n'enterre pas le dimanche
1943 Nocturne pour assassin *(janv. 89)*
KASTNER Erich
277 La miniature volée
KING Rufus
375 La femme qui a tué
LEBLANC Maurice
1808 Arsène Lupin, gentleman cambrioleur
1819 L'aiguille creuse
LEBRUN Michel
1759 Plus mort que vif
LEVIN Ira
1895 La couronne de cuivre
LOVESEY Peter
1201 Le vingt-sixième round
1798 La course ou la vie
1803 Le bourreau prend la pose
1869 Bouchers, vandales et compagnie
1887 Le médium a perdu ses esprits *(Prix du Roman d'Aventures 1987)*
1888 Ô, mes aïeux!
1933 Cidre brut
MAGNAN Pierre
1804 Le tombeau d'Helios
MILLER Wade
1766 La foire aux crimes
MILNE A.A.
1527 Le mystère de la maison rouge
NARCEJAC Thomas
355 La mort est du voyage *(Prix du Roman d'Aventures 1948)*
1775 Le goût des larmes
1939 Le mauvais cheval
PALMER Stuart
117 Un meurtre dans l'aquarium
1783 Hollywood-sur-meurtre
PRONZINI Bill
1737 L'arnaque est mon métier
QUENTIN Patrick
166 Meurtre à l'université
251 L'assassin est à bord
1860 Lettre exprès pour miss Grace
1947 La mort fait l'appel *(fév. 89)*
ROGERS J. T.
1908 Jeu de massacre
ROSS Jonathan
1756 Une petite morte bien rangée
RUTLEDGE Nancy
1753 Emily le saura
SAYERS Dorothy L.
174 Lord Peter et l'autre
191 Lord Peter et le Bellona Club
1754 Arrêt du cœur
SÉCHAN O. et MASLOWSKI I.
395 Vous qui n'avez jamais été tués *(Prix du Roman d'Aventures 1951)*
SHERRY Edna
1779 Ils ne m'auront pas
SINIAC Pierre
1949 Des amis dans la police *(mars 89)*
STAGGE Jonathan
1736 Chansonnette funèbre
1771 Morphine à discrétion
1789 Du sang sur les étoiles
1809 La mort et les chères petites
1818 Le taxi jaune
1833 Pas de pitié pour la divine Daphné
STEEMAN Stanislas-André
84 Six hommes morts *(Prix du Roman d'Aventures 1931)*
95 La nuit du 12 au 13
101 Le mannequin assassiné
113 Un dans trois
284 L'assassin habite au 21
305 L'ennemi sans visage
388 Crimes à vendre
1772 Quai des Orfèvres
1812 La morte survit au 13
1854 Le trajet de la foudre
1864 Le condamné meurt à 5 heures
1902 Le démon de Sainte-Croix
1936 Que personne ne sorte
1942 Poker d'enfer
1955 Madame la mort *(avril 89)*
TEY Josephine
1743 Elle n'en pense pas un mot
THOMAS Louis C.
1780 Poison d'avril
VERY Pierre
60 Le testament de Basil Crookes *(Prix du Roman d'Aventures 1930)*
WALSH Thomas
1872 Midi, gare centrale
WAUGH Hillary
1814 Cherchez l'homme
1840 On recherche...
1884 Carcasse

IMPRIMÉ EN FRANCE PAR BRODARD ET TAUPIN
Usine de La Flèche (Sarthe).
ISBN : 2 - 7024 - 1864 - 3
ISSN : 0768 - 1070

H 52/0071/2